조 트리오 이야기

이 도서의 국립중앙도서관 출판시도서목록(CIP)은 e-CIP 홈페이지
(http://www.nl.go.kr/ecip)에서 이용하실 수 있습니다.
(CIP 제어번호 : CIP2013000475)

하늘이 주신 감동의 앙상블
조 트리오 이야기

글쓴이 / 김순옥
펴낸이 / 孫貞順
펴낸곳 / 모아드림

1판 1쇄 / 2013년 2월 8일

서울 서대문구 북아현3동 1-1278
전화 / 365-8111~2
팩시밀리 / 365-8110
E-mail / morebook@morebook.co.kr
http://www.morebook.co.kr
등록번호 / 제2-2264호(1996.10.24)

ⓒ김순옥
ISBN 978-89-5664-158-4

값 14,000원

조 트리오 이야기

김순옥

모아드림

● '장한 어머니상' 수상 후 저자와 남편

●● '장한 어머니상' 수상 후 가족들과

조상현

구심(鷗心), 조상현(曺祥鉉)은 1924년 강원도 명주군 주문진에서 출생하였다.

함흥사범학교를 졸업하고 초등학교 교사로 재직하다가 서울대학교에 진학하여 성악(바리톤)을 전공하였다. 창덕여고, 경기여고, 진명여고 등에서 교편을 잡았다.

한국전쟁이 진행중인 1952년 10월 피난지 부산 광복동에서 이 책의 저자인 신부 김순옥과 백년가약을 맺었다.

1958년 오스트리아의 비엔나 국립음악대학에 유학하여 독일 가곡을 전공한 후 귀국하여 한양대, 단국대 등에서 교수로 봉직하였으며 경동교회에서 오랜 기간 성가대 지휘자로, 장로로 봉사하였다. 한국가곡과 슈베르트, 슈만, 브람스, 볼프, 베토벤, 슈트라우스 등의 독일 가곡으로 25회의 독창회를 가진 바 있다. 독일 가곡과 오페라를 번역하였고 음악 관련의 저서와 수필집, 시집을 출간하였다.

한국음악협회 이사장, 한국예술문화단체 총연합회 부회장, 한국음악학회 회장 등을 역임하면서 1967년부터 국제음악협의회, 세계음악교육협회 등 국제회의에 참가하여 한국음악을 세계에 알렸다. 일본, 독일, 스페인 등지에서 열린 국제 음악콩쿨에 심사위원으로 참가하였다. 1985년에는 전국구 국회의원에 임명되었고 1992년에는 4천여 명이 모이는 세계음악교육협회를 한국에 유치하여 성공리에 마쳤다. 대한민국 국민예술상, 국민훈장 석류장, 예술원상, 은관문화훈장 등을 받았고 서독 정부로부터 대십자문화훈장, 오스트리아 정부로부터 황금공로훈장을 받았다.

2010년 10월 별세하였다.

'85 6 30

Aaron Rosand(Curtis 교수)와 조 트리오 연주 후

일본 연주 후 가족들과

1986년 여름, 조 트리오 연습중에

조 트리오 아버지,

친구 조상현을 그리워하며

김동길 _ 연세대학교 명예교수

한평생을 살면서 많은 사람들을 만나게 되고 사귀게 됩니다. 그런 사람들 중에서 마음이 통하고 가깝게 느껴지는 친구란 몇 되지 않는 것이 사실입니다.

그런 몇 되지 않는 친구들 중에 나는 조상현 형의 이름을 들지 않을 수가 없습니다. 그런데 인간관계가 마음만 먹어서 되는 것은 아니고 환경과 처지 그리고 타이밍이 맞아 떨어져야 우정을 바탕으로 하나의 예술이 꽃이 피고 열매가 맺히는 것입니다.

부산 피난 시절에 나는 조 형을 만났습니다. 6 · 25 사변 중에 부산으로 피난 가서 가교사에서 수업을 할 수밖에 없었던 그런 어려운 시절이었는데 그 학교에서 형은 음악을 가르치고 나는 영어를 가르쳤습니다. 직장이 같으니 우리는 매일 만났습니다. 그때 교장은 이세정 선생이었고 교감은 박용경 선생이었는데 두 어른은 우리 두 사람을 각별히 아끼고 사랑해 주셨습니다.

그는 학생들을 지도하는 솜씨가 뛰어난 교사이었습니다. 그의 마음속 깊은 곳에는 언제나 학생들을 사랑하는 정성이 도사리고 있었습니다. 워낙 눈이 나빠서 도수 높은 안경을 늘 쓰고 있었는데 그는 교단에 서면 뒤에 앉은 학생들의 얼굴이 보이지 않는다고 하였습니다. 그가 수업을 위해 단 위에 서면 첫 시간에는 으레, "저 뒤에 앉은 학생들, 장난치지 말아요"라고 한 마디 한다는 것이었습니다. 전혀 누가 누군지 보이지 않지만, 혹시 선생이 못 본다고 딴 짓을 할까 걱정스러워 미리 엄포를 놓는 것이라고 하였습니다.

부산의 진명 가교사에서 가르치던 선생들 중에 그를 좋아하지 않는 사람은 한 사람도 없었다고 장담할 수 있습니다. 교사들이 다 모여 회식을 할 때 조 선생에게 노래를 부탁하는 염치없는 사람은 없었고, 아마추어인 나 같은 사람이 노래를 부르는 경우가 많았습니다. 내가 영어 노래를 하나 불러제끼면 조 선생은 으레 우스갯소리를 하였습니다.

"김 선생, 영어는 앞으로 내가 가르칠 터이니 김 선생은 아이들에게 노래를 가르치세요."

그 말을 듣고 우리가 모두 한바탕 웃던 일을 지금도 잊을 수가 없습니다.

부산 보수동의 큰 창고는 휘장을 쳐서 반을 갈랐습니다. 그곳에서 국어 수업과 영어 수업이 동시에 이루어져 정말 가관이었습니다. 특히 음악 시간에는 다른 반에서도 다 함께 합창을 부를 수밖에 없었습니다. 조상현 선생이 지휘하는 합창, 박목월이 시를 쓰고 김성태가 곡을 붙인 「이별의 노래」가 울려 퍼졌습니다. 가을을 읊은 다른 어떤 노래보다도 그 합창은 우리 모두의 심금을 울렸습니다.

기러기 울어 예는 하늘 구만리
바람이 싸늘 불어 가을은 깊었네
아아, 아아, 너도 가고 나도 가야지

3절까지 있는 이 노래는 그래서 자다가도 부를 수 있는 내 노래가 되었고, 이 노래를 들을 때마다 나는 조상현 형을 생각하게 됩니다. 지금도 가을이 되면 생각납니다. 추억이란 아름다운 것입니다.

그때 진명에서 가르치던 교사들이 얼마 뒤에는 다 대학으로 자리를 옮겼습니다. 조상현은 물론, 국문과의 김정숙과 유원호, 화학과의 강성호, 그리고 영어 가르치던 나도 대학으로 갔습니다. 우리는 뿔뿔이 헤어졌지만 조상현과 나의 우정은 변함이 없었습니다.

조상현이 오스트리아 빈 유학을 마치고 돌아와 해마다 독주회를 하였습니다. 나는 열심히 들으러 다니던 친구들 중의 한 사람입니다. 서울 정동에 있는 배재강당에서 조상현 독창회가 열렸을 때 날씨가 매우 추웠습니다. 공부도 열심히 하는 성악가였지만 그의 목소리는 세기의 바리톤이라고 추앙되는 독일의 핏셔 디스카우와 유사하다 하겠습니다.

그가 음악을 안 하고 정치에 전념했더라면 아마도 큰 정치인이 되었을 것입니다. 사람을 다루는 능력이 뛰어난 조상현이 국회의원이 되어 음악계와 음악인들을 위한 공헌을 한 것은 알 만한 사람들은 다 압니다. 국회를 통하여 그는 음악인의 지위향상에 엄청난 공헌을 하였습니다. 한 인간이 그토록 많은 재능을 타고 나기란 참 어려운 일이라고 여겨집니다.

조상현은 시인이기도 합니다. 그가 슈베르트에 심취한 것도 슈베르트의 시인다운 모습을 사랑하였기 때문입니다. 그는 네 번째 시집 『오늘보다 더 진한 어둠이 오더라도』에서 이렇게 읊었습니다. 제목은 「사랑 그리고 눈물」입니다.

1954년 봄, 첫 번 독창회로
그대에게 바치는 노래를 불렀습니다
그 후 님의 연가곡을 다섯 번
마음 모아 불렀습니다.

1984년 님의 이름을 따서
한국 슈베르트 협회를 창설했습니다

하늘이 주신 감동의 앙상블 조 트리오 이야기

1958년부터 2년 동안, 좀 더 가까이
그대를 보기 위해 냄새를 맡기 위해
빈 유학이란 어려움도 겪었으나
그것은 나의 꿈이 현실로 다가선 것이며
더 할 바 없는 음악의 생명과도 같은
고귀한 시간이었습니다.
……

이 땅에 살고 음악으로 숨 쉬는 동안
님의 맑고 티없는 음악의 혼은
내가 바라는 아름다운 영혼이 될 것입니다
하늘과 땅을 이어주는 심령이 될 것입니다
……

슈베르트가 그랬듯이 음악가 겸 시인이던 조상현은 '맑고 티 없는 음악의 혼'을 소유했던 이 땅의 특출한 예술가였습니다.

그가 병나기 전에 신촌에 있는 내 집을 찾아왔었는데 공교롭게도 집에 없어서 만나지 못한 일이 지금도 유감스럽기 짝이 없습니다.

그의 맏딸 영방이는 어려서부터 매우 영특하였으며 모든 사람들한테 귀여움을 받는 아이였습니다. 아버지는 이 딸을 음악가로 키울 마음이 처음부터 간절했다고 생각됩니다. 그녀가 피아니스트로 점차 명성이 자자해지고 세계적으로 이름을 떨치게 될 때, 우리는 그것이 다 그 아버지의 간절한 염원과 무관하지 않다는 사실을 알고 있었습니다.

맏딸 영방이 뿐만 아니라 영미·영창이도 세계적으로 두각을 나타내는 연주가들이 되었고 '조 트리오'는 한국이 자랑하고 세계가 알아주는 훌륭한 팀이 되었습니다.

　　조상현의 부인, 김순옥 여사는 소문난 미인이었습니다. 일전에 영방이 내외와 함께 내 집을 찾아와 함께 점심 식사를 하였는데, 부산 피난 시절의 그 외모를 간직하고 있었습니다. 세월의 파도에 씻겨도 변하지 않는 여성의 아름다움이 있다는 것을 재확인 하였습니다.

　　이번에 김순옥 여사가 펴낸 『하늘이 주신 감동의 앙상블 조 트리오 이야기』를 읽으면서 에릭 시갈Eric Seagal의 『러브 스토리Love Story』를 연상하였습니다.

　　김 여사의 사랑 이야기는 눈물의 이야기이기도 했습니다. 『러브 스토리』에 등장하는 젊은 남녀의 이야기도 눈물 없이는 읽을 수 없는 사랑과 눈물의 짜릿한 스토리입니다. 그러나 김 여사가 펴낸 러브 스토리는, 사랑하는 사람들 간의 이별 이야기가 많이 나옵니다. 사랑하는 사람이 이런저런 이유로 인해 따로 떨어져 지내며 절절히 그리워하다가 결국은 아름다운 사랑의 열매를 거둡니다. 이 수기를 다 읽고 나면 미소가 떠오릅니다. 그리고 사랑과 눈물이 있는 인생은 '아름다운 인생' 이라고 느끼게 됩니다. 이 ''러브 스토리' 의 주인공 조상현은 이 시대의 하늘이 낳은 '위대한 사나이들' 중의 한 사람이라고 생각하게 됩니다. 이런 멋있는 친구, 하나님의 신실한 종, 좋은 남편, 아름다운 삼남매를 그에게 주신 주님의 사랑에 감사할 따름입니다.

하늘이 주신 감동의 앙상블 조 트리오 이야기

'조 퀸테트' 라고 부르고 싶다

박종화 _ 경동교회 담임목사

　'조 트리오'가 음악무대에 공식적으로 데뷔한 곳은 〈뮌헨 국제콩쿠르〉(1976)
이다. 여기서 1.2등이 없이 3등과 특별상이 주어졌고, '조 트리오'는 특별상을
받았다. 그 후로는 승승장구의 여정을 유감없이 발휘하고 있다. 지난해인 2011
년 10월의 〈조 트리오 35주년 기념음악회〉에 이르기까지 트리오의 주인공들은
수많은 땀과 열정과 혼을 함께하는 음악 속에 투여하고 있다.

　조영방(피아노), 조영미(바이올린), 조영창(첼로), 이들 세 남매의 뿌리는 한
국이 낳은 성악의 대가 조상현 선생이시다. 음악가족인 이들 네 분은 본래부터
'조 쿼르테트'를 이루고 있었다. 감독인 조상현 선생과 함께 트리오를 낳고 기
르고 등장시킨 숨은 제작자가 있다. 그 분이 바로 이 책자의 저자요 트리오의
모친이신 김순옥 여사이시다. 제작, 감독, 트리오를 합한 '조 퀸테트'가 사실은
'조 트리오'의 모형이라고 믿는다.

　김순옥 여사는 여고 시절 선망의 대상이던 젊은 음악선생을 후에 남편으로
맞으면서 달콤하던 신혼의 맛이며, 빈곤과 불안의 시대를 살아가면서 음악가

남편과 가족을 뒷바라지 하면서 감내해야 했던 수많은 애환과 그 속의 기쁨을 굴절 없이 표출하고 있다. 더구나 세 자녀를 국제적 명성의 '조 트리오' 주인공으로 만드는 과정에서 베풀어야 했던 '혼신의 헌신'을 낱낱이 고백하고 있다. 김 여사가 그처럼 살아야 했던 '그때, 그 시절'의 모습을 읽으면서 많은 동시대인들은 공감의 눈물과 감동으로 이해하고 수용할 수 있을 것이다.

김 여사의 고백록은 오늘날처럼 선진국 대열에 들어선 우리나라의 실정에서도 '조 트리오' 같은 또 다른 무대를 창조하고픈 사람들에게 참으로 귀한 교과서가 되리라고 믿는다. 외적 삶의 여건 못지않게 내적 결단과 헌신이 역사를 만들기 때문이다. 트리오는 단순히 세 악기의 연합이 아니다. 세 음악가의 인간혼, 예술혼, 신앙혼의 결합이다. 그것도 항상 사랑하는 어머니와 희망 주는 아버지와 함께. 특히 가슴으로 트리오를 지탱하는 어머니의 솔직담백한 삶의 고백이 읽는 이의 가슴을 세차게 두드린다.

김 여사의 고백처럼 '조 트리오'와 그 가정은 성경 말씀에 기록된 "믿음, 소망, 사랑"의 트리오를 가훈으로 삼는다. 목회자로서 이들의 가훈과 신앙을 잘 알고 있다. 이들 세 주인공도 특징이 각기 다르다. 악기만 다르지 않다. 다름이 어우러지면 아름답다. 그래서 이들이 모이면 "다양성 속의 합일"이 연주된다. 그 합일은 아름다운 하모니가 되어 우리를 기쁘게 한다. 그것은 주안에서 믿음 소망 사랑이 합하여 구원의 기쁨에 이르게 하는 것과도 같다. 2010년 10월 29일 먼저 하늘나라로 가신 조상현 선생과 이 땅의 '조 트리오' 가족은 장소와 시간의 차이를 불문하고 항상 아름다운 노래와 찬양으로 살아갈 것이다. 초대받는 우리도 그 일에 동참하고 싶다.

가족 사랑의 힘

김형주 _ 작곡가 · 음악평론가

　사람은 누구나 생애를 마치는 동안 집단생활 속에서 살게 되고 하나의 조직원으로서 또한 사회인인 동시에 가정인으로서 삶을 영위하게 됩니다. 사회인으로서는 그가 무슨 일을 하던지 간에 직무에 부과된 사회적 기능의 책무를 맡아 수행해야 할 부담이 만만치 않습니다. 한편, 가정의 일원으로서 자식과 형제로서의 의무와 책임, 부모로서 마땅히 해야 할 책무와 자녀 양육문제 등 가족들의 보편적인 기능을 두 어깨에 짊어지지 아니할 수가 없습니다.

　가족기능은 우리 사회 기본적인 줄기세포이자 조직사회의 원천입니다. 가족기능 중에서도 가장 중요한 기능이 부모의 자식 양육기능이 아닌가 생각됩니다. 어설픈 가상이나 예비행위가 용납되지 않는, 그리고 시행착오가 허용되지 않는 기능이기에 부담이 가중됩니다. 이 무겁고 험난하고 힘든 '부모의 길' 이란 기능을 이 세상 모든 부모들이 묵묵히 해내고 있는 것입니다. 그 에너지원은 다름 아닌 '가족사랑' 이란 사랑의 괴력이 어떠한 어려움이나 역경에도 극복할 수 있는 부모들의 에너지원이 되어 자식들의 양육을 가능케 한 것입니다.

　김순옥 여사의 이 글은 자신의 전반적인 생애를 서술한 이른바 자서전이라기보다 오직 자식들의 양육과 교육의 과정만을 중심주제로 선택했기에 차라리 특수성을 강조해서 '수기' 라고 하는 것이 타당하리라 봅니다.

　김순옥 여사는 성악가이자 대학에 몸담고 있던 남편 조상현 교수(2010년 작고)와의 사이에 세 자녀를 두고 있습니다. 피아노의 조영방(단국대학교 음악대학 교수), 바이올린의 조영미(연세대학교 음악대학 교수), 첼로의 조영창(독일 국립엣센폴크방음악대학 · 연세대학 교수)은 오늘날 각기 정상급 연주가로서 자타가 공인하는 음악인의 길을 걷고 있습니다. 이들이 어렸을 적부터 음악을 배우기 시작해서 낯선 외국유학을 거쳐 어른이 되고 한 사람의 연주가로서 홀로 설 수 있을 때까지의 인생과정을 한 편의 드라마처럼 엮어놓은 것이 바로 이 수기입니다. 이 수기에는 우리들 인간생활에서 체험하고 조성되는 모든 역정의 감성과 생활철학이 용해되어 있습니다. '위대한 꿈' '근면' '포용' '슬기' '희생' '성취' '영광' '행복' 등의 요소가 바로 그것입니다.

　평범한 주부인 김순옥 여사는 세 아이를 각기 악기를 달리 해서 피아노, 바이올린, 첼로를 전공시켜 '피아노 트리오' 즉 '피아노 3중주단' 을 만들겠다고 결정한 것입니다. 음악인들도 상상 못할, 실로 놀라운 다짐이고 결정입니다. 일반적으로 음악인들은 자녀들이 음악가로 진출하는 것을 꺼리는 경향이 있습니다. 왜냐하면 음악을 전공한다는 것은 일생 공부하고 노력해야 하기에 편안한 생활과는 결별해야 하고 또한 성공여부도 불투명하기에 자녀들을 고생길로 들지 않게 하기 위해서입니다. 그런데 김순옥 여사는 음악인들도 주저하는 원대한 꿈을 갖고 당차게 자녀들의 교육계획을 수립한 것입니다. 따라서 김순옥 여사는 대담하면서도 큰 모험을 하게 되고 또한 사서 고생길로 접어들게 됩니다. 어차피 아이들은 어릴 때부터 외국 유학길로 보내게 되고 자연 그 뒷바라지를 하기 위해 같이 고생길을 걷게 됩니다. 세 아이의 유학비도 만만치 않아 교수

하늘이 주신 감동의 앙상블 조 트리오 이야기

월급으로는 감당할 수 없어 직접 미국으로 건너가 과거 익혔던 재봉틀과 씨름하면서 생활비를 보태면서 정성을 다했습니다. 아이들이 미국 유학을 마치고 유럽으로 유학가면 유럽으로 자리를 옮기는 등, 본의 아니게 외국을 드나드는 국제적 인사가 되기도 했습니다. 그러나 아이들도 어머니의 이런 정성과 의지를 알고 있었던지 공부에 열성을 보여 일취월장 날로 성장하여 김순옥 여사의 최후의 목적이자 최고의 꿈인 실내악 경연으로는 세계에서 가장 권위 있다는 독일 뮌헨국제음악 콩쿠르를 드디어 조 트리오가 제패하게 됩니다. 김순옥 여사의 최후의 꿈이 드디어 이루어진 순간입니다. 지성이면 감천이라는 옛말 그대로 김순옥 여사의 정성에 하늘이 도우신 것입니다.

김순옥 여사는 이렇듯 조 트리오란 실내악단을 창조한 장본인입니다만 한편으로는 가정을 지키는 부부로서 또한 남편을 돕고 뒷바라지 하는 성실한 아내였습니다. 그야말로 현모양처로 한국 전통 삶을 살아온 전형적 여성이라고 해야 할 것입니다.

이번 수기에서는 언급되지 않고 있습니다만 남편이자 조 트리오의 아버지인 조상현 교수는 유별나게 투철한 사명감과 강인한 의지로 우리나라 음악발전에 획기적인 공헌을 한 음악인입니다. 성악이 전공인 조상현 교수는 정열과 끈기로 음악활동을 쉬지 않고 이어왔습니다. 학교 교무에 바쁜 음악대학 학장직에 있을 때나 음악인으로서 국회의원직을 맡고 있을 때에도 독창회는 계속했습니다. 25회의 독창회의 기록은 국내는 물론 유럽선진국에서도 보기 힘든 일입니다. 80세의 고령임에도 불구하고 독창회를 갖는 등 젊은 후학들에게 귀감이 되는 열정을 보이기도 했습니다. 또한 음악계를 대표하는 단체인 한국음악협회 이사장직을 14년간이나 이끌면서 음악계의 발전에 크게 기여하기도 했습니다. 그리고 국내 여러 음악교육 단체들을 통합, 한국음악교육협회를 창립, 운영하면서 1992년에는 세계음악교육협회 제20차 총회를 유치한 바 있습니다. 이때 전 세계음악교육 관계자, 학자, 연주가, 연주단체 등 약 3천명을 서울에 초청하여 세계총회를 주재함으로써 우리나라 문화와 음악계의 현황을 세계에 알리고 국위를 선양한 업적을 남긴 바 있습니다.

이와 같이 공인으로서 우리나라 음악계의 발전을 위해 조상현 교수가 많은 공적을 남기게 된 이면에는 남몰래 뒷바라지를 해온 김순옥 여사의 숨은 노고가 있었기에 가능했다고 생각됩니다. 이처럼 밤낮없이 뛰어다니는 남편의 뒷바라지와 조 트리오를 국제적인 연주가로 길러낸 업적(?)으로 미뤄 김순옥 여사를 남성 못지않은 여장부로 상상할지 모르나 실은 그렇지 않습니다.

김순옥 여사는 남들 앞에 나서기를 꺼리는, 품위 있고 깔끔한 인상을 지닌 온화한 성품의 여성입니다. 그러기에 강철 같은 의지와 인내, 그리고 노력 없이는 성공할 수 없는 인생역정의 사업을 기적같이 일구어낸 그 원동력은 과연 어디에서 솟아났을까 의문이 생깁니다. 물론 가족 사랑의 힘이라고 해야 하겠지요.

아무튼 이 수기는 만인에게 감동을 줄 수 있고 귀감이 될 만한 생생한 기록이자 값진 인생행로의 철학입니다.

하늘이 주신 감동의 앙상블 조 트리오 이야기

한 사람이 자기의 지나온 삶을 되돌아보는 것은 자신에게도, 그를 알고 있는 지인에게도 충분히 의미 있는 일이라고 생각된다. 그래도 막상 내가 살아온 발자취를 책으로 엮어 내기까지 많은 망설임이 있었다. 그것은 내 삶이 과연 책으로 엮어 낼만큼, 또 누구에게 읽혀질 만큼 감동적이고 특별한 것인가라는 물음 앞에 대답을 선뜻 하지 못했기 때문이다. 하지만 나는 용기를 내보기로 하였다.

이 글을 쓰면서 내가 살아온 시간들을 추억하는 것이 내 삶이 지닌 특별함을 나 스스로 되돌아보는 것이라는 소중한 믿음이 생겼기 때문이다. 그것이 단지 나의 만족에서 끝나지 않고, 독자들의 가슴에도 어떤 울림으로 남는다면 나는 행복할 것이다.

어느 누구에게나 자신의 삶이 특별하지 않은 사람은 없을 것이다. 인생을 수많은 역경 속에서 살아온 사람에게나, 지극히 순탄한 평범한 삶을 살아온 사람에게나 그 인생은 나름대로의 특별함이 있을 것이다. 내 인생의 특별함은 음악에 문외한이었던 내가 음악가인 남편을 만나 음악이 인간에게 주는 아름다운 사랑을 맘껏 받을 수 있었던 것이다. 또한 하나님께서 주신 최고의 선물인 영방, 영미, 영창—삼남매를 얻고, 삼남매가 음악가로 성장하기까지 그 힘들었던 과정, 과정들이 내 인생에 있어서 가장 열정적이고 행복했던 순간들이었다는 사실을 고백한다. 삼남매 모두 자기의 몫을 다하며, 하나님의 자녀로 믿음 안에서 착하게 성실하게 살아가니 더없이 고맙고, 하나님께 한없는 감사를 드린다.

'많이 웃고 아이에게 사랑받고 한 사람이라도 더 행복하게 만드는게 성공'이라는 에머슨의 시처럼 나는 인생에 성공한 사람이란 거창한 무엇이 아니라, 세상에 태어나서 자기의 본분을 다하고 보람된 삶을 살았다고 자신 있게 지평할 수 있는 사람이라고 생각한다. 즉, 가족과 현명하고 정의로운 사람들과 함께하고 그들을 사랑하고 사랑받으며, 타인의 존엄을 인정하고 존경하며, 자신이 살았음으로 인해 조금이라도 아름다워지는 삶, 한 사람이라도 행복해지는 삶이 진정한 성공이라고 믿는다.

이 글을 쓰면서 내가 걸어온 발자취를 돌아보면, 인생의 숱한 희로애락을 느끼며 살아온 80평생 동안 참으로 많은 축복을 받은 행복한 삶을 살았다고 생각한다. 남편과 삼남매, 그리고 이 글에서 거론하지 못한 많은 사람들로부터 무한한 사랑을 받았음을 어찌 이 짧은 필설로 다 할 수 있을까.

사람은 아무리 좋은 머리로 태어났다 할지라도 자신의 피나는 노력과 부모의 정성이 없이는 성공할 수 없다고 생각한다. 우리 삼남매는 다행히 모두 스스로 열심히 노력했을 뿐만 아니라, 음악가인 남편으로부터 음악을 대하는 자세를 배웠다. 남편은 항상 아름다운 마음가짐만이 아름다운 음악을 만들 수 있다는 점을 강조했다. 제 아무리 세계적인 음악가라 해도 사람이 겸손해야 하고,

하늘이 주신 감동의 앙상블 조 트리오 이야기

자만과 교만이 있으면 사람의 마음을 감동시키지 못한다는 것이다. 나는 무엇보다 건강이 첫째라고 생각하여, 어려운 음악을 하는 남편과 아이들이 먹는 것에 특별히 신경을 썼다. 다행히 나의 자식들은 부모의 사랑에 보답하여 건강하고 성실하게 자기의 몫을 다하고 있으니 하나님께 감사할 따름이다.

삼남매가 외국에 유학하던 16년의 긴 세월 동안 아이들과 우리 부부는 5천여통의 편지를 주고받으며, 울고, 웃고, 하나님께 감사드리며, 각자가 맡은 바에 최선을 다해 노력하였다.

음악가로, 교육자로 언제나 바른 삶을 살다 가신 남편과, 나름대로 남편의 바람에 어긋나지 않은 성실한 삶을 살고 있는 삼남매를 허락해주신 하나님께 무한히 감사드리며, 남은 여생은 내가 받은 사랑을 이웃에 실천하며 진정 아름다운 삶을 살 수 있도록 하나님께 기도드린다.

끝으로 이 책을 쓸 수 있도록 용기를 준 나의 삼남매, 하나님께서 내게 주신 가장 큰 축복, 조 트리오에게 고마움과 사랑을 전한다.

2013년 새해

저자 김순옥

CONTENTS

1. 남편과의 만남

졸업을 한 나는 이화여자대학 가정학과에 입학하여 꿈에 그리던 대학생이 되었고 조상현 선생님은 경기여고로 자리를 옮겨 계속 합창부를 지도하고 있었다.

그때 우리 집은 왕십리 산언덕에 있었고 선생님 집은 신당동이라서 거리가 매우 가까웠다. 우리 집 뒤로는 산과 연결된 큰 언덕이 있었는데, 선생님이 그 언덕으로 자주 산책을 나오면서 우리는 자연스럽게 가까워지게 되었다.

우리는 사제지간으로 처음 알게 됐지만, 내가 초등학교를 2년 늦게 입학했으니, 실제 그와 나는 네 살 차이였다. 나 역시, 서로 같은 대학생의 신분이 되니까 그림자도 밟으면 안 된다고 생각하던 선생님을 대하기가 편해졌다. 만남의 횟수가 거듭됨에 따라 우리의 관계도 발전하였지만 어디까지나 스승과 제자 이상으로는 생각하지 않았다.

창덕여고 졸업식때 친구들과

남편 고등학교 친구들과

1948년, 내가 창덕여고 2학년에 재학 중일 때의 일이었다.

우리 반 아이들은 새로 합창부를 지도할 총각 선생님이 온다는 소식에 아침부터 들떠 있었다.

"어떤 선생님이 오실까?"

"아, 멋지고 잘생긴 분이었으면 좋겠는데"

교실엔 작은 소요가 일었고 나도 그 분위기에 휩싸여서 어떤 분이 올지 내심 기대되었다.

드디어 출입문이 열리고 새 합창부 선생님이 들어왔다. 그다지 크지 않은 키에 도수가 높은 안경을 쓴 분이었다.

"여러분, 이렇게 만나게 돼서 정말 반가워요. 나는 조상현曺祥鉉입니다."

바리톤의 음성을 가진 그 선생님이 자기소개를 하면서 칠판에 이름을 쓰

하늘이 주신 감동의 앙상블 조 트리오 이야기

고 나서 우리 쪽을 돌아보며 환하게 미소 지었다. 고른 치아가 매우 인상적이었다. 여기저기서 환호성이 터져 나왔다.

서울대에 재학 중인 20대의 젊은 총각 선생님이었으니, 여학교에서 그 인기는 당연한 것이었을지 모른다.

나는 반장이라서 교무실 출입이 잦았고 합창부 부원이기도 해서 선생님과 함께 하는 시간이 많았다. 흘려들은 얘기로, 서울대학에 다닐 때 머리가 좋아 모르는 게 없어서 선생님의 별명이 콘사이스라고 했다. 선생님의 안경 도수가 너무 높아보였으므로 음악하는 데 악보 보려면 얼마나 힘들까 하는 생각을 했다.

선생님은 열과 성의를 다해서 합창부를 지도했다. 우리들의 실력은 나날이 늘어서 전국 합창대회에서 1등도 하게 되었으며 아이들은 그 어느 때보다 합창부에 대한 자긍심이 높았다. 합창 연습 시간에는 한 사람도 빠짐없이 모두가 열심히 해서 선생님이 너무나 좋아했고 교장선생님도 무척 기뻐하셨다.

졸업반이 된 나는 대학에 진학하기 위해 입시공부에 매달리던 때였다.

당시 오빠는 우리 학교의 운영위원장을 맡고 있어서 평소 교장선생님과 친분이 깊었다. 그러던 어느 날 오빠가 교장선생님을 만나고 왔다고 했다.

교장선생님 말씀이, 나를 대학에 보내지 말고 시집을 보내는 게 어떻겠냐고 하시더란다. 신랑감은 치과의사이며 사회적으로 아주 명망 있는 집안의 자제라고 했다.

이튿날 학교에 갔는데, 교장선생님이 나를 교장실로 불러 들였다. 오빠한테 들은 이야기를 당사자인 나에게 하시는 거였다.

나는 결혼은 생각도 하지 않았으므로 내 뜻을 분명하게 말씀드렸다.

남편과의 만남

"교장선생님께서 저를 아껴주시는 마음은 정말 감사드립니다. 하지만 저는 대학에 진학하고 싶습니다. 공부도 더 하고 싶고 졸업 후에는 사회생활도 열심히 해보고 싶습니다."

교장선생님은 아쉬운 듯 잘 알겠다고 했다. 어깨를 두드려 주면서, 순옥이는 현모양처가 될 거야, 라고 하셨다. 나는 교장실을 나오면서, 대학을 졸업하고 이다음에 결혼을 하게 되면 교장선생님 말씀대로 현모양처가 돼야지, 라고 마음에 새겨두었다.

졸업을 한 나는 이화여자대학 가정학과에 입학하여 꿈에 그리던 대학생이 되었고 조상현 선생님은 경기여고로 자리를 옮겨 계속 합창부를 지도하고 있었다.

그때 우리 집은 왕십리 산언덕에 있었고 선생님 집은 신당동이라서 거리가 매우 가까웠다. 우리 집 뒤로는 산과 연결된 큰 언덕이 있었는데, 선생님이 그 언덕으로 자주 산책을 나오면서 우리는 자연스럽게 가까워지게 되었다.

우리는 사제지간으로 처음 알게 됐지만, 내가 초등학교를 2년 늦게 입학했으니, 실제 그와 나는 네 살 차이였다. 나 역시, 서로 같은 대학생의 신분이 되니까 그림자도 밟으면 안 된다고 생각하던 선생님을 대하기가 편해졌다. 만남의 횟수가 거듭됨에 따라 우리의 관계도 발전하였지만 어디까지나 스승과 제자 이상으로는 생각하지 않았다.

하늘이 주신 감동의 앙상블 조 트리오 이야기

2. 기약 없는 이별

칠흑 같은 7월의 밤, 창문 두드리는 소리가 들렸다. 누구냐고 물었더니, 나 조 선생이요 하는 것이었다. 나는 깜짝 놀라서 우산을 들고 밖으로 나갔다. 밖에는 비가 억수같이 쏟아지고 있었다. 거리에 총부리를 겨누고 있는 무장 군인들이 많아서 야심한 기간에 함부로 돌아다닌다는 것은 위험천만한 일이 아닐 수 없었다. 우리는 집 근처 나무가 우거진 관목 숲으로 얼른 몸을 숨겼다. 그때 그의 주머니에 웬 약 봉투 하나가 들어 있었다. 내 시선을 느낀 그가 씩 웃으며 말했다.

창덕여고시절 친한 친구들과

칠흑 같은 7월의 밤, 창문 두드리는 소리가 들렸다. 누구냐고 물었더니, 나 조 선생이요 하는 것이었다. 나는 깜짝 놀라서 우산을 들고 밖으로 나갔다. 밖에는 비가 억수같이 쏟아지고 있었다. 거리에 총부리를 겨누고 있는 무장 군인들이 많아서 야심한 기간에 함부로 돌아다닌다는 것은 위험천만한 일이 아닐 수 없었다. 우리는 집 근처 나무가 우거진 관목 숲으로 얼른 몸을 숨겼다. 그때 그의 주머니에 웬 약 봉투 하나가 들어 있었다. 내 시선을 느낀 그가 씩 웃으며 말했다.

"군인에게 걸리면 아픈 사람이 있어 약을 얻어 오는 길이라고 핑계를 대려고 준비해 왔어요. 아까 병사 한 사람이 방아쇠를 당기려고 하잖소? 그래서 이 약봉지를 보여주었지.”

나는 가슴을 쓸어내렸다. 나를 만나러 오기 위해 그렇게 까지 애를 쓰고 있구나, 싶어서 가슴이 먹먹해졌다.

우리는 우산 속에서 대화를 나누었다.

그는 나에게 어디로 피난을 갈 거냐고 물었고 우리는 구파발로 갈 예정이라고 말했다. 구파발엔 친척이 살고 있었으므로 우리 가족은 일단 그쪽으로 피난을 가기로 했었다.

“구파발, 그럼 훗날 내가 그곳으로 찾아 갈 수 있을까.”

그렇게 그는 혼잣말을 했다.

그는 우리 집에 짐을 맡기고 동생과 함께 피난을 가려고 했지만 한강 다리가 폭파되는 바람에 미처 피난을 떠나지 못했던 것이다.

우리는 헤어지면서 언제 다시 만날지 기약이 없으므로 마주 잡은 손을 쉽게 놓지 못했다.

우리 가족은 계획대로 구파발로 피난을 갔다.

계절이 바뀌어 가을 문턱으로 들어선 어느 날의 일이었다.

내가 갈 수 있을까, 라고 꿈결처럼 이야기하던 선생님이 내 앞에 나타났다. 그 반가움을 어떻게 표현할 수 있을까!

나뿐만이 아니라 우리 가족도 너무나 놀랐다. 몹시 지치고 피곤한 그를 위해 어머니는 우선 저녁부터 지어 그를 따뜻하게 대접했다.

그동안의 이야기를 들으니, 피난을 못 가고 음악인들이 모여 인민군 위문 활동을 하고 있다고 했다. 나한테 오는 것도 다른 볼일이 있는 것처럼 거짓말을 하고 왔다고 했다. 시절이 수상하니 그도 자기 의지대로 살지 못하고 있는 게 역력했다.

구파발이 어디인지도 모르면서 시간과 위험을 감수하면서 나를 찾아온 그를 보며 사랑에 대한 고마움을 절실히 느꼈다.

그와 나는 헤어지고 만나고를 반복하면서 역사의 소용돌이 속에 휩싸여 갔다.

1·4후퇴 때 부산으로 피난을 내려온 우리 가족은 먹고 살 길이 막막했다. 궁리 끝에 떡 장사를 하기로 했다. 어머니와 올케가 떡을 만들고 그 떡을 언니가 함지에 담아 시장에 여다 주면 여동생과 나는 떡을 팔기로 했다.

바느질과 음식솜씨라면 몰라도 장사라니, 더구나 시장에 앉아 떡을 팔다니……. 나는 용기가 나지 않았다.

그러나 엄마와 올케가 떡을 만들었다. 그 떡을 함지에 담아 언니가 시장까지 여다 주었다. 나는 동생과 힘께 시장바닥에 나앉았다. 처음엔 너무 부끄러워서 머리에 머플러를 쓰고 되도록 얼굴을 가렸다. 용기를 내어 큰 소릴 내보았지만 내 목소린 입술 밖으로 터져 나가질 않고 도로 목구멍으로 기어들어갔다. 굶으면 굶었지 장사는 못할 것 같았다. 이화여대 가정과생인 나는 배고픔과 굶주림보다도 체면치레가 더 우선이었던 것이다.

그러나 한편에선, 기껏 없는 돈에 쌀 팔아 떡을 만들었는데 이걸 팔지 못하고 집에 돌아가는 것은 말이 안 된다는 이성적 판단이 나를 다그쳤다. 나는 눈을 질끈 감고 소리쳤다.

"떡, 사세요……."

가냘프고 미미한 내 목소리가 거친 세상을 향해 존재를 드러냈다. 그러자 동생이 씩씩하게 힘을 보탰다.

"떡 사세요, 떡이요!"

하늘이 주신 감동의 앙상블 조 트리오 이야기

처음이 어렵지 두 번째부터는 용기라는 무기가 갖춰지게 마련이라는 걸 나는 떡을 팔면서 깨달았다. 옆에서 떡을 파는 아주머니들이, 예쁜 아가씨들이 장사를 하니까 떡이 더 잘팔린다고 했다. 자매가 떡을 팔고 있으니 어른들이 보기에 안쓰러웠던 모양이었다.

떡을 다 팔고 빈 함지를 들고 집으로 갈 때면 동생이 너무 고맙고 든든했다. 나도 동생에게 든든한 언니가 되면 좋겠다는 생각이 들었다.

그런 나날들 속에서도 문득문득 조상현 선생이 그리웠고 그럴 때면 나는 빈 떡함지를 든 채 노랠 불렀다.

"서산머리에 하늘은 구름을 벗어나고 산뜻한 초사흘달이 별과 함께 나오더라.……"

그도 어쩜 여기 어디에 있을지도 모르는데, 이리 지나가게 될지도 모르는데 그런 생각이 들었다. 그리운 이를 가슴에 품은 채 만나지 못해 애달파 해본 사람들은 알 것이다. 거리엔 온통 그와 닮은 사람 천지라는 것을….

그러던 어느 날의 일이다.

"이 떡 다 주시오, 얼마를 주면 되지요?"

조상현, 그가 내 앞에 현현해 있지 않는가!

나는 너무 놀라 이게 꿈인가 생시인가, 그러고 있는데 그가 말을 붙였다.

"지성이면 감천이라더니……"

그 말을 들으며 이 사람도 나 못지않게 만나고 싶어 애를 끓였구나 하고 생각했다. 그가 불쑥 내 손을 잡을 때 내 눈에선 화답처럼 눈물이 흘러내렸다.

6·25 사변이 나고 음악인들이 정훈음악대라는 단체를 만들어 위문공연을 했다. 부산에 내려와서도 해군정훈음악대의 활동을 계속해 나가고 있었

기약 없는 이별

던 그는 점심시간 때마다 나를 찾아 온 부산시장을 헤매고 다녔다고 했다.

그후 정훈음악대는 우리가 살고 있는 염주동에서 멀지 않았으므로 그는 우리집에 자주 찾아왔다. 정훈음악대 뒷골목에는 떡, 부침개, 튀김 등 먹을거리가 가득했는데 그는 올 때마다 오징어 튀김을 사왔다.

부산에는 식수가 부족했는데 피난민이 많이 모이니 우리가 살고 있는 동네엔 식수 구하기가 더욱 어려웠다. 겨울엔 아랫동네까지 내려가 한 초롱씩 길어다 먹었으나 봄 가뭄엔 그나마도 용이하지가 않았다. 때문에 멀리 뒷산까지 가서 물을 길어 와야 했다. 물을 길러 가자면 마흔 아홉 계단을 오르내려야 했는데 나는 매일 아침 언니와 함께 물동이를 이고 두 행보씩 해야만 했다. 먼 거리여서 머리 밑은 물론이고 다리와 허리가 무척 아팠다. 게다가 물동이를 이고 계단을 오르다 보면 출렁출렁 춤을 추면서 동이 밖으로 흘러넘쳐서 물이 반밖에 남아있지 않았다. 추운 것보다도 옷이 젖어 몸이 내비쳤다. 몸이 고된 것보다도 수치스러운 일이 더 고통스러웠다.

새벽에 일어나 물 길어야 한다는 부담 때문에 밤에 잠자리에 들어서도 그 짐을 내려놓지 못하고 붙들고 고민했다. 전래동화에서 참새들이 좁쌀을 다 까놓고 암소가 나타나 밭을 갈아주는 기적이 내게도 일어났으면 하는 허황된 망상이 들기도 했다.

간절히 바라면 이뤄진다던가, 그 허황된 망상이 실현되는 일이 벌어졌다.

우리집에 물 지개를 지고 흑기사가 출몰한 것이다. 그 흑기사는 다름 아닌 나의 연인 조상현 선생이었다. 물 지개는 초롱을 양쪽에 매달고 운반하게 되어 있으며 초롱은 동이보다 물이 많이 들어갔는데 그는 하루도 거르지

하늘이 주신 감동의 앙상블 조 트리오 이야기

않고 물 지개를 지고 우리집을 찾아왔다.

이때 어머니와 언니는 남의 귀한 아드님을 이렇게 고생시키는 게 말이 되느냐며 질색을 하고 말렸다. 선생님이 매일 새벽이면 물 지개를 지고 마흔아홉 계단을 오르는 것이 너무나 고맙고 미안했다. 그만하라고 염치없다고 말렸지만 그가 듣지 않자 어머니는 식사 대접을 해줬다.

나는 부엌에 커다란 물 항아리를 마련해 두고 흑기사를 기다렸다. 흑기사가 마흔 아홉 개의 계단을 올라와 항아리에 물을 붓고 다시 내려갈 때면 나는 김동환의 「북청 물장수」 읊조렸다.

새벽마다 고요히 꿈길을 밟고 와서

머리맡에 찬물을 쏴아 퍼붓고는

그만 가슴을 디디면서 멀리 사라지는 북청 물장수

물에 젖은 꿈이

북청 물장수를 부르면

그는 삐걱삐걱 소리를 치며

온 자취도 없이 다시 사라져 버린다.

날마다 아침마다 기다려지는

북청 물장수

샘물이 솟는 산 아래 언덕에는 너른 보리밭이 펼쳐져 있었다. 바람에 일렁이는 초록의 보리밭 풍경은 참으로 장관이었다. 보리밭 언덕에 올라 푸르른 내음을 맡으며 멀리 부산항을 내려다보는 즐거움도 빼놓을 수가 없다. 점점이 떠 있는 배 너머에 끝없이 펼쳐져 있는 바다와 푸른 오월의 창공이 맞닿는 그 풍경은 차라리 한 폭의 수채화였다.

연습을 할 때는 주로 슈베르트의 곡을 부르던 조 선생은 보리밭 사이 길을 걸으면서 부산항을 내려다 볼 때면 난파 선생의 「사공의 노래」를 부르곤 했다.

그가 이 노랠 좋아하는 까닭은 그의 고향이 주문진이기 때문일 터였다. 주문진과 부산의 물리적 거리는 그를 더욱 고독하게 만들었고 그런 그를 바라보는 내 마음도 그랬다.

하여간 푸른 보리가 누렇게 익어가는 시간동안 우리의 사랑도 무르익어 갔다. 보리가 익어 염주동 일대가 황금물결을 이룰 때 내 님은 나에게 청혼을 하였고 나는 감사한 마음으로 그에 응했다. 나도 물론 선생님을 좋아했지만 선생님은 나를 너무나 사랑했다. 혹시라도 내가 다른 사람에게 갈까 하는 두려움에 선생님은 결혼을 서둘렀다.

직장생활을 하며 사회에 쓰임 받는 일꾼이 되겠다는 원대한 포부도 있었지만 조 선생의 사람됨과 인격에 나는 꿈과 포부를 접고 한 남자의 아내가 되기로 결심을 굳혔다.

하늘이 주신 감동의 앙상블 조 트리오 이야기

3. 사랑의 선물

1952년 10월 우리는 피난지 부산 광복동에서 백년가약을 맺었다. 오현명 선생의 사회 하에 진명여고 이세정 교장의 축사 그리고 주례는 서울대 음대 초대 학장인 현재명 박사가 맡아 주셨다.

결혼식에 참석한 축하객들은 백낙호 선생의 피아노 반주와 소프라노 이영순 선생의 축가에 대하여 많은 감동을 받았다고 했다. 우리의 앞길을 밝혀주기 위해 애써 주신 여러 선생님들의 노고에 대하여 우리 부부는 무한한 영광과 감사하는 마음을 평생토록 잊지 않았다.

막상 이 남자와 결혼 하겠다고 말하니까 부모님은 반대했다. 육남매의 맏이이고 강원도 두메산골 출신이니, 그런 댁에 시집가게 되면 그 고생을 어찌할 거냐고 걱정하셨다. 그러나 선량한 청년이라는 점에 높은 점수를 두고 일단 허락은 하셨다.

그러나 결혼식은 미루자고 했다. 피난처에서 아무것도 없는데 어떻게 결혼식을 치르느냐고, 전쟁이 끝나고 서울로 올라가면 그때 하자고.

그러나 조 선생이 미룰 수 없다며 강하게 주장하고 설득한 끝에 결국 우리 부모님께 허락을 받아 내었다. 결혼하면 학교를 다닐 수 없는 학교의 방침 때문에 나는 결국 이화여대 3학년을 수료로 끝마쳐야 했다.

1952년 10월 우리는 피난지 부산 광복동 백화당에서 백년가약을 맺었다. 오현명 선생의 사회로 진명여고 이세정 교장의 축사 그리고 주례는 서울대

하늘이 주신 감동의 앙상블 조 트리오 이야기

음대 초대 학장인 현재명 박사가 맡
아 주셨다.

결혼식에 참석한 축하객들은 백
낙호 선생의 피아노 반주와 소프라
노 이영순 선생의 축가에 대하여 많
은 감동을 받았다고 했다. 우리의 앞
길을 밝혀주기 위해 애써 주신 여러
선생님들의 노고에 대하여 우리 부
부는 무한한 영광과 감사하는 마음
을 평생토록 잊지 않았다.

신혼 초, 어느 날 남편과 함께

결혼식이 끝나고 며칠 후 강릉
주문진에 계신 시부모님으로부터 연락이 왔다. 부산에서 결혼식을 했지만
시부모님 댁에 와서 전통혼례를 치르는 것이 좋겠다는 내용이었다. 남편이
육 남매 중 맏이이기 때문에 집안의 개혼開婚이므로 그렇게 하는 것이 시부
모님은 물론 문중 어른들에 대한 도리라고 우리 부부는 생각했다.

그리하여 결국 우리는 강릉 주문진까지 – 지금 생각해도 부산에서 주문
진까지는 너무나 멀고 힘든 여정이었다 – 버스를 타고 가서 사모관대를 입
고 전통혼례를 올렸다.

주문진의 시댁마을은 창녕 조 씨의 집성촌이다. 일가친척이 얼마나 많은
지 하객이 인산인해를 이뤘다. 혼례를 치르고 일주일을 시댁에서 머물렀는
데 그동안에도 계속 방문객이 있었다.

"강릉에도 한다하는 집안 규수가 많은데 그 많은 후보들을 물리친 신부

영방 · 영미와 함께

감은 대체 누구인가."

나는 이런 소릴 들으며 방안에 꼼짝없이 앉아 있었다.

남편은 해군정훈음악대에 몸담고 있으면서 진명여고의 음악교사로 봉직하고 있었다. 우리가 신혼살림을 차린 곳은 피난민들이 오십여 세대 정도가 모여 살고 있던 서대신동의 판자촌이었다. 피난살이라서 부족한 게 많긴 했지만 우리는 주어진 여건 속에서 재미나게 살림을 꾸려나갔다.

남편이 직장에 나가있는 동안 나는 우리의 보금자리를 닦고 매만졌다. 도배를 새로 하고 목판을 주어다 대패로 밀어 밥상을 만들었다. 나는 집안일을 하는 게 즐거웠다. 그런 나를 바라보는 남편의 시선에서도 동일한 감정을 느낄 수가 있었다. 다행인 것은 부산은 생선이 많이 나는 곳이라서 언제라도 싸게 구입할 수가 있었다.

그곳의 피난민들은 부지런해서 먹고 사는데 불편이 없었다. 어려운 가운데에서도 서로 배려해가며 이해하려고 애썼다. 모두가 나라사랑하는 마음으로 이 무서운 전쟁이 하루 속히 끝나기를 하나님께 기도드렸다고 생각된다.

결혼하고 삼 개월 만에 나는 임신을 하였다.

남편이 이루 말할 수 없이 기뻐하면서 태중의 아이를 위해 좋은 음악을 들려주려 애썼다. 특히 4중주 음악을 많이 듣게 했고 나는 음악의 아름다움에 귀가 트이는 계기가 되었다. 또한 나는 부지런하게 움직여 태중의 아이의 우주인 내 몸을 튼튼하게 유지하면서, 음식을 가려가며 골고루 챙겨 먹었다.

하늘이 주신 감동의 앙상블 조 트리오 이야기

역시 싱싱한 생선을 마음껏 먹을 수 있는 건 임부
로서의 축복이었다.

남편은 성악가로서 집에서도 열심히 노래 연습
을 했다. 슈베르트*의 가곡집을 들고 살다시피 했으
며 그 중에서 「겨울 나그네」를 아꼈다. 원제 '빈터
라이제(Winterreise)', 직역하면 「겨울여행」이 맞다
고도 하는 이 곡은 독일시인 뮐러의 시를 바탕으로
썼다.

영창의 백일 때

비록 전쟁중이었으나 우리집에서는 아름다운 음악이 흐르는 가운데 더없
이 행복한 신혼 시절을 보냈다.

1953년, 약 2년여를 끌어오던 휴전 협정이 판문점에서 조인되었다. 부산
으로 피난 왔던 정부 기관, 단체, 학교 등이 다시 서울로 환도하기 시작했다.

남편이 몸담고 있던 해군정훈음악대와 진명여자 중·고등학교도 서울로
올라가게 되었다. 정훈음악대 대원과 가족을 위해 마련된 기차를 타고 나는
만삭의 몸으로 남편과 함께 환도하였다.

우리는 회현동에 임시 거처를 마련하였다. 남편이 가정교사로 있던 집이
었는데 일본식 집의 사랑채가 우리의 신혼집이었다. 그때까지도 서울 시내
는 아직까지 전기불이 들어오지 않았으며 통행금지가 있었다.

서울에 온 지 엿새만인 10월 1일 새벽 두시에 진통이 왔다. 아직 산파의

---

* 슈베르트는 1797년 빈 교외 리히텐탈에서 가난한 교사의 아들로 태어났다. 음악을 좋아하는 아버
지와 누나의 지도를 받으며 거의 독학으로 음악을 공부했다. 작품 1번의 「마왕」은 약관 18세 때의
작품이다. 31세의 짧은 생애 동안에 650곡에 달하는 작품을 썼으며 많은 명곡을 남겼다.

집도 알아 두지 못했을 뿐더러 통행금지가 해제 되지 않은 시간이었지만 남편은 집을 나갔다. 진통이 점점 심해져서 순산을 빌던 나는 남편이 무사히 집에 도착하게 해달라고 기도했다.

남편이 산파와 함께 들어오자마자 나의 첫아이는 세상에 나왔다. 딸이었다. 우리 부부는 첫아이로 딸을 원했던 터라 무척 기뻤다. 산파가 아기를 내 품에 안겨 주었을 때 얼마나 사랑스럽던지, 나와 남편은 기쁨의 눈물을 흘리며 하나님께 한없는 감사를 드렸다.

훗날 조 트리오 멤버 중에 한 사람이 될 영방은 그렇게 우리 부부에게로 왔다.

길 영永, 향기로울 방芳. '영원히 향기로워라' 라는 뜻을 담아 첫딸의 이름을 지었다.

출산을 위한 물품은 미리 준비를 해두었지만 미역은 미처 마련하지 못했다. 서울에 올라가서 마련해야지 했는데 예정일보다 일주일 정도 빨리 낳는 바람에 그렇게 되었다.

남편은 학교에 가불 신청을 했다. 그러나 부산에서 올라온 지 얼마 되지 않은 진명여고도 교사들의 월급에 신경을 써줄 만한 형편이 못되었다. 미역 국도 없이 밥을 먹고 있는 산모를 보고 애를 태우던 남편은 친구에게 부탁하러 나갔다. 친구에게 머릴 숙일 남편 생각에 나는 그 어느 때보다도 마음이 아팠다.

친구를 만나고 돌아온 남편의 눈은 붉게 충혈되어 있었으며 손에는 커다란 장각 미역이 들려 있었다.

이후 우리는 효자동으로 이사했다. 비록 세 식구가 누우면 꽉 차는 작은

하늘이 주신 감동의 앙상블 조 트리오 이야기

문간방이었지만, 무상으로 남의 집에 얹혀살던 먼저 집에 비하면 거기엔 무한한 자유로움이 있었고 그만큼 더 행복했다.

나는 아기를 업고 집안일을 했는데 전혀 힘든 줄 몰랐다. 벽지를 사다가 방을 도배하고 연탄 아궁이도 불길이 잘 들도록 손보는 일도 내가 직접 했다.

이런 나를 남편은 안쓰럽고 대견한 눈으로 바라봤다. 남편은 고도 근시이기 때문에 손톱발톱도 내가 깎아드렸다. 그 정도야 할 수 있지만 내가 깎아주는 게 더 예쁘다며 나에게 맡겼다.

하여간 남편이 고도 근시이기 때문에 어려움이 좀 있었다. 못 같은 걸 잘 박을 수 없기 때문에 대부분의 가정에서 남자들이 하는 부분도 전적으로 내가 맡아서 처리해야 했다. 남편은 미안해 했지만 바깥일에다 노래 연습만으로도 시간이 없는 남편을 위해 내가 할 수 있는 일이 있다는 것에서도 나는 충만한 행복을 느꼈다.

효자동 문간방에서 살다간 우리는 다시 한옥 사랑채 두 칸짜리 집으로 이사를 했다.

행복한 나날이 시냇물처럼 조용히 흘러가던 어느 날 가까운 지인의 방문이 있었다. 어려운 지경에 처해 있는데 도와달라고 애원하는 것이었다. 차마 뿌리칠 수 없는 상황이어서 우리는 집에 있던 돈에다 이자 돈까지 얻어서 빌려주었다. 만일 못 받게 된다면 우리는 상당히 곤경에 처할 수도 있는 목돈을 빌려 준 것이었다. 그동안의 신의로 봐서 무책임하게 돈을 갚지 않을 사람은 아니었기 때문에 용단을 내린 거였다.

그러나 돈을 빌려간 그 사람은 갚을 생각을 하지 않았다. 남편의 유학경비로 쓰려고 모아둔 목돈도 다 없어졌고 매달 나오는 봉급마저도 이자를 갚는데 들어갔다. 집안에 경제적인 어려움이 닥치니 불안했다.

이런 때에 나는 둘째 아이를 임신하게 되었다. 임부가 잘 먹어야 아이가 튼튼할 건데 싶었지만 제대로 챙겨 먹을 수가 없었다. 정신적으로라도 풍요로움을 가져야 한다는 생각에 나는 마음을 차분하게 가라앉히고 평상심을 유지하려고 노력했다. 그러면서도 음식을 골고루 갖춰먹지 못해 태아의 발육상태가 좋지 않으면 어쩌나 하고 그게 마음에 걸렸다.

돈을 빌려간 남편의 친구한테서는 일 년이 되도록 소식조차 없어서 우리 부부는 무척 힘든 시절을 보내고 있었다. 그런 가운데, 1955년 2월 27일, 나는 두 번째 아이를 출산했다.

남편은 딸 아들 상관없다지만 나는 아들이기를 바랐는데 낳고 보니 또 딸아이였다. 그런데 이 아이는 얼마나 예쁜지 꼭 인형 같았다. 너무나 예뻐서 눈을 깜박거리는 시간도 아깝게 느껴질 정도였다. 산파의 말이 여태까지 많은 아기를 받아봤지만 이렇게 예쁜 아기는 처음이라고 했다.

천사보다도 더 해맑은 아기를 보면서 나는 다시 한 번 어미로서의 자세에 대하여 생각했다. 아기를 갖고 육체적으로 정신적으로 너무 힘들었던 게 너무 미안했다.

한 가정의 살림을 책임지려면 여하한 일이 있어도 경제력을 갖추어야 한다. 어렵다고 찾아와 돈을 빌려달라고 할 때는 만일 빌려주려는 돈을 돌려받지 못할 경우가 생기더라도 내가 그 피해를 감당할 각오가 되어 있을 경우에만 빌려 주겠다. 이렇게 마음속으로 정리를 하고 나니까 돈을 빌려간 사람보다도 내 자신의 어리석음으로 인해 우리 가족이 고생을 하고 있다는 게 명확히 인식되었다. 여고 졸업 때 교장선생님이 해주신 말씀이 생각났다. "친구지간에 돈거래 하지 마라. 그렇게 하면 돈도 잃고 친구도 잃는다."

하늘이 주신 감동의 앙상블 조 트리오 이야기

라고 하시던 그 말씀이.

모든 것은 다 지나간다. 경제적으로 많이 힘들었지만 남편은 열심히 일을 했고 나는 더욱 돈을 아껴가며 생활하여 우리는 효자동의 작은 문간방을 벗어나 두 칸 짜리로 이사했다.

두 딸아이는 무탈하게 잘 자라 주었다. 태중에서부터 음악을 자양분으로 듣고 자란 아이들은 어려서부터 음악에 대해 남다르게 반응을 보였다.

영방이 두 살 때의 일이다. 당시는 중학교 입학시험에 음악 실기 시험이 있었다. 시험은 6학년 음악교과서에 있는 노래를 부르는 것이었는데, 남편이 음악교사이다 보니 더러 입시를 앞둔 수험생들이 우리 집에 와서 지도를 받고 가는 일이 있었다.

그날도 학생들이 노래 지도를 받고 간 날이었다. 학습이라는 게 항용 그러하듯이 우수한 아이가 있는가 하면 부진한 아이도 있게 마련이다. 그날 학생 중에는 좀 부진한 아이가 있어서 시간보다 좀 늦게 레슨이 끝났다. 그런데 영방이가 제 아빠한테 와서 말을 했다.

"나도 부를 수 있어요."

이제 두 살인 영방이에게 그때까지 노랠 가르쳐 준 적이 없었다.

두 살배기 하는 양이 기특하긴 했지만 별 기대 없이, 그럼 어디 한번 해보라며 청을 들어주었다.

영방이는 두 손을 모으며 제대로 폼을 잡고 노랠 부르기 시작했다. 중학교 수험생들이 부른 노래를 가사도 정확했고 음정도 틀리지 않게 썩 잘 불렀다. 남편과 나는 너무나 기뻐서 영방이에게 뽀뽀 세례를 퍼부었다.

영리한 아이라고는 이미 짐작하고 있었지만 음악적 재능이 있는 줄은 미처 알아보지 못한 때여서 우리는 너무나 놀랐다. 그 순간 나는 어미로서 어떤 직감 같은 게 감지되었다.

성악을 하는 사람으로서 남편은 거의 흥분하다시피 좋아했다. 그러자 영방이는 자진해서 한 곡 더 불렀다. 중학교 음악 교과서에 나오는 곡을 불렀다. 배우지 않은 곡을 잘 이해했고 표현했다.

예사 아이가 아니라는 직감과 함께 '부전자전父傳子傳'이 이런 거구나 싶어졌고 음악적 재질을 물려주신 하나님께 감사드렸다.

또한 영방이는 감기 한번 걸리지 않고 너무나 건강하고 반듯하게 자라주었다. 모든 이에게 사랑받으며 부모를 행복하게 하는 아이라서 나는 참 감사하며 키웠다.

감사한 마음을 간직한 채 이 아이가 갈 길에 대하여 나는 조심스럽게 남편에게 말했다.

"아무래도 영방이는 당신을 닮은 것 같아요."

"나도 그렇게 생각한다오."

"그에 따른 준비를 해야 겠지요?"

"그래야 겠지요."

아이에게 음악을 지도하려면 피아노를 한 대 들여놔 주어야 한다는 걸 우린 잘 알고 있었다. 그러나 그때까지도 우리의 생활은 너무나 빠듯해서 언감생심 꿈도 꾸지 못할 형편이었다.

재능이 보이는 아이에게 피아노를 사주고 싶은데 돈이 없어 못 사주니까 몇 년 전에 빌려 주고 받지 못한 그 목돈이 자꾸 생각났다. 부질없는 일인 줄 뻔히 알면서도 돈이 쪼들릴 때마다 두더지처럼 불쑥불쑥 고개를 쳐들었다. 옛 생각이 나면서 그 사람이 미워졌고, 마음이 아팠다.

피아노 살 돈이 없으니, 남편은 우선 풍금을 사서 학생들에게 성악을 지도하고, 아이들에게는 음악적 분위기를 만들어주기 위해 자기 옆에 앉혀놓고 풍금을 쳤다. 네 살 먹은 영방이는 이게 무슨 장난감인가 하고 만져보고 발판에 올라타고 난리를 쳤다. 남편이 발판을 밟아주면 영방이는 건반을 두드려 대며 즐거워했다. 영방이는 이제 다른 어떤 곳보다도 풍금의 건반 두드리는 재미에 빠졌다.

"도, 레, 미, 파, 솔……."

남편은 게 이름을 하나하나 알려주며 건반을 눌러 보였고 아이는 그대로 따라했다. 이어서 남편이 건반을 누르니까 영방인 음계를 정확하게 알아맞히었다. 말로만 듣던 '절대음감'을 영방이가 지니고 있을 줄이야!

'맹모삼천지교孟母三遷之敎'라는 말은 들어봤지만 아이가 제 부모를 선도한다는 소리는 들어본 적이 없었으므로 나는 그때 솔직히 영방이를 내가 제대로 키울수 있을지 조심스러워졌다.

피아노는 나중에 사주기로 하고, 우선 좋은 음악을 집중적으로 들려주기 위해 아빠가 쓰던 풍금을 치게 해주었다.

우리는 더욱더 허리띠를 졸라매가며 돈을 모아서 중고 야마하 피아노를 들여 놓았다. 그때가 영방이가 만 네 살 되던 1957년의 일이다. 너무나 어렵게 장만하여 우리가 샀다기보다 하늘에서 보내준 선물처럼 여겨졌다. 영방이와 영미도 이 피아노를 아주 신기하게 바라보며 즐거워했다.

우리 집엔 이제 남편의 노래 소리와 함께 두 딸아이의 피아노 소리가 함께 울려 퍼졌다. 세 사람이 함께 호흡을 맞춰 「즐거운 나의 집」을 부르고 있으면 나는 우리집이야말로 즐거운 나의 집이 되어가는구나라고 느끼며 감사한 마음이 들었다. 나는 이때까지는 교회에 나가지는 않았지만 항상 감사하는 마음으로 살았다.

즐겁고 평안한 가운데 그동안 살림도 늘어 우리는 두 칸 짜리에서 세 칸 짜리로 이사했고 나는 셋째 아이를 가졌다.

셋째는 반드시 아들이었으면 하고 나는 바랐다.

딸 둘에 아들 하나를 둔다면 참으로 복된 삶을 살게 되지 않을까 싶었다. 더군다나 남편이 맏아들이기 때문에 나는 집안의 종손을 잇기를 바랐다.

출산일을 앞두고 남편에게 독일어 시험이 있었다.

음악의 본고장인 오스트리아 빈(Wien)으로 유학을 가고 싶어 했던 남편은 그동안 틈틈이 독일어 공부를 해왔는데 하필이면 출산 예정일이 시험 날이었던 것이다.

남편은 시험장으로 갔고, 나는 친정어머니와 함께 택시를 타고 동대문에 있는 이대부속병원으로 향했다. 아침부터 싸라기 눈발이 보이더니 내가 병원으로 갈 때쯤엔 함박눈이 탐스럽게 내리고 있었다. 내 고향 함흥은 눈이 많은 고장이다. 그래서 그런지는 몰라도 나는 어린 시절부터 유난히 눈 오는 풍경을 좋아했다. 흰 눈이 펄펄 날리는 걸 보면 마음밭이 풍요로워 지면서 왠지 모든 게 다 내가 바라는 쪽으로 될 것 같은 기분에 젖어들곤 했다.

눈은 점점 더 쏟아졌고 내 마음이 소녀처럼 부풀어 올랐다. 나는 하늘을 우러러 팔을 벌렸다.

'아, 온 세상이 나와 내 아이를 축복해주는구나!'

왠지 꼭 아들을 낳을 것만 같은 예감이 들었다. 나는 남편이 시험을 잘 보기를, 내가 순산하기를 기도하면서 병원으로 들어섰다.

내 상태를 살펴보던 의사는 자궁문이 열려있다고 했다. 별 고통도 없이 아기는 금세 세상 밖으로 나왔다. 아들이었다. 그것도 내가 그토록 사랑하

하늘이 주신 감동의 앙상블 조 트리오 이야기

는 남편을 판박이로 닮은 아들.
하나님, 감사합니다!

너무나 감사해서 남편이 어서 왔으면 하고 바랐다.

시험을 마친 남편이 함박눈을 맞은 채 한걸음에 달려왔다.

"여보, 고생했어. 사랑해!"

남편은 어린아이처럼 좋아서 어쩔 줄 몰라 했다.

"근데 녀석이 어쩜 그렇게 날 쏙 빼닮았지? 분신이라는 말이 무슨 의미인지 알겠어. 이런 느낌 처음이야, 세상에 든든한 내편이 생겼다는 이 느낌 당신은 잘 이해 안 갈지도 몰라. 아, 내게 이토록 소중한 선물을 주시다니, 하나님 감사합니다!"

나는 그 순간 너무 행복해서 목이 메었다.

딸 둘에 아들을 낳은 어미가 된 나는 얼마나 행복한지 세상을 다 얻은 것 같았다. 남편이 유학을 떠나는데 딸 셋을 두고 가는 것보다 아들이 있는 것이 훨씬 든든할 것만 같아 나는 주야로 기도했다. 정말 감사한 일이 아닐 수 없었다.

우리 부부는 손잡고 하나님께 감사 기도를 드렸다.

'이다지도 많은 복을 주시는 하나님, 앞으로 주님 안에서 더욱더 열심히 행복하게 살겠습니다!'

남편은 기대 이상으로 감격해 하더니 엄중한 표정으로 말했다.

"당신은 아들을 낳았으니 나도 뭔가를 남기고 싶소."

남편은 차분하게 마음을 가라앉히고 시상을 떠올리며 시를 써가기 시작했다.

내 아들이 첫 젖 모금을 넘기는 때에 맞춰 남편은 자작시를 읊어 주었다.

눈이 펑펑 쏟아지던 날

조상현

58년 1월 25일 오후 3시
흰 꽃처럼 내리는 함박눈 속에서
동대문 병원 언덕을 허둥지둥 올랐다
신발 등은 함박눈 꽃물로 젖어들고
아내가 기다리는 병실로 들어섰다

이미 혼자가 아니었던 아내
곁엔 갓난 애기가 함께 있었다
세상마저 잠재울 듯 고요하게 잠든 아이
우리 부부에게 온 하늘나라 꽃
바로 그 주인공이 내 아들이었다

아내도 나도 싱글벙글
이렇게 좋은 날
어여쁜 아들 보게 된 기쁨에
축복받을 아이의 장래를
앞 다투어 얘기했다

내가 태어나던 날도
펑펑 눈이 쌓였다는데

– 생략 –

하늘이 주신 감동의 앙상블 조 트리오 이야기

4. 더 나은 미래를 위해

생계는 어떻게 하든 내가 책임을 질 테니 당신은 유학을 떠나라고 말했지만 남편은 쉽게 마음의 결정을 내리지 못했다.

"자그마치 식구가 일곱인데 한 두 해도 아니고 몇 년 씩이나…… 당신 혼자서 고생할 생각하니 내 욕심이 지나쳤지 않나 싶소."

나는 남편에게 용기를 주었다.

"여기 일은 걱정 말고 당신은 떠나세요." 기회란 한번 지나고 나면 되돌아오지 않는 법 삼남매의 아버지에다 두 동생까지 있는 가장이 공부를 하기 위해 외국을 나간다는 것은 사실 당시로서는 매우 드문 일이긴 했다.

참으로 어려운 용기와 결단이었고 남편은 결국 유학길에 오르기로 결정을 보았다.

1959년 비엔나 유학 때 남편 조상현과 정진우, 김달성과 함께

피아니스트 정진우와 함께한 남편

다섯 살 영방, 세 살 영미, 백일이 갓 지난 영창, 우린 이제 5인 가족이 되었다.

여기에다 중학교 1학년인 시누이와 초등학교 5학년인 시동생까지 우리 집에서 기거하게 되었다. 사람은 도시에 나가 큰 공부를 해야 한다는 시부모님의 뜻에 따라 식구가 늘게 된 것이다.

시누이와 시동생은 정신연령이나 물리적인 나이 그리고 행동거지는 어린애이지만 엄연히 촌수로는 우리와 동 항렬行列이기 때문에 솔직히 그땐 갑자기 의붓자식이 두 명 늘어난 것 같은 느낌이었다.

시동생은 짓궂어서 누나를 괴롭혔고 두 사람은 걸핏하면 싸웠다. 영창이도 크고 작은 말썽을 일으키며 제 존재를 드러냈고 영방이와 영미는 집안에 한 대뿐인 피아노를 서로 치겠다고 고집을 피웠다. 피아노를 차지한 아이가

하늘이 주신 감동의 앙상블 조 트리오 이야기

되나마나 뚱땅거리는 소리 속에 피아노를 차지하지 못한 아이의 방해 음이 끼어들고 여기에 남편과 아이들의 노래 소리까지!

정신없고 분주한 가운데에서도 질서와 규율이 있고 음악의 선율이 흐르는 집. 그 집의 선봉장인 나는 언제나 흰 머플러와 에이프런을 두른 채, 이 소란한 부대를 통솔하기 위해 총채를 휘두르며 사랑이라는 이름으로 진두지휘해 나갔다.

치우고 돌아서면 집안이 어질러져 있었고 연신 빨아대는 데도 목욕탕에 들어서면 빨랫감이 금세 산더미같이 쌓여 있었다.

그런 시간들 속에서 기쁜 소식이 들려왔다.

남편이 독일어 시험에 합격한 것이다. 나는 이 소식을 듣고 남편이 유학 가는 게 아니라 마치 아들을 유학 보내는 심정으로 감사 기도를 드렸다.

그러나 시험엔 붙었지만 그 나머지의 마련은 준비가 되지 않은 상태였다.

남편은 함께 유학길에 오르기로 한 김달성 선생과 국정 음악교과서를 편찬했고 합창집도 몇 권 써서 출간해 놓은 상태이긴 했다. 그렇지만 그 돈은 유학비는 고사하고 우리 집의 가용으로 쓰기에도 부족한 금액이었다. 그런 탓에 남편은 유학을 포기하겠다고 했다.

그대로 주저앉는다면 평생 고등학교 음악선생으로 끝날 건 뻔한 일, 그건 남편이 바라는 삶이 아닐 터였다.

생계는 어떻게 하든 내가 책임을 질 테니 당신은 유학을 떠나라고 말했지만 남편은 쉽게 마음의 결정을 내리지 못했다.

"자그마치 식구가 일곱인데 한두 해도 아니고 몇 년 씩이나…… 당신 혼자서 고생할 생각하니 내 욕심이 지나쳤지 않나 싶소."

이에 나는 남편에게 용기를 주고자 했다.

"여기 일은 걱정 말고 당신은 떠나세요. 기회란 한번 지나고 나면 되돌아오지 않는 법이지 않습니까."

나이 서른다섯에 삼남매의 아버지에다 두 동생까지 있는 가장이 공부를 하기 위해 외국을 나간다는 것은 당시로서는 매우 드문 일이기도 했다.

참으로 어려운 용기와 결단이었고 남편은 결국 유학길에 오르기로 결정했다.

남편이 떠나는 날이었다.

남편은 영미와 영창에게 작별의 뽀뽀를 해주었다. 두 아이는 무슨 영문인 줄도 모른 채 해맑은 미소를 띠며 제 아빠의 뽀뽀를 받았다. 시골에서 아버님 그리고 친정오라버니도 오셨다. 두 아이가 너무 어려서 친정어머니에게 맡겨 놓고 나는 영방이만 데리고 남편을 배웅하러 길을 나섰다.

골목 어귀를 돌아 나오다가 무심코 뒤를 돌아보니 영미, 그 어린 게 저 혼자 따라 나와 고사리같이 작은 손을 흔들고 있는 게 아닌가!

나는 울컥 목이 메어 남편을 쳐다보았다. 눈을 감고 잠시 서 있는 남편의 눈에 눈물이 어룽졌다. 목적이 어떻든 간에 어린 자식을 떼어 놓고 아버지가 먼 길을 나선다는 건 결코 좋은 일만은 아니란 걸 그 아이의 손짓에서 느꼈다.

그때의 영상은 먼훗날까지도 나와 남편의 뇌리에 잊을 수 없는 아픈 추억이 되었다.

공항에 도착하니 남편을 환송하기 위해 진명여고의 합창단과 동료 교사들이 미리 나와 기다리고 있었다. 스승과 동료를 배웅하기 위해 먼 걸음을 해준 그분들이 참으로 고마웠다. 떠나기 직전, 합창부 학생들이 남편의 지도

하늘이 주신 감동의 앙상블 조 트리오 이야기

하에 익혔을 작별의 노래를 부르는 모습은 또 하나의 영상으로 우리 부부의 가슴속에 찍혔다. 여섯 살 영방이도 언니들의 노래 소리를 들으며 이제는 제 아빠를 떠나보내야 할 때가 왔음을 직감한 모양인지 작별인사를 했다.

"아빠, 편지 자주 보내주세요. 답장 드릴게요."

"암, 그리고 말고. 아빠 없더라도 엄마 말씀 잘 듣고 피아노 연습 열심히 하고 동생들 잘 돌봐줘야 한다. 사랑하는 착한 우리 딸. 아빤 너를 믿는다."

영방이는 그 말에 입을 조개 입처럼 앙다물고는 고개를 끄덕였다. 이제 겨우 여섯 살이지만 영방이는 우리 집의 맏딸이라는 걸, 아빠가 지금 무얼 당부하고 있다는 걸 그 아이는 십분 이해하고 있었다. 너무나 사랑스럽고 대견한 모습이었다.

아빠가 딸아이의 볼에 작별의 뽀뽀를 해주었다.

여느 사람보다 몇 갑절 감정이 풍부한 사람인데. 자기 혈육을 떼어 놓고 가는 저 심정이 얼마나 쓰라릴까를 생각하니 나는 가슴이 먹먹해졌다.

사랑하는 아빠를 머나먼 타국으로 보내는 이 아이의 가슴은 얼마나 미어질까 그것 또한 가슴 저미는 일이었다.

아이도 울고 남편도 울고 나도 울었다. 아무리 아무리 입술을 깨물어도 내 눈에서 흘러내리는 눈물을 막을 수가 없었다.

남편은 눈물이 어룽진 눈으로 나를 달랬다.

"여보, 미안하오. 순옥이, 건강해야 하오."

가장이 빠져나간 집은 식구가 여섯이나 되건만 빈집처럼 쓸쓸했다.

이역만리 타국에서 홀로 생활하는 남편은 오죽할까 싶을 때 어느 날 빈으로부터 편지가 날아왔다. 떠난 지 두 주일 만이었다.

남편의 편지는 미래에 대한 희망으로 가득 차 있었고 그것을 아이들에게 전해주는 내 마음도 덩달아 들떴다. 그후 남편은 일주일에 두 번씩 따박따박 편지를 보내왔다.

어느 날 남편에게서 소포가 왔다. 풀어보니 피아노 연습곡집인 미크로코스모스 Mikrokosmos*가 들어 있었다.

그 책은 함께 유학길에 오른 피아니스트 정진우(당시, 서울대 음대 교수) 선생과 함께 고른 것이라는 메모가 적혀 있었고, 연습곡집 맨위 첫장에는 다음과 같은 글귀가 적혀 있었다.

피아노 연습은 바른 자세로 천천히 정확하게, 열심히!

그 글귀를 펼쳐서 영방이에게 주자 아이는 또박또박 읽고는 그 연습곡 집을 소중하게 가슴에 품었다. 나는 남편의 가족 사랑에 대하여 깊은 고마움을 느꼈다. 몸은 떨어져 있어도 마음만은 언제나 자기를 사랑하고 있다는 걸 감지한 영방이는 아빠가 일러준 대로 바른 자세로 앉아 천천히 정확하게 열심히 피아노를 쳤다.

영방이는 이때 남편의 진명여고 제자이며 이대 음대에 재학 중인 장정옥 씨에게 사사 받고 있었다. 가르치는 사람과 배우는 사람이 혼연일체가 되어

---

* 버르토크가 아들의 연습용으로 1926~1937년에 작곡한 것이며 모두 6권 153곡으로 이루어져 있다. 미크로코스모스란 '자그마한 우주'라는 뜻인데, 이는 모든 피아노 기법이 그 속에 수록되어 있다는 뜻에서 붙인 이름으로 추측이 된다. 연주기교가 초보적인 것부터 연주회용의 난해한 것까지 폭넓게 수록되어 있다. 대부분이 5음음계적 또는 선법적(旋法的)이며, 하모니 · 리듬 등에서 버르토크의 독특한 작법을 엿볼 수 있다. 기교적으로도 20세기 피아노 음악의 입문서라고 할 수 있는 작품집이다.

하늘이 주신 감동의 앙상블 조 트리오 이야기

영방이의 피아노 공부는 진도를 나갔다. 장정옥 씨는 영방이의 피아노 솜씨가 여느 아이들보다 아주 남다르다고 극찬을 해주었고 나는 이 이야기를 남편에게 적어 보냈다.

　남편에게서도 희소식이 배달되었다. 남편이 빈 국립음악대학의 입학시험에 합격했다는 소식이었다. 세계 각국에서 모인 80여 명의 성악과 지원자들 중 15명을 뽑는데 남편이 합격한 것이었다. 나는 너무나 기뻐서 아이들을 모아놓고 아빠의 편지를 읽어 주었다. 우리 가족은 다함께 하나님께 감사 기도를 올렸다. 그리고 아이들과 함께 기쁨의 축하 편지를 보냈다. 남편으로부터 청운의 푸른 꿈을 키우겠다는 각오를 담은 답신을 받았다. 서른다섯 늦은 나이에 공부를 해야 했으니 하루 24시간 공부만으로도 벅찰 것이라고 나는 짐작했다.

더 나은 미래를 위해

5. 삶이 그대를 속일 지라도

남편도 없는데 혹한의 계절이 찾아왔다.

12월 19일, 그날을 지금까지 기억하는 것은 기온이 날자와 똑같이 영하 19도였기 때문이다. 우리는 낡은 일본식 가옥에서 살고 있었는데 천장과 벽 틈으로 들어오는 외풍이 심했다. 시동생과 시누이가 기거하는 방은 작아서 견딜 만 했는데 내가 아이들과 사용하는 방은 제법 커서 연탄 한 장으로 버티기에는 너무 추웠다. 선뜩선뜩 한기가 들어 나는 잠에서 깼다. 일어나보니 방은 냉골처럼 차가웠고 세 아이들이 새우처럼 허릴 잔뜩 웅크린 채 잠들어 있었다. 그 모습이 너무나 안쓰러워 도저히 그대로 잠자리에 들 수가 없었다.

남편과 함께 망중한

인세가 나올 것이라고 굳게 믿었던 그 출판사에서는
연락이 없었다.

영등포에 있는 출판사를 셀 수없이 많이 찾아갔지만 출판사는 지급기일
을 차일피일 미루기만 했다. 남편 유학비를 송금해야 하는데 출판사에 갔던
나는 매번 허탕을 치고 빈손으로 돌아오는 일이 반복되었고 희망이 절망으
로 바뀌는 나날이 계속되었다.

그렇게도 애를 태우던 그 출판사는 부도를 내어 폐업을 했고, 사장은 교
도소에 수감되었다. 그동안 붙잡고 있던 한 가닥 희망의 끈이 내 손을 벗어
나 공중으로 날아가 버리고 말았다.

발등에 불은 떨어졌고 나는 생계 대책을 마련하지 않을 수가 없게 되었
다.

삶이 그대를 속일 지라도

아이들을 돌보면서 할 수 있는 일이 무엇이 있을까 하고 백방으로 알아보았다.

남편이 유학을 떠나기 전에, 당신 떠나고 나면 내가 직장 다닌다고 말한 적이 있었다. 그러자 남편은 아이들은 어쩌고? 그럼 내가 유학을 안 떠나겠다고 말한 적이 있었다.

그러던 어느 날, 고등학교 때부터 우리 집에 와서 함께 공부했고 대학도 함께 다닌 막역한 친구 영숙한테서 연락이 왔다.

"순옥아, 오랜 만이다. 우선 좀 만나서 얼굴보고 이야기하자.

나는 영숙의 목소리를 듣는 것만으로도 나는 너무나 기뻤다.

우린 서로 만나기로 약속을 했다. 그동안 가정에 파묻혀 지내느라 절친했던 동창들도 만나지 못하고 지냈던 나는 그 친구를 만날 생각만으로도 새로운 활력이 생겨났다.

그 친구는 숭의여고에서 가정교사로 재직하고 있었다. 만나고 보니 직장생활을 하는 그 친구에게선 적당한 긴장감과 자신감이 느껴졌다.

"너도 열심히 살고 있구나, 직장생활하는 네 모습이 보기 좋다."

"그래? 너도 어느 정도 아이들이 크고 했으니 일을 좀 해보지 그래? 예전에 너 바느질 솜씨 좋았잖아."

친구의 뜻밖의 제안에 내심 반가워서 귀가 번쩍 띄었다.

학생들이 가사 시간에 쓸 교구를 준비해 달라고 했다. 시장에 가서 천을 사다가 모형대로 오려주고 천 색상과 어울리는 실을 준비해 달라는 것이었다. 어렵지 않게 할 수 있을 것 같았다. 그러나 나는 혹시라도 이 친구가 내 형편을 염려해서 도와주려고 나서는 건 아닌가 하여 주저했다.

"네가 무얼 고민하는지 난 다 알아. 학생들에겐 꼭 필요한 일이라서 부탁

하늘이 주신 감동의 앙상블 조 트리오 이야기

하는 거야."

"……."

"네 손재주는 내가 인정한다. 채소나 과일 또는 나뭇잎 등을 만들면 돼. 네 실력이면 충분히 하고도 남으니까 당장 시작해, 알았지?"

나는 일단 해보기로 했다. 일단 가정교과서를 사다가 탐독해 가면서 어떤 천을 떠오면 좋을지부터 감을 잡아나갔다.

우리 아이 셋에 두 시동생을 뒷바라지하면서 나는 열심히 일을 했다.

취미가 있긴 했지만 품삯을 받고 하는 일이란 결코 녹록지 않았다. 처음엔 일이 서툴러서 원단을 버리기도 했다. 일이 숙련되어갈 정도가 되니까 그것도 일이라고 직업병이 생겼다. 눈도 아프고 손마디가 저려 왔으며 등과 허리 등 안 아픈 곳이 없었다. 그렇지만 그 돈을 모아 남편에게 송금하고 가용에 보탤 수 있어서 나는 열심히 일을 했다.

나의 친구 영숙이는 지금도 가장 가까운 친구다. 늘 고맙게 생각한다.

남편도 없는데 혹한의 계절이 찾아왔다.

12월 19일, 그날을 지금까지 기억하는 것은 그날 기온이 날자와 똑같이 영하 19도였기 때문이다. 우리는 낡은 일본식 가옥에서 살고 있었는데 천장과 벽 틈으로 들어오는 외풍이 심했다. 시동생과 시누이가 기거하는 방은 작아서 견딜만 했는데 내가 아이들과 사용하는 방은 제법 커서 연탄 한 장으로 버티기에는 너무 추웠다. 선뜩선뜩 한기가 들어 나는 잠에서 깼다. 일어나보니 방은 냉골처럼 차가웠고 세 아이들이 새우처럼 허릴 잔뜩 웅크린 채 잠들어 있었다. 그 모습이 너무나 안쓰러워 도저히 그대로 잠자리에 들 수가 없었다.

삶이 그대를 속일 지라도

이불을 끌어다 아이들을 턱까지 덮어주고 나는 새벽길을 나섰다. 방에다 연탄난로를 놓을 작정을 한 것이다.

막상 나서고 보니 미명이 밝아오기 직전이라 밤길은 앞길을 분간할 수 없을 정도로 어두웠다. 칼날처럼 매서운 바람은 집요하게 옷 속을 파고들었고 두 귀가 얼음덩이처럼 차가워서 감각이 없어졌다. 숨을 쉬면 코와 입이 얼어붙는 것 같았다.

효자동 시장바닥을 뒤지고 다녔지만 가게들은 모두 문이 굳게 닫혀 있었다. 나는 가슴을 졸이며 발을 동동 굴렀다. 나는 내친 김에 적선동 시장으로 가보기로 했다. 그곳에 가면 혹시 가게 안에서 침식을 하는 집이 한 곳 쯤은 있을지도 모른다는 막연한 생각이 내 발길을 그곳으로 인도한 것이었다. 길고양이를 만나면 너무나 놀라서 가슴에서 방망이질 소리가 났다. 아녀자가 돌아다니기엔 시간이 너무 야심했고 인적이 전혀 없었다. 내 볼과 손발은 이미 얼음조각으로 변해 감각이 마비되어 버렸다.

그렇게 꼬박 삼십분을 걸어 나는 적선동 시장에 당도하였다.

적선동의 가게들은 대부분 문이 닫혀 있었다. 세상이 나를 밀어내는 듯한 절박감이 엄습해 왔다. 그러다가 간신히 난로 파는 가게를 찾긴 찾았다. 밤이 너무 깊어 주인을 깨울 자신이 없어서 나는 한참이나 가게 앞에서 왔다 갔다 했다. 그때 세 아이의 옹송그린 모습이 뇌리를 스치고 지나갔다.

세 아이를 낳았으니 나는 그 아이들을 위해 헌신해야 한다.

나는 배에 힘을 주고는 가게 문을 두드렸다.

"계세요? 미안합니다만 안에 계시면 제발 문 좀 열어주세요……!"

기껏 용기를 내었지만 내 목소리는 힘을 잃으며 목구멍에서 울음을 끌어내고 말았다.

하늘이 주신 감동의 앙상블 조 트리오 이야기

어이없게도 내 처지가 성냥팔이 소녀가 된 기분이었다. 나는 침착해지려고 헛기침을 해대며 마음을 다잡았다.

잠시 후 가게에 불이 환하게 켜졌고 문이 열리더니 잠에서 덜 깬 중년의 남자가 나왔다.

"이 시간에, 나원 참……."

가게 주인 남자는 마뜩찮은 표정으로 투덜거렸다.

"죄송합니다. 애들이 너무 어려서 …… 너무 추워서 난로를 사러……."

나는 연신 고개를 조아렸다.

"알았소. 얼마나 추우면 이 시간에 오셨겠수, 그래."

남자의 눅진 태도에 나는 그만 구세주를 만난 기분이 들으며 안심이 되었다.

나를 가게 안으로 들인 남자는 연신 하품을 꺼억꺼억 하면서 연탄난로와 연통을 내놓았다. 그 손길에는 이 불청객을 어서 쫓아버리고 남은 잠을 마저 자야겠다는 표정이 실려 있었다.

나는 일단 가게 문을 열고 밖으로 나왔다.

"염치없는 일이지만 난로를 우리 집까지 가져다가 설치를 좀 해주시면 고맙겠습니다. 집안에 가장이 출타중이라, 여자 혼자 몸이라 그렇습니다."

나는 거의 절을 하다시피 머리를 조아리며 정중히 부탁했다.

차디찬 새벽 찬 바람이 내 몸을 때리듯 훑고 지나갔다. 갑자기 서러움이 밀려들었다.

"그럽시다. 나도 자식 키우는 사람으로서, 사정을 봐드려야 내 맘이 편할 것 같소."

남자의 목소리는 아까보다도 더 많이 부드러워져 있었다.

삶이 그대를 속일 지라도

잠기를 거둬 내려고 한 쪽 팔을 휘두르더니 남자는 난로와 연장을 챙겨 들고 나를 따라 나섰다.

집에 돌아오니 그때까지 아이들은 잠들어 있었고 시동생이 쓰는 작은 방에서도 기척이 없었다. 자는 아이들을 조심스럽게 좀 더 아랫목으로 끌어내렸다. 윗목에다 연탄난로를 설치할 자리를 말해준 다음 나는 부엌으로 들어가서 새 연탄을 갈아 넣고 불구멍을 활짝 열어놓았다.

연탄난로를 설치한 것만으로도 이미 방이 따뜻해지는 느낌이 들었다.

일을 마쳤을 때 나는 그 사람이 요구한 금액에 수고비를 얹어 주었다. 그는 따뜻하게 지내라고 진심어린 인사말을 남기도 돌아갔다.

새로 간 연탄에 불이 옮겨 붙어서 그것을 가져다 방안의 난로에도 연탄불을 넣었다. 방이 금시에 따뜻해지자 오그리고 자던 아이들이 그제야 팔다리를 쭉 펴고 편안한 지세로 누워 잤고 내 마음에도 기쁨의 눈물이 흘렀다.

그럭저럭 아침이 되었고 아이들이 하나 둘 깨어 일어났다.

아이들은 크리스마스 선물을 받은 것처럼 매우 반색을 하며 난로 앞으로 가서 손을 쬐며 아, 따뜻하다! 라고 감탄했다.

"엄마, 고마워요, 수고하셨어요."

영방이가 내 손을 잡으며 말할 때 나는 너무 고마워서 눈물이 왈칵 올라왔다. 어린 게 이렇게 제 엄마를 위로해주다니…… 나는 추위에 떨며 시장통을 누비고 다닌 것이 너무나 잘했다는 생각이 들었다. 또한 남편이 걱정할까봐 출판사 부도났다는 말을 하지 않았는데 그것도 잘한 일이라고 스스로를 추슬렀다.

"엄마, 연탄난로 하나로 방이 이렇게 따뜻할 줄 몰랐어요."

영방이가 이렇게 말하자 영미, 영창이도 '그러게요' 라고 말하며 좋아했다.

하늘이 주신 감동의 앙상블 조 트리오 이야기

"미안하다, 진작 연탄난로를 준비했어야 했는데…… 아빠가 오시면 그땐 따뜻한 집으로 이사해서 살자꾸나."

내가 그렇게 말하자 아이들이 팔을 벌리며 내 품으로 들어왔다.

수예품을 아무리 부지런히 만들어도 급한 가용을 해결하고 나면 돈이 남지 않았다.

다달이 남편에게 100불씩 송금하기 위해 나는 어쩔수없이 달러 빚을 낼 수밖에 없었다. 달러 이자는 1할 5부로 상당히 비쌌지만 그 방법밖엔 도리가 없었다. 그렇지만 나는 아주 값비싼 투자를 하고 있다는 확신만은 믿어 의심치 않았다.

매월 5일이면 송금을 하는 날인데 단 한 번도 그 날짜를 어긴 일이 없었다. 내가 그 날짜를 어기면 남편이 얼마나 걱정을 할까 싶기도 했고 만일 그런 일이 발생하면 중도에 포기할지도 모르므로 철저하게 날짜를 지켰다.

돈뿐만이 아니라 남편이 잔 근심 없이 오로지 공부에만 전념할 수 있도록 집에서 일어나는 일체의 불편한 이야기를 옮기지 않았다. 아무리 힘들어도 우리는 내 나라 내 집에 있고 그리고 식구들이 모여 사는데 남편은 타국에 홀로 있으니 아무려면 고생이 더 심하지 싶었다.

남편이 유학을 떠난 지도 어언 일 년이 지났다.

남편과 함께 오스트리아에서 공부 중이던 피아니스트 정진우 선생에게서 전화가 걸려왔다. 잠시 한국에 들어왔는데 나에게 전해줄 것이 있다고 했다. 나는 남편의 소식이 궁금하여 한달음에 그 댁을 방문하였다. 정진우 선생은 편지와 함께 작은 선물 케이스를 내놓으며 말했다.

“조 선생이 전해드리랍니다. 2월 2일이 사모님 생신이라면서요?”

나는 콧날이 시큰해졌다. 남자가 한 달에 겨우 백 달러로 생활하면서 선물을 살 돈이 어디 있다고. 정 선생도 그러한 형편을 아는 까닭에 나는 손이 부끄러워 쉽게 포장의 끈을 풀지를 못하고 만지작거렸다.

집에 돌아와 상자를 풀어보았다.

푸른빛이 은은히 감도는 반지가 메모지와 함께 들어있었다.

'순옥이, 당신의 서른한 번째 생일을 축하해요. 기쁜 날 함께 있어주지 못해서 미안한 마음뿐이라오. 이 선물이 당신의 마음에 작은 위로가 되어 준다면 나는 그것으로 충분히 행복할 것 같아요.'

남편은 언제나 나를 순옥이라고 불렀는데 편지에도 그렇게 썼고 그 호칭을 읽으니 남편이 너무도 그리웠다. 옛날 연애하던 시절에 보리밭을 산책하면서 노래 부르던 남편의 음성이 생각나서 한없이 울었다.

상자 안에는 반지에 대한 메모가 따로 적혀 있었다.

빈의 스테판 성당 부근에 있는 귀금속상 윈도우에 그 반지가 한 눈에 들어왔다고. 그래서 상점에 들어가 점원에게 물어보니 그 반지는 옛 희랍의 돌을 조각해 만든 것이라고 설명해 주었단다. 그걸 사기 위해 돈을 저금하는 동안 그 안에 그 반지가 팔리면 어쩌나하고 마음을 졸였노라고 했다. 그래서 시간이 날 때마다 남편은 귀금속상 앞을 서성거렸다는 사연이 메모지에 적혀 있었다.

반지는 무척 맘에 들었으며 내 손가락에 꼭 맞았다.

이 반지를 받고 나는 사랑 고백을 받은 것처럼 마음이 들뜨고 행복해서 얼마나 울었는지 모른다. 이렇게 무한한 사랑을 주는 남편을 주신 하나님께 한없는 감사기도를 올렸다.

하늘이 주신 감동의 앙상블 조 트리오 이야기

디자인과 색깔이 너무나 아름다운 비치 반지, 지금까지도 나는 가장 소중하게 간직하고 있다. 내가 만일 세상을 떠날 때는 이 반지를 큰딸 영방에게 물려주고 갈 생각이다.

힘든 시절을 구비 구비 넘기고 있을 즈음, 남편의 스승인 현제명 박사에게서 전화가 왔다. 남편의 일로 긴히 할 이야기가 있으니 만나자고 했다.

나는 현제명 박사가 근무 중인 서울대 음대 학장실로 찾아갔다.

"올해 한양대학에서 음악학과를 개설하기로 했는데, 김연준 총장께서 우리나라에서 가장 유능한 음악가를 한 분 소개시켜 달라는 청을 받았습니다. 그래서 저는 조상현 군을 추천했습니다."

현제명 박사의 뜻하지 않은 제의를 듣고 나는 일단 고맙고 기뻤다.

서울대학을 졸업한 학생 중에는 유수한 인재들이 많을 터인데 우리 남편을 천거해주신 데 대한 감사말씀부터 올렸다. 그러나 한편으로 남편은 아직 2년여의 유학 기간을 남겨 놓고 있는 형편이어서 뭐라고 말씀을 드려야 좋을지 난감해졌다. 현 박사께는 일단 사실대로 말씀을 드렸다. 그러자 현 박사가 따로 남편에게 연락을 취해보겠다고 했다.

학장실을 나오는데 내 발걸음이 날아갈 듯 가뿐해졌다.

한양대 음대 교수!

만일 그렇게만 된다면 난 이제부터 고생 끝 행복시작이다. 더 이상 달러 빚을 얻으러 다니지 않아도 되고 손끝이 짓무르도록 수예품을 만들지 않아도 되고 추운 집에서 지내지 않아도 되고, 이것도 되고 저것도 되고 그야말로 만사형통이 될 것이었다.

버스를 타고 집에 돌아왔다. 아이들을 보자 방금까지 철없이 이것도 되고, 저것도 되고 손꼽았던 나의 속물근성이 부끄러워졌다.

67

삶이 그대를 속일 지라도

　장차 이 아이들을 훌륭한 인재로 키우려면 우선 남편부터 우뚝 서야 하는데, 남편에겐 이루어야할 원대한 꿈이 있지 않은가.

　그 며칠 후, 이번에는 한양대 김연준 총장한테서 연락이 왔다. 역시 남편의 교수 임용에 대한 이야기를 나누고 싶다고 제의를 해서 나는 총장을 만나기로 약속을 잡았다.

　흔들리지 말고 남편의 뜻을 전달해야지… 그런 생각을 품고 나는 총장실을 노크했다.

　"현 박사님께 사모님의 뜻은 전해 들었습니다만 다시 한 번 부탁 말씀 드리려고 이렇게 뵙자고 했습니다. 우리 학교 음악과의 학과장직을 조 선생이 수락해 주면 좋겠습니다. 조 선생처럼 유능한 분이 후학을 양성해 준다면 한양대학은 물론 우리나라 음악계에 크나큰 발전이 있을 줄 믿습니다."

　너무나 간곡한 부탁을 받고 보니 어느 것이 남편을 위하는 길인 줄 몰라 잠시 헛갈렸다.

　역시 나 혼자 판단할 일은 아니므로 나는 일단 김연준 총장께도 남편의 잔여 유학 기간에 대하여 말씀드렸다. 그랬는데도 김 총장은 강력하게 임용의 뜻을 밝혔다.

　"우리 학교에서는 꼭 조상현 선생을 초빙하고 싶습니다. 만일 조 선생께서 우리의 뜻을 수락하신다면 항공료까지 다 부담하겠습니다. 그러니 조 선생께 속히 돌아와 달라고 말씀 드려주시면 고맙겠습니다."

　나는 남편에게 총장의 뜻을 잘 전하겠다고 말하고 일어섰다.

　총장실을 나와 언덕길을 내려오면서 나는 곰곰이 생각했다. 남편을 그렇게 간절히 기다리는 일터가 있다는 것에 마음이 놓였다. 또한 남편은 앞으로 내가 생각했던 것보다도 더 크게 쓰일 사람이구나, 하는 믿음과 함께 모

하늘이 주신 감동의 앙상블 조 트리오 이야기

든 것은 전적으로 남편 본인이 결정하도록 하는 게 진정한 내조가 될 것이다, 라고 마음의 갈피를 접어두었다.

그리고 나는 하나님께 기도를 올렸다.

"하나님 아버지, 이 뜻이 우리의 뜻이 아니고 하나님의 뜻이 되옵기를 간절히 기도드립니다."

현제명 박사는 남편에게 직접 귀국을 제의했고 남편은 그 제안을 거절했다. 남편으로선 그즈음이 독일어도 한창 능숙해지던 때라서 공부에 전념할 수 있는 좋은 시기였던 것이다.

그러나 현제명 박사는 남편에게 다시 한 번 간곡하게 귀국할 것을 설득했다. 후학을 양성하면서도 공부는 계속할 수 있으니 더 큰 미래를 도모해 보라고.

남편은 평소 존경해오던 은사님의 청을 더 이상은 뿌리칠 수 없다면서 귀국하겠노라고 했다. 그러나 나는 생각했다, 남편이 유학을 중도에 포기하게 한 것은 어려운 가정형편 때문이었을 것이다. 가난이 남편의 발목을 잡은 것이다. 유학을 마치고 와도 음대 대학교수직은 얼마든지 할 수가 있었다. 그러나 가난 때문에 남편은 공부를 중도에 접고 가장의 자리로 되돌아온 것이다. 나는 그때의 일을 생각하면 지금도 가슴이 쓰리다. 그런 상황이었기에 남편의 귀국이 마냥 자랑스럽고 행복하지만은 않았다.

1960년 4월 19일, 남편이 오기로 되어 있는 날이었다.

이날은 이승만 정권과 자유당의 부정 선거에 대한 반발로 4월 학생혁명이 일어나 서울 시내가 온통 혼란에 빠져 있었다.

삶이 그대를 속일 지라도

자유당 정권이 이기붕을 부통령으로 당선시키기 위하여 개표를 조작하자 이에 반발하여 부정선거 무효와 재선거를 주장하며 학생들이 중심이 되어 혁명을 일으킨 것이다. 때문에 허다한 정치파동을 야기하면서 영구집권을 꾀했던 이승만과 자유당정권의 12년에 걸친 장기집권은 막을 내리게 되었다. 4월혁명의 여파로 제2공화국 장면 정권이 출범하는 역사적 전환점이 되었다. 헌정 체제의 변혁과 정권교체를 결과하였기 때문에 이를 혁명으로 규정하여 우리는 4·19혁명으로 부르고 있다.

세상은 이렇게 새로운 역사의 페이지가 열렸고 우리집에서는 남편을 맞을 준비로 들떠 있었다. 햇수로 꼭 삼년만이다.

나는 아이들을 데리고 김포공항으로 향했다.

영방이는 아빠를 잘 알았지만 영미는 희미하게 아빠라는 존재를 이해했다. 게다가 영창이는 생후 8개월 만에 아빠가 떠났으니 기억을 못하면 어떡하나라고 나는 염려했다.

남편은 우리를 만나자 대뜸 영창이부터 받아 안았다.

"어디보자, 내 아들!"

그러자 영창이는 낯가림도 안 하고 연신 "아빠, 아빠!" 하고 부르는 것이었다. 너무나 반가운 탓인지 영방이가 울음을 터트렸고 영미와 나도 기쁨의 눈물을 흘렸다. 참으로 행복한 날이었다.

하늘이 주신 감동의 앙상블 조 트리오 이야기

6. 반짝반짝 작은 별님 하나가

나는 그동안에 교회에 나가야지 생각하고 있던 차에 남편이 외국 가고 나서 너무 적적하여 적
선동의 어느 교회에 나가고 있었다. 남편이 경동교회에 나가게 되면서부터 우리 가족은 모두
경동교회의 교인이 되었다. 남편은 찬양대에서 봉사하는 일에 상당한 보람을 느꼈으며 단원들
또한 남편을 믿고 의지했다. 남편의 고향이 주문진이라서 오징어 튀김요리를 잘하는 게 조 씨
집안의 전통이다. 그 소문이 교회에 까지 퍼져서 단원들이 내가 만든 오징어 튀김을 먹고 싶다
고 남편을 졸랐다. 한 달에 두어 번씩 찬양대원들을 우리 집으로 초대하여 식사 대접하였다.
하나님께서 남편이 찬양대 지휘 봉사를 할 수 있도록 인도하시어 우리 가정이 이토록 많은 은
총과 사랑이 충만해 졌다고 나는 믿는다.

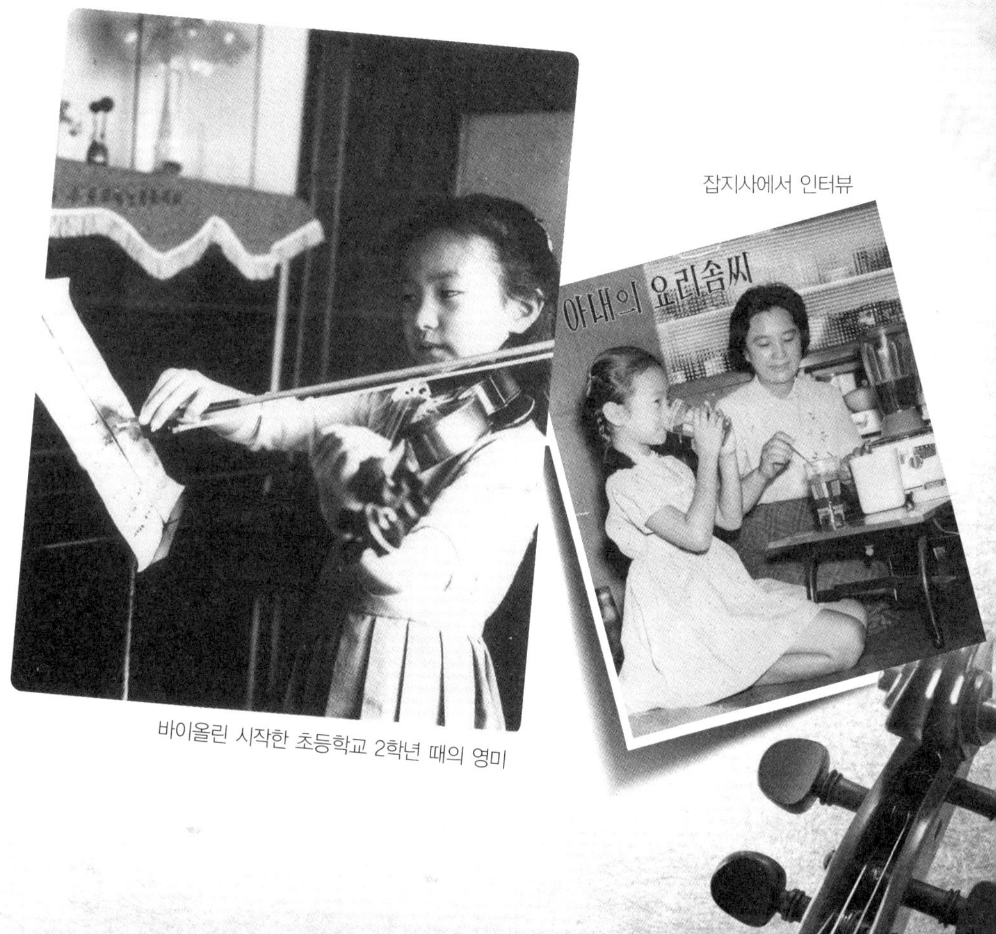

잡지사에서 인터뷰

바이올린 시작한 초등학교 2학년 때의 영미

남편은 예정대로 한양대 음대 교수로 임용되었다.

안정적으로 수입이 생겼음에도 불구하고 우리 형편은 넉넉해지지 않았다. 남편이 유학 가 있는 동안 얻어 쓴 빚을 갚아야 했기 때문에 우선 월급의 일정 부분은 그쪽으로 먼저 빠져 나갔다.

게다가 그간 지병으로 자리보존하고 계시던 시어머니께서 돌아가셔서 우리 집안은 여러 가지로 많은 변화가 생겼다. 홀로 계시는 시아버님을 장남인 우리 집으로 모셔왔고 식구가 여덟으로 불어났다. 집의 평수에 비해 식구가 많은데다가 어른이 계시니까 분위기가 매우 달라졌다. 여덟 명의 식사 준비와 빨래가 그야말로 장난이 아니어서 나는 눈코 뜰 새 없이 바쁜 일상을 보내고 있었다.

하늘이 주신 감동의 앙상블 조 트리오 이야기

그러던 중에 우리 집안에 아주 색다른 일이 일어났다. 그건 너무나 큰 변화라서 사건이라고 해야겠다.

남편을 경동교회 성가대 지휘자로 초빙하겠다는 연락이 온 것이다. 강원용 목사께서 직접 연락을 하여, 경동교회 성가대를 좀 맡아 달라고 했다. 나는 하나님의 부르심에 대하여 대단한 감사를 느꼈다.

남편은 그때부터 경동교회에서 찬양대를 이끌었다.

나는 그동안 교회에 나가야지 하

어린시절 영미와 아빠.

고 생각했는데 남편이 외국에 가고 나서 너무 적적하여 적선동의 어느 교회에 나가고 있었다. 남편이 경동교회에 나가게 되면서부터 우리 가족은 모두 경동교회의 교인이 되었다. 남편은 찬양대에서 봉사하는 일에 상당한 보람을 느꼈으며 단원들 또한 남편을 믿고 의지했다. 남편의 고향이 주문진이라서 오징어 튀김요리를 잘하는 게 조 씨 집안의 전통이었다. 그 소문이 교회까지 퍼져서 단원들이 내가 만든 오징어 튀김을 먹고 싶다고 남편을 졸랐다. 한 달에 두어 번씩 찬양대원들을 우리집으로 초대하여 식사 대접을 했다. 하나님께서 남편이 찬양대 지휘 봉사를 할 수 있도록 인도하시어 우리 가정이 이토록 많은 은총과 사랑이 충만해 졌다고 나는 믿는다.

훗날 삼남매 모두 집사가 되었고 이 애들이 결혼하여 자식을 두었는데 모두 세례를 받아 우리 가족은 모두 세례교인이 되었다.

반짝반짝 작은 별님 하나가

우리 가족은 모두 하나님을 경외하는 자가 되었다.

우리 집안에선 하루 종일 노래 소리와 피아노 소리가 끊이지 않았다.

남편이 빈에서 올 때 그랜드 피아노를 가져 왔는데 영방이는 그 어느 때보다 피아노에 빠졌다. 하루 중 대부분의 시간을 피아노 연습을 해서 모차르트의 소나타를 비롯해서 체르니 40번까지 칠 수 있는 수준에 도달했다. 영미는 그런 언니를 너무나 부러워했다.

"언니는 좋겠네. 나도 언니처럼 피아노를 잘 치면 얼마나 좋을까……!"

나는 그때 영미가 음악에 대하여 남다른 애정을 갖고 있다는 걸 알아차렸다. 남편도 나와 같은 생각을 하고 있는 것 같았다.

어느 날 남편이 조용한 시간을 내어 나와 마주 앉았다.

"영미에게 바이올린을 시켜보는 게 어떻겠소?"

난 미처 거기까지는 생각해 본 적이 없었다. 그렇지만 남편의 말을 듣고는 아, 이거다 싶었다. 잘은 모르지만 바이올린은 매우 섬세하고 예민한 악기 같았다. 영미의 성격도 그와 같으니 왠지 잘 맞을 거라는 확신이 들었다. 그리고 무엇보다도 바이올린은 자리를 많이 차지하지 않으니 당장이라도 한 대 구입해 줄 수도 있는 문제여서 내가 모처럼만에 능력 있는 부모가 된 듯했다.

우리 부부는 영미를 불러서 이야기를 나누었다.

"영미야, 너는 피아노보다 바이올린을 배워보는 게 어떻겠니?"

"바이올린?"

"……"

우리 부부는 어떤 부연설명도 하지 않은 채 영미에게 생각할 시간을 주

하늘이 주신 감동의 앙상블 조 트리오 이야기

었다. 피아노를 그토록 치고 싶어하던 아이였는데 혹여라도 나중에 일말의 후회가 남으면 안 되지 싶어서.

"아빠가 음악을 하게 된 동기는 바이올린을 듣고 나서 감동을 받았기 때문이란다. 얼마나 아름다운지…….영미, 너도 들으면 금방 좋아하게 될 거야. 너랑 아주 잘 어울릴 거 같아."

"왜?"

"아빠 예감이 그래."

남편의 말에 영미는 호기심으로 눈을 반짝이더니 바이올린을 배워보고 싶다고 했다. 영미는 성격이나 취미가 아빠를 제일 많이 닮았다. 섬세하고 예민하고 더없이 착했다. 너무나 착했기 때문에 난 이 아이가 세상에서 상처를 받게 될 일이 걱정스러웠다. 커가면서 점점 더 그랬다. 감성적이고 보드랍고 심성의 결이 너무나 고운 아이로 자라고 있었다. 어쩜 바이올린이란 그런 악기인지도 모른다는 생각이 이때 들었다.

영미의 첫 스승으로 어느 분을 모실까 고민하던 끝에 당시 서울시립교향악단의 남창현 선생께 의뢰하였고 허락을 받았다.

이렇게 해서 영미는 여섯 살 때부터 바이올린을 배우게 되었다.

레슨을 받고 난 영미에게 남편이 말했다.

"피아노를 남자에 비유하자면 바이올린은 여자에 비유할 수가 있단다. 피아노는 생김새부터 소리까지 웅장하지만 바이올린은 섬세하고 그 소리는 청아하고 아름답지 않니, 영미 너처럼 말이다."

영미는 좋아서 어쩔 줄 모르더니 제 아빠 무릎에 앉아 팔로 목을 감고 속삭였다.

반짝반짝 작은 별님 하나가

"아빠, 고마워요, 바이올린을 선택하게 해주셔서. 앞으로 열심히 배울게요."

역시 음악인으로서 남편의 안목은 탁월했다. 영미는 단박에 바이올린의 재미에 빠져 버렸다.

영미가 바이올린을 접하고 나서 제일 처음 익힌 곡은 「반짝반짝 작은 별」이었다.

영방이도 그렇지만 영미는 피부가 유난히 뽀얗고 곱다. 게다가 몸은 가녀리고 몸가짐은 너무나 조신하다. 바이올린을 켜는 영미를 보고 있으면 얼마나 빛이 나던지 차라리 반짝반짝 빛나는 별님 하나가 하강한 듯 눈이 부셨다.

영미는 남창현 선생님께 사사 받았다.

"영미는 천사처럼 심성이 고와요. 너무나 예뻐서 가르치는 게 재미있어요. 게다가 음악적으로 천부적인 재능을 타고 난 것 같아요."

남창현 선생은 영미를 너무나 잘 대해 주셨다.

하늘이 주신 감동의 앙상블 조 트리오 이야기

7. 물레방아 인생

남편은 영창이가 작곡가가 되었으면 하고 바랐다.
"먼 훗날, 영창이가 작곡한 곡을 영방이와 영미가 연주한다면 얼마나 멋지겠소?"
이런 꿈을 꾸던 남편은 성급하게 확인 작업에 들어갔다.
오선지를 가져와서 영창이를 불러 앉혔다.
"영창아, 여기에 네가 그리고 싶은 대로 도레미파솔라시도를 그려 넣어봐. 자, 아빠가 하는 대로 이렇게 해봐, 할 수 있지?"

영창의 동북초등학교 졸업식

영창이는 제 누나들과는 많이 달랐다.

어려서부터 또래 아이들보다 골격이 컸고 사내아이답게 자랐다. 부모를 사랑하는 마음 또한 남달랐다. 활달하고 밝은 성격으로 사교성이 좋아 친구들도 많았다. 밖에서 시간 보내는 것을 좋아했는데 그 중에서 특히 자전거 타기를 즐겼다.

하루는 자전거를 타고 놀다가 넘어져서 많이 다쳤고 다리엔 큰 상처를 입었다. 상처가 곪느라 열이 40도를 오르내려서 옆에서 지켜보는 내 가슴이 졸아들었다. 그런데도 아프단 말 한 마디 없이 조용히 눈을 감고 누워 있었다. 어린 게 참을성이 깊어서 나도 옆에서 이마의 찬수건만 갈아댈 뿐 군말을 붙이지 못했다.

그 뒤로도 수없이 넘어지고 다쳐서 상처가 났다. 그때마다 가족들이 걱정

하늘이 주신 감동의 앙상블 조 트리오 이야기

영창의 어린 시절

할까봐 쉬쉬하며 넘어가려 했다.

'이 녀석은 인내심이 남다르고 배포까지 있어서 무슨 일을 하던 두각을 나타내겠구나.'

나는 불쑥 이런 예감이 들었다. 인내심뿐이 아니라 열정 또한 대단한 아이였다.

워낙 운동에 두각을 나타내니까 영창이가 운동선수가 되는 건 아닌가, 하고 짐작하는 사람도 있었다. 게다가 손재주까지 뛰어나서 무엇이든지 잘 만들었다. 그래서 또 어떤 이는 훌륭한 공학도가 될지도 모른다고 점쳐보기도 했다.

다방면에 소질을 보여서 나는 딱히 영창이가 무얼 했으면 좋겠단 생각은 하지 않고 그냥 이 사회에 쓰임 받는 일꾼으로 자라게 해달라고 기도했다.

영창의 연주 협연

남편은 영창이가 작곡가가 되었으면 하고 바랐다.

"먼훗날, 영창이가 작곡한 곡을 영방이와 영미가 연주한다면 얼마나 멋지겠소?"

이런 꿈을 꾸던 남편은 성급하게 확인 작업에 들어갔다.

오선지를 가져와서 영창이를 불러 앉혔다.

"영창아, 여기에 네가 그리고 싶은 대로 도레미파솔라시도를 그려 넣어봐. 자, 아빠가 하는 대로 이렇게 해봐, 할 수 있지?"

영창이는 아빠가 하는 걸 보고 저도 따라 음표를 그려 넣었다. 그건 음표라기보다 그냥 일반 그림에 가까웠다. 음계를 무시한 채 아무렇게나 배불뚝이 새 모양이 그려져 있었으니까.

하늘이 주신 감동의 앙상블 조 트리오 이야기

내가 볼 때는 아니다 싶었지만 남편은 포기하지 않았다.

"영창아, 피아노를 열심히 쳐 보렴. 작곡 공부를 하기 위해선 먼저 피아노를 익혀야 하거든."

남편이 그렇게 주문했지만 영창이는 왠일인지 누나들과 달리 피아노 연습하는 걸 그다지 즐겨하지 않아서 바이엘 정도 치고 있었다.

영창이의 관심은 여전히 밖에서 하는 놀이에 닿아 있었다. 잘 먹고 잘 움직여서 또래의 아이들보다 체격 조건이 더 좋아졌다. 감사한 일이긴 했지만 한편으로 난 좀 허전한 생각이 들었다. 아빠랑 누나들이 모두 음악을 하는데 영창이도 기왕이면 음악하는 사람으로 성장하면 좋겠다고 생각했다.

그러던 차에 남편이 나에게 영창이는 첼로를 시키는 것이 어떻겠냐고 물었다. 음악에 관한한 전문가였지만 남편은 뭐든 나에게 의견을 물었다.

첼로는 몸집이 커서 웬만한 사람은 다루기도 쉽지 않을 텐데 영창이라면 여러모로 어울리지 않겠냐는 것이었다.

"영창이는 손도 크고 덩치도 있잖소. 첼로 하기에 좋은 조건인 것 같아요."

내가 그렇게 말하자 남편은 결심을 하는 듯했다.

영창이를 불러서 그냥 가볍게 지나가듯이 물어보았다. 영창이는 첼로를 배워보겠다고 흔쾌히 말했다.

악기를 사기 전에 아이에게 첼로가 어떤 악기인지에 대해 알려주기 위해 우리는 평소 친분이 있는 이성만 선생 댁으로 영창을 데리고 놀러갔다. 이성만 선생의 아들이 첼로를 하고 있었으므로 구경삼아 데리고 간 것이었다. 마침 그때 이 선생의 아들이 곁에 있어서 그 아이가 바로 첼로 하는 형이라고 소개를 해주었다.

첼로를 본 영창은 호기심을 보이며 말했다.

“저 이거 한번 해봐도 돼요?”

허락을 받은 영창은 활을 집어 들고 현을 켰다. 생전 처음 잡아보는 건데 너무나 잘 어울렸고 보기에 좋았다.

“영창이 첼로 하는 모습이 썩 잘 어울리는구나. 훌륭한 첼리스트가 되겠는 걸?”

이 선생의 말에 영창은 무척 당황해 하면서 조심스럽게 첼로를 만져보고 쓰다듬어 보며 관심을 가졌다.

“그 첼로 마음에 드니?”

이 선생이 물었고 영창은 말없이 웃기만 했다.

“마음에 드나본데 가지려무나.”

뜻하지 않은 선물 제안에 영창은 멀뚱히 서 있기만 했다.

“우리 애는 이제 더 큰 첼로를 사야 되거든, 그러니까 부담 갖지 말고 너 써. 그 대신 연습 열심히 해서 꼭 훌륭한 첼리스트가 돼야 한다?”

“네, 선생님. 감사합니다. 열심히 하겠습니다!”

영창은 너무나 씩씩하게 인사를 드렸다.

고맙게 첼로를 받아오긴 했는데 영창이 과연 끈기 있게 첼로를 계속할지 의문이었다.

다방면에 관심과 흥미가 있는 것은 좋으나 음악 공부를 할 때 에너지가 분산되지 않을까 염려도 되었다.

여하튼 첼로를 하기로 했으니 이젠 선생님을 구할 차례였다.

워낙 밖으로 나돌아 다니는 걸 좋아하고 열정이 넘쳐나는 아이였기 때문에 착하기만한 사람보다는 영창이의 이런 성격을 제어할 만한 분이 적임자일 것 같았다. 남편은 그런 선생님을 모시려고 많이 알아보았다. 처음에는

하늘이 주신 감동의 앙상블 조 트리오 이야기

대학생을 선생으로 모셨는데 영창이는 별로 흥미를 갖지 못했다. 그래서 다시 알아보던 중에 서울시립교향악단의 김광자 선생께서 맡아 가르쳐 주시기로 했다. 김광자 선생은 영창이를 친동생처럼 예뻐해 주었고 영창 또한 선생을 무척 따랐다. 김 선생을 만나면서부터 영창이는 첼로에 제대로 흥미를 가져서 우리는 한 시름 놓게 되었다.

아이들이 하루가 다르게 부쩍부쩍 커나갔다.
우리 부부는 아이들을 교육하는 데 있어 5계명을 지키라고 훈육하였다.

첫째, 건강해라.
둘째, 노력하라.
셋째, 부모를 생각하라.
넷째, 조국을 생각하라
다섯째, 감사하라.

건강이 최우선이다. 규칙적이고 절제 있게 먹고 자는 것이 건강의 지름길이다.
시간을 아끼고 노력하는 것이 성공의 지름길이다.
하루에 한번 씩 기도로써 부모와 대화를 나누자.
조국은 어머니와 같은 것이다.
범사에 감사하라.
이와 같이 설명을 해준 다음 남편은 5 계명을 복창시켰고 아이들은 따라했다.

1966년 KBS초대석에 출연했을 때

"건강 · 노력 · 부모 · 조국 · 감사!"

이즈음 영방이는 한양대 교수로 재직하시게 된 권기택 선생한테 사사받게 되었다. 이렇게 해서 세 아이 모두 개인 레슨을 받게 되었고 그 레슨비가 심히 부담되었다.

"조 선생님, 같이 음악 하는 사람끼리 무슨 레슨비 걱정을 하십니까. 재능 있는 아이들을 가르치고, 그 아이들이 발전하는 모습을 지켜보는 것만으로도 충분합니다. 괜한 걱정 마십시오."

선생님들은 하나같이 이런 말을 했다. 아이를 맡겨놓은 부모의 입장에서 답례를 해드리는 것이 마땅한 도리였다. 그러나 그분들이 워낙 완강하게 사

하늘이 주신 감동의 앙상블 조 트리오 이야기

양하는 바람에 다른 사람의 반 정도만 받는 선에서 결정을 보았다.

오늘날의 조 트리오가 있게 된 데에는 그분들의 노고와 배려가 있었기 때문임을 우리 가족은 잘 알고 있으며 고맙게 생각한다.

돈이 돌고 돌듯이 남편은 그렇게 받은 당신의 재능과 호의를 사회에 환원하고 싶어 했다. 그러나 어찌된 영문인지 남편이 알고 있는 음악가의 자제 중에는 성악을 공부하는 사람이 극히 드물었다. 다른 건 악기를 다루어 익히면 되지만 성악은 몸으로 타고 나서 그렇지 않나 하는 생각이 든다.

어쨌든 지인의 자제는 아니고 다른 경로를 통해 알게 된 심두석 군 등 몇몇의 학생들에게 남편은 무료 레슨을 시켰다. 레슨비를 받지 않으니 재미있는 일화도 많이 생겼다. 심두석 군은 강릉이 집인데, 그의 어머니는 직접 농사지은 고추, 감자, 보리 등을 보내왔다. 그러지 말라고 해도 한사코 보내와서 우리 가족은 무척 고맙게 생각했다. 단국대를 졸업하고 독일로 유학을 다녀온 후 돌아와 현재는 목포대학에서 교수로 재직 중인 것으로 안다.

또한 잊히지 않는 특별한 인연이 있다.

어느 날 조영남 군이 찾아왔다. 당시 왕십리 부근의 고등학교에 재학 중인 조 군은 성악을 공부하고 싶은데 레슨비가 없다고 우리 남편을 찾아온 것이었다. 조 군의 실력을 테스트 해본 남편은 쾌히 그의 청을 받아들였다. 그가 돌아간 다음에 남편은 무척 흡족한 표정으로 말했다.

"아주 재주 있는 아이인 것 같소."

남편은 많은 기대를 갖고 조 군을 지도하여 그가 한양대 음대에 장학생으로 입학하도록 이끌어 주었다. 그는 중간에 서울대 음대로 옮겼다.

훗날 텔레비전에 출연하여 「물레방아 인생」을 멋지게 부르며 우리 앞에 나타난 그가 바로 가수 조영남 씨다. 비록 그가 성악을 하지 않고 대중가수로 데뷔를 해서 그쪽 길을 걷고는 있지만 한때 애정을 쏟은 그 정이 어디 가겠는가. 우리 가족은 그가 텔레비전에 나올 때마다 응원을 보내고 있고 나는 그가 부르는 「물레방아 인생」이 그 어느 대중가요보다도 듣기 좋다.

하늘이 주신 감동의 앙상블 조 트리오 이야기

8. 가족이라는 이름의 경쟁자들

우리 가족은 매주 토요일마다 연주 경연대회를 열었다.

회를 거듭할수록 아이들은 가족음악경연대회 시간을 기다렸다. 연주 실력은 물론이고 경연에 임하는 자세도 점점 나아져갔고 심사에 임하는 자세도 우리 가족이 아니라 공식적인 입장이 되어 갔다. 발표순서도 우리가 정해 주는 것이 아니라 제비뽑기로 정하여 공평성을 유지 했다. 열기는 식을 줄 몰랐다. 그런 가운데에서도 막내의 기를 살려 주기 위해 서로 눈짓으로 영창이 가 일등이라고 하는 때도 있긴 했다.

경연대회가 끝나고 나면 우리는 영방의 피아노 반주에 맞춰 함께 '즐거운 나의 집'을 불렀다.

영창의 교대 콩쿨 1등 입상 후 가족들과

처음에 우려했던 것과는 달리 영창이는 첼로를 열심히 배워나갔다. 역시 훌륭한 선생님 덕분이지 싶어서 나는 영창이를 지도해 주시는 김광자 선생께 늘 고마워하고 있었다.

영창이가 첼로를 시작한 지 육 개월이 지났을 무렵에 김 선생으로부터 좋은 소식을 들었다. 영창이의 첼로 실력이 놀라울 정도로 빠르게 성장하고 있다고 했다. 다른 아이들보다 월등히 빨라 깜짝 깜짝 놀란다고 하면서 어느 날은 나에게 뜻밖의 제안을 해왔다.

"영창이는 남다른 재능을 갖고 있는 게 분명합니다. 그래서 말씀인데, 서울대에 계신 전봉초 교수님께 영창이의 실력을 한 번 보여 드렸으면 합니다."

김광자 선생의 은사이신 전봉초 교수는 당시, 우리나라 첼로 분야에서 단연 일인자였다. 남편과는 개인적으로 같은 길을 걷는 음악계의 오랜 친구이

하늘이 주신 감동의 앙상블 조 트리오 이야기

기도 했다.

우리 부부는 김광자 선생의 제안을 받아들이기로 했다. 영창이를 데리고 김광자 선생의 안내를 받으며 전봉초 교수를 찾아뵈었다.

김광자 선생은 연주에 앞서 영창이에게 일렀다.

"영창아, 떨지 말고 평소에 연습하던 그대로만 해, 알았지?"

네, 라고 대답하면서도 영창의 얼굴은 긴장으로 굳어 있었다. 잘해 보고 싶었던 모양이었다.

막상 연주를 시작한 영창은 떨지 않고 담대하게 연주를 해나갔다. 전봉초 교수는 눈을 지그시 감고 영창의 연주에 귀를 기울였다.

연주가 끝나자 전봉초 교수는 영창이의 어깨에 손을 올리며 말했다.

"훌륭하다……! 이제 우리 대한민국에서 세계적인 첼리스트가 탄생할 날도 얼마 남지 않았구나. 정말 훌륭하다."

그러더니 전 교수가 이번엔 남편을 보고 말했다.

"조 선생, 영창이의 첼로 실력이 아주 놀라워요. 조 선생 바람대로 곧 세계적인 트리오가 탄생할 것 같구려."

트리오라니!

정말 너무나 감격스러워서 가슴이 두방망이질을 해댔다.

영방이는 피아노, 영미는 바이올린, 영창은 첼로. 그리고 보니 트리오로서의 구성은 이미 갖춘 셈이었다.

정말 이 아이들이 트리오가 될 수 있을까!

너무나 큰 꿈이었기 때문에 남편 앞에서도 발설을 하지 못한 채 그저 감사의 미소만 짓고 있었다.

전봉초 교수는 영창이에게 직접 첼로 레슨을 해주고 싶다고 했다. 그러나 우리 부부는 그 호의를 감사하게 생각하면서도 그냥 하던 대로 김광자 선생께 맡기기로 했다.

집으로 돌아오면서 영창이가 물었다.

"제가 정말 세계적인 첼리스트가 될 수 있을 까요?"

나는 영창이의 머리를 쓰다듬으며 마치 선언을 하듯 힘주어 말해주었다.

"그럼, 되고 말고. 매일 열심히 연습하면 무엇이든 안될 게 없지."

그러자 남편이 정중하게, 예언하듯 선언했다.

"네가 첼리스트가 되고 싶다면 되는 거야!"

집에 와서 낮 동안 있었던 이야기를 영방이와 영미에게 말해주었다.

"너무나 좋은 일이에요. 아빠, 우리 셋은 아빠 닮아서 재주가 있나 봐요."

영방이의 말에 두 아이들도 맞다고 맞장구를 치더니 삼남매가 얼싸안고 좋아했다.

남편과 나는 손을 마주 잡고 하나님께 감사 기도를 드렸다.

"우리 자식들에게 음악의 재능을 주신 하나님 정말 감사합니다!"

이즈음 집안에는 약간의 변화가 생겼다.

함께 살던 아버님이 재혼을 하셔서 시동생을 데리고 따로 살림을 나가셨고 시누이는 어느덧 과년한 처자가 되어 결혼을 하게 되었다.

이제 우리 집 식구는 우리 부부와 삼남매로 줄었다.

그다지 넓은 집이 아니었는데도 함께 살던 가족이 빠져나가니까 한동안 많이 허전했다.

하늘이 주신 감동의 앙상블 조 트리오 이야기

이때 남편이 제안을 했다.

"우리 토요일 저녁이면 가족음악 콩쿨를 여는 게 어떻겠소?"

"가족음악 콩쿨요?"

"그렇다니까. 아이들 셋에게 차례대로 악기를 연주하게 하는 거요. 그리고 순옥이와 내가 그에 대한 평을 하고. 그럼 아이들 실력도 늘겠지. 어때요, 내 생각이? 아이들이 재미있어 하지 않겠소?"

"아, 그거 정말 좋은 생각인데요, 여보?"

"그래요?"

"그렇다니까요. 해봅시다, 당장 이번 주부터."

의견일치를 본 우리 부부는 아이들을 불러 모아 사실을 알렸다.

아이들도 몹시 좋아하며 물었다.

"엄마, 음악경연대회면 상품도 있겠네요?"

"아무렴 있고말고."

"일등 상품이 뭐에요?"

"기대하렴."

우리는 그 주의 토요일에 일단 경연대회를 열기로 했다.

아이들은 진짜 대회를 앞둔 듯이 평소보다 진지한 자세로 악기 연습을 했다. 그것만으로도 일단 가족 경연대회를 갖기로 한 것은 잘했다고 판단했다.

마침내 토요일이 왔고, 경연대회는 열렸다.

아이들은 실제 대회 못지않게 진지한 자세로 임했다.

3남매가 그 작은 손가락을 움직여 가며 연주에 몰입하는 걸 보고 있으니 너무나 예쁘고 사랑스러웠다.

우리 부부도 느낀 대로 아이들의 연주에 대하여 좋은 점과 부족한 점을

가족이라는 이름의 경쟁자들

이야기해 주었다. 아이들 서로 간에도 의견을 보탰다. 최종적으로 심사를 합평하여 그날의 순위를 매겨서 그에 합당한 상품을 주었다.

그후 우리 가족은 매주 토요일마다 연주 경연대회를 열었다.

회를 거듭할수록 아이들은 가족음악 경연대회 시간을 기다렸다. 연주 실력은 물론이고 경연에 임하는 자세도 점점 나아져 갔고 심사에 임하는 자세도 우리 가족이 아니라 공식적인 입장이 되어 갔다. 발표 순서도 우리가 정해 주는 것이 아니라 제비뽑기로 정하여 공평성을 유지했다. 열기는 식을 줄 몰랐다. 그런 가운데에서도 막내의 기를 살려 주기 위해 서로 눈짓으로 영창이가 일등이라고 하는 때도 있었다.

남편도 경연에 참가해서 이제 네 명이 경연을 벌이게 되어 경쟁은 더욱 치열해졌다. 이때부터 우리는 다 같이 평가를 하기로 했다. 가족이라고 해서 봐주지 않았다. 가치 없이 평가했고 자신의 연주에 대하여 개선점을 찾아내었다.

경연대회가 끝나고 나면 우리는 영방의 피아노 반주에 맞춰 함께 「즐거운 나의 집」을 불렀다.

아이들은 경연에 참가하지 않은 나에게는 노래를 부르라고 시켰다.

나는 듣는 건 좋아하지만 부르는 덴 소질이 없어서 매번 곤혹을 치렀는데 식구들은 날 놀려먹는데 재미를 붙였다. 내가 노래를 부르지 않고 있으면 자기들끼리 나의 애창곡을 불렀다.

옛날에 금잔디 동산에 메기 같이 앉아서 놀던 곳

물레방아소리 들린다 메기야 희미한 옛 생각

동산 수풀은 우거지고 장미화는 피어 만발하였다

하늘이 주신 감동의 앙상블 조 트리오 이야기

물레방아소리 그쳤다 메기 내 사랑하는 메기야

　우리는 하나가 되어 더없이 행복하고도 충만한 시간이 되어서 서로 서로
가 소중하고도 감사한 마음이 들었다.
　우리는 기도와 함께 찬송가를 부르며 하늘의 뜻에 고마움을 표했다.

9. 기회는 준비 하는 자의 몫

초등학교 4학년 때 자신의 일생일대의 목표를 세운다는 것.
그것만으로도 영방이는 이미 절반의 성공을 거둔 셈이라고 나는 그때 단정했다. 또한 맏이가
당당하게 모범을 보였으니 집안에 질서와 기강이 바로 서겠구나 하는 예견도 갖게 되었다.
아울러 그동안 열심히 연주 연습을 해온 영미에게도 기회가 찾아 왔다. 영미가 초등학교 5학
년 때의 일이었다.

영방의 첫 독주회 후 가족과 함께

경향신문과 이화여자중고등학교가 공동주최한
전국아동음악 콩쿨에서 1등으로 입상한 영미

매주 토요일마다 가족음악 경연대회를 여는 것은 우리 집의 일상으로 굳어졌다.

아이들은 마치 프로 연주자라도 된 양, 토요일 저녁이 되면 단장을 하고 무대에 오를 준비를 했다. 어쩌다 아빠가 참석을 하지 못하는 때도 있었는데 그럴 때도 어김없이 경연대회를 열었고 심사는 내가 보았다.

아이들은 너무나 자연스럽게 경연자의 자세를 몸에 익혀갔다.

옷을 맵시 있게 입고 바른 자세로 자기 차례를 기다렸고 심혈을 기울여 연주를 했다. 연주가 끝난 다음에는 박수갈채를 받고 품위 있게 답례를 올렸다.

그리고 1등 하는 사람에게 소감을 물어 인터뷰도 했다.

인터뷰에 응하는 것도 공인이 갖추어야 할 예의이며 덕목이라는 것도 함

기회는 준비 하는 자의 몫

게 가르쳤다. 이러한 일련의 과정 속에서 아이들은 시나브로 음악인으로서의 능력과 품성이 길러졌던 것 같다.

서당개 3년이면 풍월을 읊는다고 했던가. 나는 음악인은 아니지만 음악인의 아내로 살면서 아이들을 그 길로 인도했다. 그러는 가운데 정신적으로는 나도 음악인이 되어 버렸다.

음악인이 되기 위해선 연주의 실력을 갖추는 일이 중요하겠으나 그에 앞서 먼저 음악정신을 함양해야 한다는 생각이 들었다.

아름다운 마음에서 아름다운 소리가 나온다.

남편과 나는 아이들에게 이 말을 주지시켰다.

그러기 위해서, 연주를 하기 전에 무대에서는 마음을 다해 기도를 하라고 일렀다. 그리고 연주를 할 때, 악기를 들기 전에 크게 한번 심호흡을 하고는 마음의 평온을 유지하라고 했다. 이것도 마음을 아름답게 가다듬는 일일 테니까.

이렇게 진정한 음악인이 되기 위한 준비를 하나하나 해나가던 중 우리는 희소식을 접하게 되었다.

수도피아노사 주최로 제1회 전국피아노콩쿨이 열린다는 것이었다.

영광의 1등 수상자에게는 상장은 물론 부상으로 수도피아노사의 제품인 쾨니히 피아노가 주어지는 아주 큰 대회였다.

아직은 때가 아닌 듯한데 싶으면서도 공식적인 대회에 나가 우리 아이가 기량을 겨뤄보았으면 하고 나는 바랐다. 남편의 뜻도 나와 같았는데 선뜻 말이 나오지 않았다. 좋은 성적을 거둔다는 보장이 없는 상태에서 나갔다가

하늘이 주신 감동의 앙상블 조 트리오 이야기

떨어지면 실망한 나머지 음악에 대한 애정이 식으면 어쩌나 하는 일말의 걱정도 있었기 때문이었다.

그러던 차에 영방이 자진해서 제안을 했다.

"엄마, 나 그 대회 참가해보고 싶어요."

사사해 주시던 선생님이 나가보라고 추천을 한 모양인지 영방은 자신 있게 말했다.

이에 나는 마다할 이유가 없어서 허락을 했고 영방이는 출전 준비에 몰두했다.

그때까지 영방이가 연습하고 있던 피아노는 남편이 빈에서 공부할 때 산 에르바르 그랜드 피아노였다. 그 피아노는 음색은 고르나 건반이 무겁고 백 년이나 된 낡은 것이어서 어린이가 연습하기엔 적당하지가 않았다. 그렇지만 영방이는 뭐가 좋은지 나쁜지도 모른 채 너무나 열심히 연습을 했다.

영방이가 준비한 곡은 훔멜 작곡의 「론도」였다. 초등학교 4학년이 연주하기에는 상당히 어려운 곡이다. 영방이는 마지막 '마' 프렛 장조의 빠른 스케일이 고르게 잘 되지 않아 수도 없이 반복에 반복을 거듭해 가며 말 그대로 손가락에 피가 나도록 연습을 했다.

1963년 11월 9일, 드디어 경연대회 날이 다가왔다.

우리는 택시를 타고 대회장으로 향했다.

"엄마, 아빠. 저 지금 너무 떨려요."

"너무 잘하려고 애쓰지 말고 평소 집에서 하던 그대로 해."

내 말에 남편도 한마디해 줬다.

"그래, 결과에 연연하지 말고 마음을 담대하게 갖도록 하렴."

기회는 준비 하는 자의 몫

말은 그렇게 하면서도 우리 영방이가 1등을 하면 얼마나 좋을까, 하는 욕심을 내려놓기는 쉬운 일이 아니었다. 1등을 한다면 무엇보다도 자신이 하는 일에 대한 자긍심이 들 테고 그 자긍심이 앞으로 영방이를 이끄는 지표가 될 테니까 말이다.

경연장에는 초등학생부터 고등학생까지 약 150명 정도가 참가했고, 뜨거운 열기로 가득 찼다. 그 많은 경쟁자를 물리치고 입상을 한다는 것은 정말 어려운 일이라고 느껴졌다.

드디어 순서가 되어서 영방이가 무대에 올랐다.

영방이는 얼마나 긴장했던지 얼굴 표정이 굳고 몸까지 경직된 듯 보였다. 나는 두 눈을 감고 영방이가 실수하지 않고 평소 실력대로 발휘해주길 기도했다.

영방이의 연주가 끝나기까지 아주 긴 시간이 흐른 듯했다.

내가 눈을 떴을 때 남편이 말했다.

"그래도 제법 잘한 것 같소."

나는 남편의 손을 잡았고 남편도 손아귀에 힘을 주었다. 나는 잠시 하나님께 감사의 기도를 드렸다.

열띤 본선 무대가 끝나고 한 시간 뒤에 결과를 발표하는 시간이 되었다.

초등학교 저학년, 고학년 순으로 수상자가 발표되었다.

고학년 수상자가 발표될 때 나는 가슴이 조마조마해서 입술을 질끈 물고 있었다. 청중의 시선이 사회자의 얼굴로 향한 가운데 수상자의 이름이 호명되었다. 영방이의 이름은 거기에 없었다. 나도 그랬지만 대부분의 사람들이

하늘이 주신 감동의 앙상블 조 트리오 이야기

어깨를 늘어뜨리며 한숨을 쉬었다. 아마도 참가 학생들의 선생이거나 학부모일 터였다.

"그럼, 오늘 최고 영예의 특상을 발표하겠습니다."

사회자는 여기서 한 호흡 멈추면서 좌중을 한번 둘러보았다. 방금 전에 어깨를 늘어뜨렸던 사람들이 얼굴에 희색을 띄운 채 다시 한 번 무대 위의 사회자에게로 시선을 모았다.

"특상은 초중고를 합쳐 최고의 연주를 한 학생에게 돌아가는 상입니다."

오늘의 히로인이 과연 누굴까 궁금해서 장내는 쥐 죽은 듯이 조용해졌다.

"자, 그럼 발표하겠습니다. 수도피아노사 주최 제1회 전국피아노콩쿨의 특상, 그 영예의 주인공은 바로 서울사대부속초등학교 4학년 조영방 양입니다!"

사회자의 말이 끝나자 장내에는 우레와 같은 박수갈채가 쏟아졌고 내 눈에선 갑자기 뜨거운 눈물이 쏟아졌다.

"자, 조영방 양은 무대로 올라오기 바랍니다."

내 딸 영방이 천사처럼 무대 위로 사뿐 사뿐 올라갔다.

"아이고 귀여워라!"

"초등학교 4학년 학생이 중고등학생들을 다 제치고 특상을 타다니 정말 대단한 아이다."

사방에서 탄성과 함께 칭찬이 쏟아졌다.

무대 위에는 웅장하면서도 번쩍이는 멋진 쾨니히 피아노가 주인을 기다리며 자리 잡고 있는 가운데 시상식이 거행 되었다. 영방이가 상패를 들고 쾨니히 피아노 앞에 서서 수상자로서 포즈를 취했다. 여기저기서 카메라 불빛이 폭죽처럼 터졌고 영방이는 활짝 웃으며 손까지 흔들어 보였다.

"저건 우리의 연습시간에 없던 건데."

흐뭇하게 지켜보던 남편이 농담조로 내 귀에 속삭였다.

"그러게 말이에요, 여보."

나도 기쁨을 감추지 목하고 남편의 말을 받아넘겼다. 남편은 연신 티없이 맑은 웃음을 감추지 못하고 있었다.

상이란 한 인간에게 많은 격려와 자신감을 안겨준다. 이 상을 계기로 영방이는 자신이 하고 있는 피아노에 대하여 한층 고무되었다.

특상으로 받은 쾨니히 피아노를 셋방에 들여놓던 날 저녁엔 축하객이 모여 한바탕 잔치가 벌어졌다. 자식이 그 여린 손으로 벌어들인 귀물이어서 그 어느 것보다도 값지게 여겨졌다. 영방이는 스스로 그렇게 큰일을 해냈다는 게 믿어지지 않는지 피아노를 쓰다듬고 또 쓰다듬으며 감개무량해 했다.

전국 콩쿨에서 인정을 받은 영방이는 이제 자신은 피아니스트가 되겠노라고 선언을 했다.

초등학교 4학년 때 자신의 일생일대의 목표를 세운다는 것.

그것만으로도 영방이는 이미 절반의 성공을 거둔 셈이라고 나는 그때 단정했다. 또한 맏이가 당당하게 모범을 보였으니 집안에 질서와 기강이 바로 서겠구나 하는 예견도 갖게 되었다.

아울러 그동안 열심히 연주 연습을 해온 영미에게도 기회가 찾아 왔다. 영미가 초등학교 5학년 때의 일이었다.

경향신문, 이화여고 등이 공동으로 주최하는 전국아동음악콩쿨이 개최될 예정이었던 것이다.

하늘이 주신 감동의 앙상블 조 트리오 이야기

경연 무대에 설 때 피아노는 독주가 가능하지만 바이올린은 그렇지가 않다. 무대에 오를 때는 항상 피아노 반주자가 필요한 것이다.

따라서 영미는 대회를 한 달 정도 앞두고 반주자와 함께 연습을 했고 반주자의 식사를 준비하는 것은 내 몫이었다. 나는 정성을 다해 음식을 장만했다. 드디어 결전의 날이 왔다.

영미는 자기가 실수를 해서 성적이 부진할 경우 곁에서 함께 호흡을 맞춘 선생님께 누가 될까봐 그걸 너무 걱정했다. 그렇지만 영미는 워낙 성격이 침착한 아이니까 그동안 연마한 실력을 제대로 발휘할 거라고, 평소에 연습한 대로 실수 없이 잘할 거라고 나는 믿었다.

영미의 연주가 진행되자 관중은 앞의 연주를 듣던 때와 다른 태도를 보였다. 좀 더 집중해서 듣느라 그야말로 숨죽이며 귀를 기울였다.

연주가 끝나자 우레와 같은 박수가 쏟아져 나왔다.

어려서부터 책 읽기를 좋아하고 감정이 풍부한 영미는 음악적 천품이 바이올린과 너무나 잘 맞아떨어진다는 걸 나는 그 연주를 통하여 깨닫게 되었다.

"작은 몸에서 뿜어져 나오는 에너지가 정말 놀랍습니다."

"예술적 기교도 나무랄 데 없지만 음악적 표현력이 사람의 마음을 사로잡네요. 정말 대단합니다."

지인들이 다가와 많은 칭찬을 해주었다.

음악적 기교는 누구든지 연습하면 터득할 수 있다. 그러나 연주자의 감정을 소리에 담아 표현해 내는 일은 결코 만만한 것이 아니다. 그런데 영미는 바로 그런 표현력이 우수했다.

그렇지만 그날 모인 다른 학생들의 연주도 훌륭했으므로 지인들이 칭찬을 믿고 안심하기에는 일렀다. 또한 심사결과가 나빠 영미가 낙심을 하면 어쩌나 하고 걱정되기도 했다.

심사 발표를 기다리는 지루한 시간이 이어졌고 나는 영미에게 뭔가 의미 있는 말을 해주고 싶었다.

"바이올린은 네게 좋은 친구가 될 것 같구나."

영미는 내 말을 가슴에 새기는 모양인지, 잠시 가만히 있다가 말문을 열었다.

"나도 그렇게 생각해요. 결과에 상관 안해요. 좋은 친구를 만났으니까 앞으로 둘이 잘해볼 거예요."

이 아이가 언제 이렇게 성장했나 하고 나는 적잖이 대견스러웠다.

발표하기까지의 시간이 얼마나 초초하고 지루한지 일각이 여삼추였다.

드디어 입상자들의 이름이 적힌 종이가 걸개그림처럼 펼쳐졌다.

전국아동음악콩쿨 1등을 수상한 영미

그런데 뜻밖에도 영미가 1등을 차지했다. 차마 믿기지 않은 일이 눈앞에서 일어난 것이다. 우리 가족은 벅찬 감격을 추스릴 수가 없었다.

시상식은 며칠 후에 이화여자 중·고등학교 노천극장에서 열렸다.

이 대회에서 1등 수상자는 부모와 함께 트로피를 들고 이화학당 정원을 돌며 많은 학생들로부터 축하의 박수를 받는 전통이 있었다. 영미도 그 전통에 따라 아빠 엄마와 함께 이화학당의 노천극장을 돌며 축하를 받았다.

하늘이 주신 감동의 앙상블 조 트리오 이야기

10. 너의 발자취가
훗날 전설이 될 수도 있다

모든 공부에는 기본이 충실해야 한다.

이것은 남편의 지론이었다.

행여나 음악 하니까 다른 교과목 공부는 좀 소홀히 해도 되지 않을까, 하는 생각을 갖지 않도록 여타 과목에 충실하라고 가르쳤다. 무엇보다도 국 영 수, 주요 과목을 충분히 숙지해야만 제대로 된 실력이 다져지고 그래야만 상급학교 진학하는데 무리가 없다고 아이들을 지도 했다.

소년한국일보 글짓기대회 입상한 영미

서울시향과 협연하는 영미

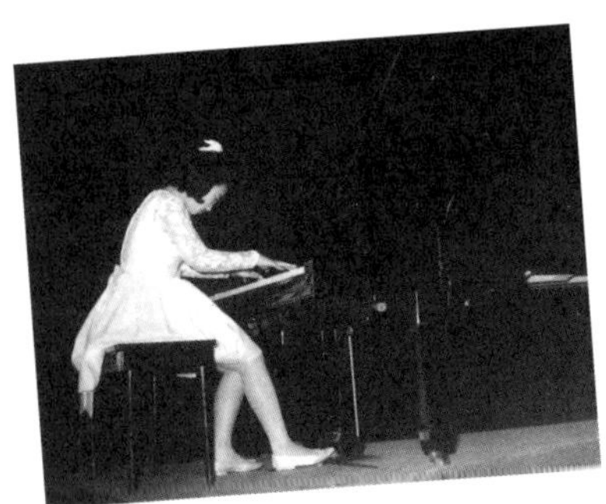

영방 첫 독주회

자신의 몸과 마음을 바르게 한 사람만이 가정을 다스릴 수 있다. 그리고 가정을 다스릴 수 있는 자만이 나라를 다스릴 수 있으며, 나라를 다스릴 수 있는 자만이 천하를 평화롭게 다스릴 수 있다. 즉, 수신제가치국평천하修身齊家治國平天下 라는 말은 아무리 강조해도 지나치지 않다.

또한 세 살 버릇 여든까지 간다는 속담이 있듯이 사람들의 습성은 대개 요람에서 무덤까지 간다고 나는 믿는다.

따라서 아이들이 아주 어렸을 적부터 좋은 습관을 익히도록 나는 힘써왔다.

우리 가족은 아침 여섯 시에 모두 기상하는 것을 생활의 제1지침으로 삼았다.

하늘이 주신 감동의 앙상블 조 트리오 이야기

이 지침을 지키기 위해 나는 밤 열시만 되면 집안의 모든 불을 소등했다. 가만 놔두면 자는 시간이 제각각이어서 서로 방해가 되기도 하고 생활의 규칙이 무너질 수 있다.

아침 세수를 마치면 남편은 아이들을 데리고 근처 공원까지 조깅을 나갔다. 그러는 사이 나는 집안의 창문을 열어 환기시키고 청소를 한 뒤 아침 준비를 했다.

아침 식사를 마치고 나면 아이들은 각자의 방에서 한 시간씩 악기 연습을 했다. 영방이가 내는 맑고 고운 피아노 선율, 영미의 우아한 바이올린 소리, 영창이의 부드러우면서도 묵직한 첼로 소리가 남아 있는 아침 잠 기운을 몰아내는 가운데 남편은 아이들의 방을 찾아다니며 지도해줬다.

모든 공부에는 기본이 충실해야 한다.

이것은 남편의 지론이었다.

행여나 음악하니까 다른 교과목 공부는 좀 소홀히 해도 되지 않을까, 하는 생각을 갖지 않도록 여타 과목에 충실하라고 가르쳤다. 무엇보다도 국 영 수, 주요 과목을 충분히 숙지해야만 제대로 된 실력이 다져지고 그래야만 상급학교 진학하는데 무리가 없다고 아이들을 지도했다.

오늘 할 일을 내일로 미루지 마라.

악기 연습은 어디까지나 각자 개인의 몫이니까 교복을 입고 문밖에 나서는 순간 학교생활에 충실하라고 일렀다. 수업 시간에 몸과 마음을 바르게 하고 집중하여 수업에 임하고 방과후에는 제일 먼저 숙제를 하도록 했다. 저녁 식사시간 이전에 학과 숙제와 준비물 등을 마쳐 놓으라고 가르쳤다. 그러고 나서 악기 연습을 하도록 했다.

개인의 생활습관에도 분명한 규칙을 세워 놓는 것.

그 규칙을 철저하게 준수해 나가는 것.

이것이 모든 불가능을 가능케 하는 바탕이라고 나는 생각한다.

좋은 습관은 좋은 열매를 맺는다.

좋은 습관을 몸에 배게 하고 나니 아이들은 별다른 무리 없이 모든 일을 즐겁게 해 나갔다. 학과 공부도 열심히 적극적으로 했고 악기 연습도 그랬다.

영방이는 반장과 회장을 도맡아했다. 또한 모든 학과 공부에 흥미를 보였는데 특히 그림에서 탁월한 재능을 보여 유네스코 주최 세계아동미술대회에서 1등을 하기도 했다.

학교에서 검사한 지능지수가 159가 나와 선생님을 놀라게 한 일은 그 애의 이력에 전설처럼 따라다녔다.

영미도 영방이 못지않게 모든 방면에 두각을 나타내었다.

감수성이 예민한 그 애는 특히 글짓기에 소질을 보여서 전국 규모의 대회에서 여러 차례 큰 상을 받았다. 남편은 시집을 여러 권 펴낼 정도로 글쓰기에 일가견이 있었기 때문에, 영미가 글짓기 상을 타올 때마다 당신 닮은 딸을 더욱더 사랑스러워 했다. 사색을 좋아하고 감수성이 예민한 영미의 품

하늘이 주신 감동의 앙상블 조 트리오 이야기

성은 분명 제 아빠로부터 유전되었을 터였다.

안용구 선생님께 1년 동안 사사받았던 영미는 다시 이재헌 선생님께 사사받고 있었다.

당시에는 나라에서 주최하는 '5 · 16 바이올린 콩쿨' 경연대회가 있었다. 이 대회는 세종문화회관에서 성대하게 열렸으며 시상식장에는 박정희 대통령 내외분이 참석하는 것으로 권위와 전통을 잇고 있었다. 또한 3등 안에 드는 수상자는 엄마와 함께 단상에 올라 상을 받았다. 영미는 6학년 때 이 대회에 참가해서 2등을 했다. 전통대로 나도 영미와 함께 단상에 올라 상을 받았고 대통령 내외분과 악수를 나누었다.

영미는 또한 중학교 1학년 때 한국에서 가장 크다고 할 수 있는 동아콩쿨에서 2등을 차지하였다. 많은 축하를 받는 자리에서 영미는, 그동안 지도해 주신 이재헌 선생님께 감사의 말씀을 드렸다.

막내, 영창이도 결코 제 누나들한테 뒤지지 않았다. 그렇게 운동을 좋아하고 즐기면서도 줄곧 우등상을 타왔다.

'1964년 가을에 피아노 연주의 세계적인 거장, 루스 슬렌친스카 여사의 내한 공연이 있었다.

미국(원래는 폴란드 계) 출신의 슬렌친스카 여사는 네 살 때부터 피아노를 치기 시작한 천재적인 피아니스트였다. 슬렌친스카 여사가 20세기 최고의 음악 거장으로 꼽히는 라흐마니노프의 제자가 된 일화는 많은 음악도들에게 재미있는 전설로 회자되고 있다.

슬렌친스카 여사가 아홉 살 때의 일이다.

라흐마니노프가 로스앤젤레스에서 협연하기로 되어 있었는데 어떤 이유

너의 발자취가 훗날 전설이 될 수도 있다

에선지 공연 하루 전에 그가 갑자기 연주를 못하겠다고 했다. 다급해진 콘서트홀 책임자가 아홉 살인 슬렌친스카를 무대에 세웠다. 공연은 성공적이었고, 청중도 매우 흡족해했다. 이제 겨우 아홉살짜리 소녀가 자기 대신 연주했다는 사실을 나중에 전해들은 라흐마니노프가 상당히 황당해한 것은 지극히 당연한 일. 그후 몇 년 뒤쯤 슬렌친스카는 파리로 이주하여 라흐마니노프의 제자가 되었다.

음악 공부를 시키고 있는 부모들은 자녀를 세계적인 음악가에게 선보이고 그들로부터 평가받기를 원한다.

슬렌친스카 여사를 초청한 주최 측에서도 우리와 같은 학부모들의 입장과 우리나라 청소년들의 미래를 위해 슬렌친스카 여사와의 자리를 마련해주었다.

우리 부부도 영방이를 데리고 슬렌친스카 여사를 만날 수 있는 장소에 나갔다. 전국에서 피아노깨나 친다는 수십 명의 꿈나무들이 슬렌친스카 여사의 평가를 받기 위해 모여들었다.

작은 체구에 온화한 인상을 가진 슬렌친스카 여사는 어린 음악도의 연주를 흥미 있게 들었다. 학생들도 최선을 다했고 모두들 잘하는 것 같았다.

그리고 영방이 차례가 되었다.

영방이는 그동안 국내에서 실력 있는 분들에게 선을 보였고 좋은 평가를 받았다. 이번에야말로 명망 높은 권위자 선생님이기 때문에 무척 긴장되었다.

영방이의 연주가 진행되는 동안 나는 제발 영방이가 가진 기량을 다 발휘하기를 기도했다. 연주가 끝나자 슬렌친스카 여사가 두 팔을 벌려 힘차게 박수를 치며 거의 흥분하다시피 외쳤다.

하늘이 주신 감동의 앙상블 조 트리오 이야기

"오케이! 굿, 베리 베리 굿!"

그러더니 우리 앞으로 다가와서 말했다.

"너무나 훌륭한 연주입니다. 열한 살이라는 나이가 믿기지 않을 정도로 말입니다."

그리고 여기서 칭찬이 끝나는 게 아니었다.

"조영방 양의 재능은 정말 특별합니다. 제 제자로 키우고 싶습니다."

이게 도대체 무슨 말인지, 우리 부부는 어안이 벙벙해서 서로 바라만 보고 있었다.

"만일, 조영방 양을 미국으로 보낸다면 제가 특별 장학생으로 선정하여 전 학년 장학금을 받도록 돕겠습니다."

"감사합니다. 선생님의 찬사와 제의는 저희에게 큰 영광입니다."

남편이 정중하게 인사를 드렸다.

슬렌친스카 여사로부터 받은 제의는 크나큰 기쁨이긴 했지만 우리의 생활형편상 그것은 거의 불가능한 꿈에 지나지 않았다. 피아노 공부는 장학금으로 해결한다손치더라도 거처할 집과 생활비를 충당할 방도가 없었으니 말이다.

그것은 그냥 한번 들은 격려 차원의 제안으로 받아들이고 영방은 일상으로 돌아가 다시 악기 연습과 학교생활에 충실했다.

그러는 사이 영방이가 중학교에 입학할 시즌이 도래했다.

우리는 영방이를 이화여중에 입학시킬 생각을 하고 있는데 학교에서 진학상담을 하자는 연락이 왔다. 교장선생님한테도 우리의 뜻을 이야기하자 교장선생님은 경기여중에 보내자고 했다.

너의 발자취가 훗날 전설이 될 수도 있다

　"우리 서울사대부속초등학교의 전체 부회장을 맡고 있는 조영방 학생이 경기여중에 들어가야 후배들에게도 귀감이 되지 않겠습니까?"

　교장선생님은 아주 간곡하게 청을 했다. 공부의 석차로 치면 경기여중이 한 수 위인 것은 당연하다고 했다.

　그것이 당시 사회의 통념이기 때문에 교장선생님으로서는 지당하신 선택이라 여겨서 우리 부부도 오랜 시간을 두고 고심했으나 결국 이화여중에 진학하기로 결정을 보았다. 음악을 하기에는 이화여중이 더 나았고, 영방도 그 쪽으로 가길 원했다.

　당시 이화여중에서는 음악 특기생 전형제도가 있었고 영방이는 이미 전국 경연대회에서 수상한 이력이 있기 때문에 입학은 이미 따놓은 당상이었다. 그러나 영방은 그 혜택을 마다하고 입학시험을 쳤다. 그 결과 성적 우수 표창장을 받고 입학하였다.

　입학을 한 그해 3월에 명동에 있는 국립극장에서 영방이의 첫번째 독주회가 열리기로 되어 있었다. 딸이 1인 독주회를 갖다니, 꿈같은 일이 현실로 실현되려는 순간이었다.

　연주회 날을 받아놓고 나는 세심하게 준비를 해나갔다.

　우선 영방이가 입을 연주복을 준비하는 일에 신경 썼다. 샤넬라인의 진달래색 드레스에 같은 톤의 슈즈를 마련하는 게 좋을 것 같았다. 유명한 디자이너 선생께 따로 부탁하여 준비했는데 값이 상당했다. 그렇지만 영방이의 연주를 보기 위해 찾아올 관객을 생각하면 그만한 옷 정도는 입는 게 무대에 서는 사람의 예의일 것 같았다

　중학교 1학년생이 독주회를 갖는 건 영방이가 처음이어서 연주회가 열리

하늘이 주신 감동의 앙상블 조 트리오 이야기

기도 전에 언론의 관심과 찬사를 받았다.

모든 것의 처음이라는 것은 곧 시초始初가 되는 것이다. 선택받은 기회를 어떻게 하느냐에 따라서 영광이 돌아올 수도 있고 질타를 받을 수도 있다.

영방이의 행로가 아무래도 범상치 않음을 다시 한 번 예감하게 되면서 서산대사의 답설야중거踏雪野中去*가 떠올랐다. 남편의 서재에서 책을 꺼내어 그 글귀를 곰곰이 음미해 보았다.

踏雪野中去 不須胡亂行 今日我行跡 遂作後人程
답설야중거 불수호란행 금일아행적 수작후인정

밤에 눈 덮인 들판을 걸어 갈 때에는 / 함부로 어지럽게 걷지 말아라. / 오늘 내가 남기는 이 발자국은 / 뒤에 오는 사람의 이정표가 될 것이니라.

나는 연주회 전날 밤 아이를 불러 이 글 귀를 읽어주면서 다음과 같이 말해주었다.

너의 발자취가 훗날 전설이 될 수도 있다.

행여 실수하여 오점을 남기지 않도록, 기량을 다 발휘하지 못하여 후회가 남지 않도록 주의하라고 일러 주었다.

내가 준비한 진달래색 드레스는 영방이에게 썩 잘 어울렸다.

* 이 시는 그동안 서산대사가 쓴 것으로 알려져 있었다. 그러나 최근 순조 때 활동한 이양연(1771~1653)의 글로 밝혀졌다.

자신이 치고 있는 피아노의 선율에 따라 격정적으로 때로는 섬세하게 연주를 하는 영방이는 정말이지 천사처럼 눈부시게 곱고 아름다웠다.

연주회는 실수 없이 잘 마쳤다.

"이렇게 어린 나이에 피아노 독주회를 갖다니, 이건 하나의 사건입니다. 우리나라 음악계의 큰 자랑거리입니다."

평소 알고 지내던 몇몇 지인들이 그렇게 말하자 우리 부부는 너무 기뻐서 차라리 고개를 숙였다. 그날 여러 사람으로부터 과분한 찬사를 받았다.

그동안 영방이를 지도해 주신 장정옥 선생과 권기택 선생은 누구보다도 크게 기뻐하셨다. 연주회가 끝나자 신문과 방송 등 여러 매체에서 인터뷰 요청이 쇄도하였다. 마이크 앞에서 영방이는 다음과 같이 말했다.

"두 분 선생님 너무나 고맙습니다. 그리고 이런 자리를 마련해주신 부모님, 사랑합니다."

다음날 아침신문을 펼치니 영방이의 독주회 기사가 사진과 함께 실렸고 텔레비전 프로그램에도 소개가 되어서 사방에서 축하 전화가 왔다.

이 일이 있고 난 후부터 영방이의 실력은 날로 발전해갔다. 또한 슬렌친스카의 미국 유학 제안을 받은 이후부터 그 꿈을 놓지 않고 있었다. 남편은 여러 경로를 통해 영방이의 유학길을 찾아보고 있었다. 그 과정에서 미국대사관을 통하여, 미국 정부의 문화계에서 한국에 특파원으로 나와 있는 제임스 웨이드 씨를 소개받게 되었다.

웨이드 씨는 음악에 대하여 관심과 조예가 깊은 사람이었다. 남편과 많은 이야기를 나누던 중 영방이에 대한 이야기를 꺼내게 된 것이다. 영방이가 미국에 오기만 하면, 전액 장학금을 받도록 주선해 주고 자신의 제자로 키우겠다고 말한 슬렌친스카 여사의 말을 그에게 전했다. 웨이드 씨는 영방이

하늘이 주신 감동의 앙상블 조 트리오 이야기

의 연주 실력을 자신이 직접 보기를 원했다.

어느날 우리는 웨이드 씨를 집으로 초대하여 영방이의 피아노 솜씨를 선보였다.

"아, 훌륭합니다. 슬렌친스카 여사가 왜 영방 양에게 그런 제의를 했는지 이해가 가고도 남습니다. 대단히 훌륭합니다."

그는 영방이의 연주 솜씨를 거듭 극찬했다.

"제가 영방 양의 유학길을 한 번 알아보겠습니다."

그 뒤 우리는 웨이드 씨를 통하여 희소식을 듣게 되었다.

슬렌친스카 여사가 재직하고 있는 사우스일리노이 대학 가까이에 웨이드 씨의 친구가 살고 있는데, 그 친구에게 영방이가 지낼 수 있는 가정집을 알아봐달라고 부탁한 것이었다. 그 결과 웨이드 씨 친구로부터 연락이 왔다. 자녀가 없는 오십 대 부부의 집에서 영방이가 와도 좋다는 연락이 왔다.

그 부부는 일리노이주 그래니트시티에 살고 있는데 신실한 기독교 신자로서 남편 맥도날드 씨는 은행원이고 부인은 교회에서 오르간니스트로 활동하고 있었다.

그쪽에서는 영방이를 자식처럼 생각하고 돌보겠다고 했다.

남편은 영방이가 가게 될 집주인인 맥도날드 씨와 서신을 주고받으며 어떤 성향의 사람인지, 가게 되면 이쪽에선 무엇을 준비해야 되는지 구체적으로 알아보았다.

분명 희소식이 맞는데 막상 딸을 유학 보내려니 걱정되는 일이 한두 가지가 아니었다.

이제 겨우 열세 살밖에 안된 아이를 머나먼 미국으로 보낸다니, 그것도 여자애를. 너무 걱정이 된 나머지 이게 잘하는 결정인지 어쩐지 근심으로

슬렌친스카 여사의 한국 방문

밤잠을 설쳤다.

내가 이럴 때 딸아이는 어떨까 싶어서 영방에게 의견을 물어보았다.

"글쎄요. 슬렌친스카 선생님께 피아노를 배우고 싶은 건 확실한데, 유학을 간다는 게 어떤 건지는 잘 모르겠어요. 주변에서 유학을 간 친구를 한 번도 본 적도 없고. 머리 색깔이 다른 아이들과 한 교실에 앉아서 공부한다는 게 어떤 느낌일지……. 엄마 아빠랑 영미, 영창이가 너무 보고 싶을 거 같아요."

그 말을 듣고 있자니 난 벌써 콧등이 찡해왔다.

슬렌친스카 여사의 유학 제의를 받고부터 영방이는 유학을 가게 될 때를 대비하여 준비를 하고 있었다. 중학교 입학하면서부터는 학원에 다니며 회화

하늘이 주신 감동의 앙상블 조 트리오 이야기

공부도 익히고 있었는데 어느 날 영어선생임으로부터 집으로 전화가 왔다.

"제가 영어학원 선생을 오래해 왔지만 영방이처럼 진도를 빨리 나가는 아이는 처음 봅니다. 회화 실력이 얼마나 빨리 느는지 가르치는 제가 다 신바람이 난다니까요."

그 전화가 있고부터 영방이는 유학 갈 날을 기다리며 영어 공부에 더욱 열심이었다. 자신의 발전을 위해 유학이 얼마나 좋은 기회인지, 큰 무대에 진출해서 꿈을 펼칠 수 있는 것이 얼마나 좋은 혜택인지 영방이는 이미 잘 알고 있었다.

유학절차는 너무나 복잡하고 까다로웠다.

남편과 나는 동분서주하며 유학서류를 작성해야 했다. 우선 미국 학교로부터 입학 허가서를 받아야 했고 영방이를 맡아줄 집 주인으로부터 인우보증 비슷한 서류도 받아야 했다. 여권을 받는데도 얼마나 걸릴지 알 수 없었다. 국제전화를 쓸 수 없는 때라서 미국 측과의 모든 연락을 서신으로만 주고받다 보니 그 기간이 점점 길어졌다. 돈이 있다면 모든 서류를 준비하지 않고 간소화할 수 있는 부분도 있었지만 우리 형편에 그럴 수가 없어서 시간이 많이 걸렸다.

기다리는 서류가 기한 내에 도착하지 않을 때마다 우리 부부는 물론 영방이도 초조해 했다. 이 서류가 안 되면 유학이 무산되는 건 아닌지 하고. 가슴을 졸여야 했다.

그러나 나는 될 거라 믿었으므로 그때마다 아이를 다독거려 주었다.

"영방아, 하나님께서 너에게 음악적 재질을 주셨으니 분명히 유학의 길도 열어주실 거야. 그러니까 하나님께 열심히 기도드리자."

너의 발자취가 훗날 전설이 될 수도 있다

당시 미국 유학을 준비하던 학부모 중에는 이런 복잡한 절차에 머리를 내저으며 중도 포기한 사례도 여럿 있었다.

"무슨 일이든지 긍정적으로 생각하면 복이 되고 부정적으로 생각하면 독이 되는 거란다. 다 잘될 테니 염려마라."

남편은 영방이에게 그렇게 말했지만 나는 이해했다. 남편의 속뜻은 돈이 없어 식구들 마음을 졸이게 해서 미안해 하고 있었다.

그래서 나도 부창부수 격으로 한 마디 보탰다.

하면된다. 나는 평소에 불가능은 없다고 생각하며 살아서 최선을 다했다.

주변에서 열세 살짜리가 유학을 간나니까 모두들 반신반의하며 가야 간 거지 그게 말처럼 쉬운 일인가 어디, 그런 시각으로 우리를 바라봤다. 또한 조상현이한테 무슨 돈이 있어 유학을 보내, 하며 비웃는 사람도 있었다. 이 또한 무리가 아닌 것이, 1967년 10월이었으니 당시 우리나라의 지엔피가 백 달러에도 못 미치던 때였고 우리나라가 북한이나 필리핀보다도 못살던 때였다. 그렇지만 우리 식구들은 '하면 된다'는 주문을 걸며 희망의 불씨에 모닥불을 피워 올렸다.

유학 수속이 완전히 끝나고도 또 얼마동안 기다린 끝에 드디어 미국행 비자가 나오고 영방이는 유학길에 오르게 되었다. '하면 된다'는 말이 현실로 이뤄졌다.

사람의 말은 복을 부르기도 하고 화를 부르기도 한다는 것을 그때 우리

하늘이 주신 감동의 앙상블 조 트리오 이야기

는 다시 한 번 체험했다. 날짜를 받아 놓고 나는 주변의 지인들에게 영방이의 미국 유학을 알렸다.

"간다, 간다 하더니 진짜 가네? 축하한다고 전해 줘."

사람들의 축하 전화를 여기저기서 받으며 우리 가족은 영방이의 짐을 쌌다.

남편은 그때 테헤란에서 개최되는 국제음악협의회에 참석하고 있는 중이었다. 원래는 남편이 영방이와 함께 떠나는 것으로 예정되어 있었는데 영방이의 재정보증 서류가 늦어져서 함께 떠날 수 없게 되었다.

남편은 테헤란으로 가기 전에, 유학길에 오르게 될 영방이를 불러 앉히고 다시 한 번 주의를 주었다.

"영방아 외국에도 다 사람 사는 곳이야. 그러니까 어디를 가든 너의 주인은 곧 너라는 것을 명심해."

영방이는 마음깊이 아빠의 말씀을 새겨듣고 있었다.

"알았어요, 아빠."

그러더니 영방이는 결연한 목소리로 복창했다.

"건강 노력 부모 조국 감사!"

그러자 남편이 조용히 고개를 끄덕였다.

당시에는 서울에서 미국으로 가는 직항 노선이 없었다.

서울에서 동경으로, 동경에서 LA로, LA에서 세인트루이스까지 비행 일정이 잡혀 있었다.

마침 그때 일본 요코하마에 친지가 살고 있어서 우리는 그 친지에게 영방이가 미국행 비행기에 잘 오를 수 있도록 도와달라고 부탁을 해두었다. 그리고 LA에는 홍연택(지휘자) 선생이 마중 나와 있다가 영방이의 세인트

너의 발자취가 훗날 전설이 될 수도 있다

루이스 행을 돕고, 마지막 도착지인 미국의 세인트루이스 공항에는 맥도날드 부부가 마중 나오기로 되어 있었다.

우리 가족은 모두 김포공항으로 나갔다.

'1958년 남편을 유학 보낸 지 십년 만에 이번엔 딸아이를 유학보내기 위해 그 길에 선 것이었다.

좀 더 넓은 세상에 가서 많은 체험을 하고 발전하라고 보내는 것이 유학이지만 당장 혈육을 떼어 보내야 하는 어미의 가슴이 아려서 눈물이 앞을 가렸다.

그땐 외국 나가면 죽는 줄 알았다. 외국으로 전화를 하려면 며칠 전에 우체국에 신청을 해야 했다. 국가 경제력이 비약하다보니 유학길을 가시밭 여정으로 여겼다. 그러니 이별을 앞둔 공항은 눈물 바다였다.

아무리 호랑이 담배 피던 시절의 얘기라고 해도 우리 딸은 그때 겨우 열세 살짜리 어린애였으니 ……. 사람들은 그때 날보고 독종이라고 말했지만 그때 내 가슴은 시커멓게 멍들었다.

세상의 어미 된 사람들은 내 이야기에 고개를 끄덕일 것으로 안다.

"엄마, 걱정 마세요. 나 잘할 수 있어, 나 엄마 큰딸 조영방이잖아."

영방이가 내 등을 오히려 토닥이며 위무해줄 때 목구멍에서는 울음이 감당할 수 없게 터져 나왔다. 난 주먹을 말아 쥐고 목구멍을 틀어막으며 한 손을 높이 들었다. 그리고 기도하는 마음으로 읊조렸다.

울지 마라, 내 아기야. 너의 발자취가 훗날 전설이 될 수도 있다.

11. 편지 쓰는 것도 학습이다

영방이의 편지를 읽으며, 어린 것이 외국공항에서 잠시나마 미아가 되어 얼마나 놀랬을까, 나는 정말 애간장이 녹아내렸다. 사랑하는 사람과의 이별만큼 마음이 에이는 일이 또 있을까 싶다. 특히 영방이는 맏딸이라서 누구에게 기댈 데도 없이 뭐든 제 스스로 개척을 해야 하는 자신의 처지를 십분 이해하고 행동하는 아이라서 나는 더욱 더 안쓰러웠다.

나는 일생 기도를 하면서 살고 있지만 이때야 말로 나는 영혼을 다 받쳐 우리 아이를 지켜달라고 하나님께 매달리며 기도드렸다.

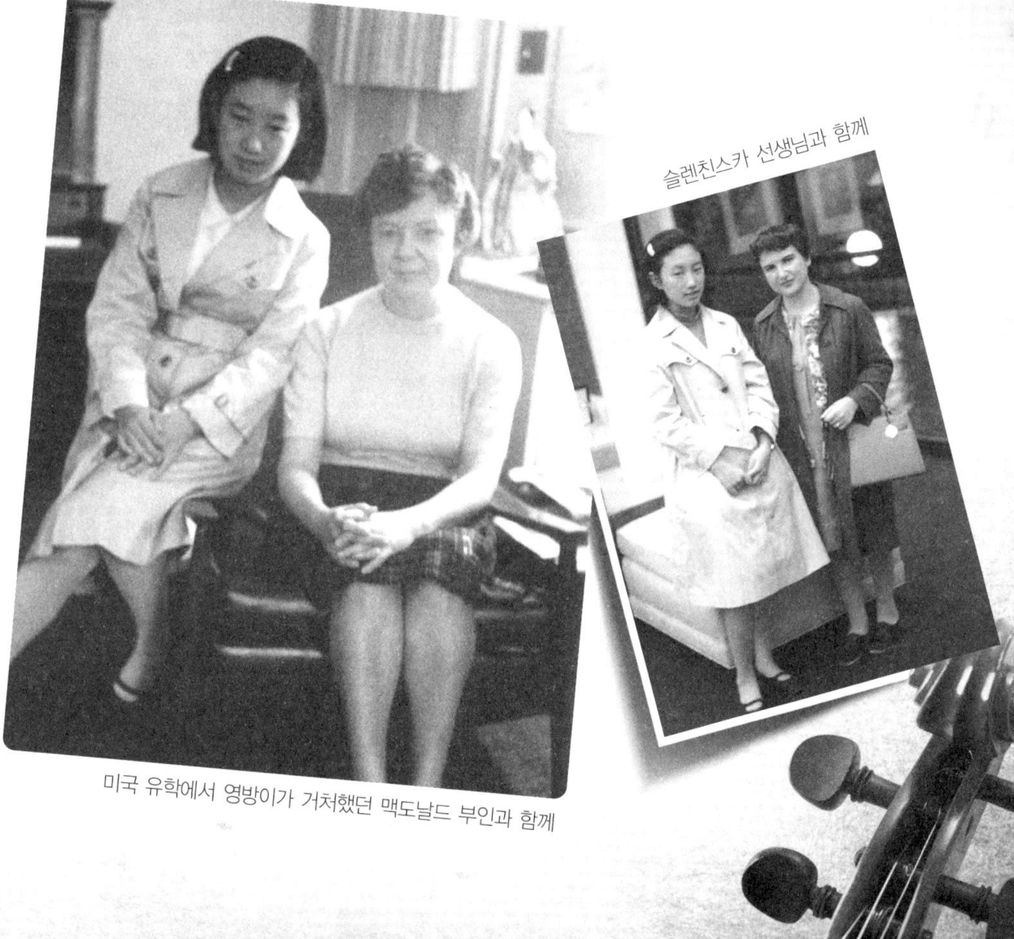

슬렌친스카 선생님과 함께

미국 유학에서 영방이가 거처했던 맥도날드 부인과 함께

정말 정말 보고픈 엄마께!

생전 처음 엄마 곁을 떠나 타국에 와 있으니 눈물이 앞섭니다.

엄마가 공항에서 우시는 모습을 보고 가슴이 찢어지는 것 같았어요. 그렇지만 이를 악물고 참았어요.

비행기가 땅을 뜨자, '이젠 정말 떠나는구나!' 싶어지면서 덜컥 겁이 났어요. 도중에 식사도 하고 과자와 사탕도 많이 먹었어요. 멀미약을 먹어서 그런지 기분 좋게 일본에 도착할 수 있었어요.

동행한 그 분과 트랩을 내릴 땐 가랑비가 오고 있었어요. 비행장에 나와서 미리 엄마를 찾았는데 안 보였어요. 가슴이 철렁했어요. 그렇지만 '침착해라' 하는 엄마의 말씀이 떠올랐어요. 비행장 안으로 들

하늘이 주신 감동의 앙상블 조 트리오 이야기

어와서 짐을 찾고 호텔 예약을 하려고 동행한 분과 NorthWest 사무실로 갔더니 내 호텔과 그분의 호텔이 다르데요. 그런데 그분들이 하시는 말씀이, 어떻게 어린애 혼자 호텔에 가게 두냐고 걱정하셨어요. 미리 엄마는 안 나오시고…… 정말 걱정이 되었어요.

이럴 때 엄마가 있다면…… 생각하니 눈물이 막 쏟아졌어요. 동행한 그분의 딸이 나와 자기들이 같은 호텔에 묵을 수 있도록 알아보는 사이 나는 미리 엄마를 찾으려고 막 돌아다녔어요. 그러다 정말 미리 엄마를 만났어요. 얼마나 반갑던지!

미리 엄마가 자기 집으로 가자고 했어요.

"안돼요. 엄마가 Air Terminal Hotel에 들라고 했어요."

"어린 것이 어떻게 혼자 호텔에서 자겠단 거야. 우리 집으로 가자. 내가 맘이 안 놓여서 그래."

그런데 가만히 생각하니까, 미리 집에서 자야 내일 미리 엄마가 비행기 수속을 해주지 하는 생각이 들어서 그럼 그러자고 했어요. (참, 큰 트렁크도 찾았어요. 김포에서 받은 짐표는 그대로 가지고 있고, 내일 Pan America에 가서 체크만 하면 된대요.)

미리 집에 도착할 때까지의 시간이 약 1시간 걸렸어요. 오는 도중에 한국사람 집에 들렀어요. 미리네 친척인데 나를 보고 싶다고 해서 집에 가서 저녁을 먹는데, 도루꼬가 자기 엄마한테 어리광 부리는 것을 보니까 집 생각이 나서 밥을 먹는 동안 내내 울었어요.

미리 집에서 오는 도중에 Shopping Center에 들러 잠옷(일본 돈으로 1500엔), 손수건 4장에(200엔) 그리고 스웨터(2,800엔)를 샀어요. 집에 와서 계산해 보니 달러로 모두 12불 50센트였

편지 쓰는 것도 학습이다

어요.

지금도 집으로 막 뛰어가고 싶어요. 이제는 엄마를 못 볼 걸 생각하니……아니, 내가 왜 이럴까, 모든 걸 참아야 하는데. 근데 엄마 걱정 마세요.

그리고 영미야. 네 편지 잘 읽었다. 언니는 그걸 읽고 울었어.

영미, 영창아! 엄마 말씀 잘 듣고 아줌마도, 영어 선생님도 나를 아는 모든 사람은 모두 안녕!

엄마, 내일 아침 10시 Pan America로 떠납니다. 미리 엄마가 6시에 깨워 주신다니까 안심하고 잡니다. 엄마 울지 마세요. 나도 안 울게.

정말 안녕!

엄마가 사랑하는 딸 영방 드림. (1967. 10.24)

영방이의 편지를 읽으며, 어린 것이 외국공항에서 잠시나마 미아가 되어 얼마나 놀랬을까 하고 생각하니 정말 애간장이 녹아내렸다. 사랑하는 사람과의 이별만큼 마음이 에이는 일이 또 있을까 싶다. 특히 영방이는 맏딸이라서 누구에게 기댈 데도 없이 뭐든 제 스스로 개척을 해야 하는 자신의 처지를 십분 이해하고 행동하는 아이라서 나는 더욱 더 안쓰러웠다.

나는 일생 기도를 하면서 살고 있지만 이때야말로 나는 영혼을 다 받쳐 우리 아이를 지켜달라고 하나님께 매달리며 기도드렸다.

딸에게서 편지는 자주 왔다.

하늘이 주신 감동의 앙상블 조 트리오 이야기

영방이는 슬렌친스카 여사로부터 피아노 레슨을 받기 시작했다.

하루는 쇼팽의 「에튜드」를 지도 받는데 한 번도 틀리지 않고 연주할 때까지 열 번이고 스무 번이고 계속치라고 해서 종일 그 곡을 쳤다고 했다. 그 뒤 밥 먹고 잠자는 시간을 뺀 나머지 시간을 죽기 살기로 연습을 했더니 이제는 눈 감고도 칠 수 있게 되었다고 했다.

영방이는 매번 편지 때마다 맥도날드 씨 부부가 얼마나 잘해주는지에 대해 썼다.

그 댁에 처음 갔던 날, 부인이 캔에 든 한국김치를 사다 놓았더라고, 얼마나 감사한지 모른다고 했다. 또한 맥도날드 씨가 자식처럼 대해주고 있어 영방이도 그분들을 부모님처럼 생각하기로 했다고 했다. 맥도날드 씨 부부에게 안마도 자주 해드리는데 그럴 때마다 1불씩 용돈을 받아서 그걸로 학용품 등을 사 쓰고 있으며 저녁을 먹은 후 설거지는 자발적으로 하고 있다고 했다.

이 부분을 읽는데 내 눈에서 뜨거운 눈물이 왈칵 쏟아졌다. 그 고운 손으로 설거지를 하다니…… 그 손은 연주를 해야 하는 귀한 손인데, 금이야 옥이야 얼마나 고이 모시는 손인데…….

내가 너무 속상해 하니까 남편이 옆에서 거들었다.

"너무 애석해 하지 마오. 딴엔 어떻게든 고마움을 표시하려고 하는 건데, 대견하지 않소."

"하긴 그래요. 함께 살려면 그래야 정도 들고 할 테지요."

그렇게 대답하는 내 말 속에서 나 스스로 위로 받았던 것 같다.

그러나 그때뿐 걸핏하면 나는 눈물바람을 했다. 영방이가 잘 먹던 음식만 보아도 눈물이 나왔고, 그애의 친한 친구들을 봐도 눈물을 빼곤 했다.

편지 쓰는 것도 학습이다

이별의 고통을 치유하는 데는 다름아닌 시간이 약이었다.

영방에게서 오는 편지를 읽고 나는 그애가 고국과 부모 생각을 미뤄 놓고서 굳센 마음으로 공부에 열중하고 있다는 것을 알 수가 있었다.

영방은 슬렌친스카 선생께 가르침을 받은 내용을 제 동생들에게 편지로 써서 몇 가지 비결을 알려 주기도 했다.

음악 중간에 손을 허벅지 위에 올려놓지 마라. 그렇게 되면 관객이 연주가 끝난 걸로 착각한다.

레가토(계속되는 음과 음 사이를 끊지 말고 부드럽게 연주하는 기법)를 페달에 의존하면 안 된다. 페달 사용을 최소화해라.

손가락 힘을 기르기 위해 스타카토를 많이 연습해라.

위의 내용은 슬렌친스카 여사가 그이의 스승, 라흐마니노프로부터 배운 부분이라고 했다.

영미는 제 언니로부터 온 편지를 대단히 자랑스러워하며 이렇게 말했다.

"엄마, 그러니까 언니는 라흐마니노프에게 배운 거나 마찬가지야."

영미는 제 언니를 무척 소중하게 생각하며 보고 싶다고 했는데 영방이에게서 편지가 왔다.

이 세상에서 가장 사랑하는 아빠, 엄마께!

주님의 은총 아래 항상 내 곁에 함께하는 아빠, 엄마! 그동안 안녕하셨어요?

하늘이 주신 감동의 앙상블 조 트리오 이야기

오늘이 벌써 12월 1일! 아직도 11월인 줄 알고 Nov.,라고 썼다가 지웠어요.

오늘은 날이 어떻게나 추웠는지 얼어 죽는 줄 알았어요. 버스가 삼십 분이나 늦게 오는 바람에 저는 Bus Stop에서 거의 한 시간을 기다렸어요. 친구들과 기다리는데, 그 아이들은 집에 가면 아빠, 엄마가 따뜻이 맞아 줄 텐데 하고 생각하니 무척 서러웠어요. 친구들 보기에 창피하기도 하고…….

집에 와서 책상 위에 편지가 놓여있질 않아서 가슴이 철렁, 그런데 서랍을 열어보니 편지는 그 안에 있질 않겠어요? 저는 가슴이 메일 것만 같았어요.

착한 나의 동생들아, 오늘도 음악 시간에 영미, 영창이 자랑을 얼마나 했는지 모른단다.

오늘 음악시간에는 Mendelssohn에 대해서 배웠는데, Mendelssohn Violin Concert를 틀지 않겠니? 그래서 내가 얼른 맞추었지. 내 동생 영미가 있는데 Seventh Grade(7학년)이고 Violin을 하는데 저 곡을 공부했어요, 했지. 이화 콩쿨에 1등했다는 얘기 했더니, 아이들이 모두 깜짝 놀래. 나를 신을 쳐다보듯이 올려다보면서 말이지. 또 영창이가 Cello를 하는데 역시 콩쿨에서 1등을 했다고 했더니, 이번에는 소리도 안 지르고 입만 헤~벌리지 않아? 누나는 우스워서 혼났어. 이제 이 학교 아이들은 영미, 영창이도 다 알아. 학교 신문에까지 났는 걸? 귀하신 분들이야. 하하!

Mendelssohn Violin Concert를 들으니 영미가 너무나 보고 싶었

편지 쓰는 것도 학습이다

어. 수업시간에, 점심을 먹은 뒤 Radio 다이얼을 돌려가며 함께 음악 감상 하던 생각이 문득 나서 그놈의 눈물이 사정을 안 봐주지 않아? 정말 얄미워서 혼났어.

우리는 너무나도 음악을 많이 들었지? 그때 좀더 다정했었더라면…… 하는 생각을 하니 당장 집으로 달려가 언니답게 해주고 싶은 마음이 간절했어. 그렇게도 많이 싸웠는데…… 이렇게 보고 싶구나. 단정한 교복 위에 까만 오버를 걸치고 그 날씬한 다리로 사뿐사뿐 걸을 너의 모습을 생각하니 보고 싶어 미칠 것만 같아.

이곳은 오래전부터 길거리에 산타클로스 할아버지가 걸어 다니고 곰이 서 있고 크리스마스트리가 사방에 있고, 정말 크리스마스가 된 것 같아. 내 친구들은 대부분 Shopping을 하려고 한단다.

내일은 토요일이니끼 Piano 연습하고 오후에 Shopping을 할 예정이야.

영미한테 Christmas 선물을 무엇을 할까? 잘 생각해야지. 우리 영미 마음에 쏙 드는 걸로 해야지. 영창이 한테도.

아빠, 엄마! 어제는 S여사께 Class Lesson을 갔었어요. 여자 세 명(저까지) 남자 세 명인데 굉장히 좋았어요. Bach 인벤션 8번, 10번을 가자마자 내가 치고, 스케일을 치고, Mozart 소나타 중에서 10번을 가지고 초견 연습을 한 사람씩 차례차례 했어요. 모두 초견은 좋지가 못한 것 같았어요.

제가 인벤션 10번을 칠 때 음이 조금 이상한 것을 그냥 지나갔더니 여사께서는 치는 것을 중단시키셨어요.

"조그마한 미스테이크가 자꾸 쌓이다 보면 큰 실수로 이어진다. 그러니 다른 음을 절대 짚지 않도록 해라!"

하늘이 주신 감동의 앙상블 조 트리오 이야기

나는 여사님의 이 말씀에 정신
이 번쩍 들었어요.

그리고 한편 기쁘기도 했어요.
왜냐하면 그 말은 제가 아빠한테
누누이 듣던 말이잖아요. 여사님은
어쩜 그렇게 우리 아빠랑 똑같은
말씀만 하시던지, Lesson하는 동
안 아빠한테 들은 얘기를 아주 자
주 듣게 되어요. 역시 우리아빠
는……!

8번은 지난주에 여사께서 직접

맥도날드 부부와 영방. 실크드레스는 내가 딸에게 보내준 것이다.

치며 강의하고, 그동안 각자가 연습한 것이에요. 저는 아직도 처음이라,
설명을 듣지 않은 것이 많아서 많이 알지는 못해요. 그러나 여사께서 설
명해주신 것은 힘껏 노력해서 반드시 지키려고 해요. 6명이나 되니까
서로 경쟁심이 생겨서 겉으로는 안 나타나지만 굉장들 해요.

학생들을 보내놓고 여사께서 나를 방으로 불렀어요. 다시 한 번 칭찬
해 주시며,

"네가 학생 중에서 가장 잘 쳐야 된다."
라고 말씀하셨어요. 난 너무 떨렸어요.
"I hope so."
이 말을 들을 때 얼마나 기뻤는지……!
아빠, 엄마 안녕히 계세요.

1967년 12월 7일

미국에서 콩쿨이 열릴 예정이라서 그 대회에 참가하기 위해 맹연습을 한다고 했다. 만일 이 대회에서 일등을 하게 되면 피아노 독주회를 가질 수 있다고.

말 안통하고 낯설고 물선 이역만리 타국 땅에서 어린 것이 무탈하게 지내는 것만으로도 고마운데 꿈을 향해 각고의 노력을 하고 있는 것 같아 나는 많은 감동을 받았다. 일등을 하고 안하고의 문제가 아니라 한 인간으로서 제 본분을 다하고 있는 딸애가 한없이 기특했다.

영방이는 '1968년 3월에 미국 일리노이주 주최 어린이 피아노 콩쿨에서 1등을 차지해 '영 아티스트 상'을 받았고 스승, 슬렌친스카 여사를 기쁘게 해드렸다.

맥도날드 씨는 너무나 기쁜 나머지 그날의 소회를 편지에 적어 보내주었다.

영방이는 미국 생활에 적응을 잘 하고 있다. 영어 때문에 불편할 줄 알았는데 의사소통에 아무런 무리가 없으며 음식도 가리지 않고 잘 먹고 있다. 아이가 예의 바르고 피아노도 너무나 열심히 치고 있어서 나날이 실력이 늘고 있다. 이대로라면 틀림없이 장차 세계적인 피아니스트가 될 것으로 우리 부부는 믿어 의심치 않는다. 우리는 영방이와 함께 살 수 있어 무척 행복하다. 이런 영방이를 우리와 함께 생활 할 수 있게 해준 하나님께 감사한다.

영방이는 1968년 10월 일리노이주에서 '영 아티스트 상 수상 기념' 독주회를 갖게 되었다. 미국에서 처음 갖는 독주회였다. 우리 부부는 함께 하지는 못하였지만 영방이의 상세한 편지로 그 현장에 있는 것처럼 느낄 수가 있었다. 또한 슬렌친스카 여사와 맥도날드 씨 역시 너무나도 기쁘고 행복해

하늘이 주신 감동의 앙상블 조 트리오 이야기

하더라고 해서 우리 부부는 그분들이 영방이를 얼마나 사랑하는지 알 수가 있었다.

한편, 그동안 남창현 선생께 사사 받던 영미는 안용구 선생께 사사 받게 되었다. 이때부터 영미는 바이올린에 대하여 보다 더 애정과 열의를 갖고 연습에 임해서 우리 부부는 영미도 유학을 보내면 좋겠다는 생각을 남몰래 품고 있었다.

이럴 즈음 영방이가 학교를 옮기게 되는 일이 발생했다.

영방이에게 피아노를 가르치던 슬렌친스카 여사가 인도의 대학에 교환교수로 가게 되었다. 영방이는 어쩔 수 없이 사사받을 선생님을 찾아 피바디 음악대학 예비학교로 옮기게 되었다.

어느 날 영방이는 세노브스키 교수에게 동생 영미가 바이올린을 하는데 참 열심히하고 있다는 이야기를 했다. 그랬더니 세노브스키 교수는 영미의 바이올린 연주를 녹음해서 미국으로 보내라고 했다. 세노브스키 교수는 세계적으로 아주 명성이 있는 분이었다.

우리는 감사한 마음으로 영미의 바이올린 연주를 테이프에 녹음해서 영방이에게 보냈다.

편지 쓰는 것도 학습이다

12. 세인트루이스에서 날아온 낭보

영방이에게서 희소식이 배달되었다.
피바디 음대의 예비학교 교장, 프렌드 여사가 영미가 머물 수 있는 곳을 주선해 주겠다고 나섰다고 했다. 이기쁜 소식을 어서 전하기 위해 들떠 있는 영방이의 숨결이 배어 있는 것만 같아서 나는 편지를 가슴에 끌어안아도 주고 뽀뽀도 해주었다.
너무나 순조롭게 풀리는 것에 감사한 마음이 들었다. 내 기도를 하느님께서 들어주신 것만 같아서 나는 매우 들떴다.

피바리 음대 앞에서 영미, 안용구 선생, 영방의 선생님 앨렌맥,
영방과 함께

영방에게서 아주 반가운 소식이 왔다.

세노브스키 교수가 영미의 바이올린 연주를 듣고 크게 감탄한 나머지 영미를 제자로 삼고 싶다고 했다. 더 감동인 것은 학비를 전액 지원해주는 장학생으로 선발하겠다는 것이다.

또 한 번 우리 가족 앞에 너무나도 큰 행운이 다가오고 있는 것이었다.

영미도 언니가 있는 학교라서 더욱 더 좋다며 여건만 주어진다면 훌륭한 음악가 밑에서 사사 받고 싶다고 했다.

그러나 영방이 때와 마찬가지로 살 집과 생활비가 문제였다. 대학교수였지만 남편의 수입으로는 문제를 해결할 수가 없었다.

경제적인 여건이 되는 많은 사람들이 실력이 안 따라줘서 유학을 떠나지 못하는 것에 반해 우리는 돈이 없어 초청을 받아놓고도 쉽게 떠나지 못하는 것이 부모로서 안타깝고 아이한테 매우 미안했다.

세인트루이스에서 날아온 낭보

"아이들은 재능이 있는데 부모의 경제력이 그에 미치지 못하니, 가장으로서 참 면목이 없소."

어느 날 남편은 그렇게 자책을 했다. 하지만 나는 왠지 다 잘될 것만 같아서 남편을 위로했다.

"여보, 미국 유학이라는 것이 한두 푼 가지고 되는 일이 아니잖아요. 하나님께서 영방이때처럼 다른 길을 예비해 놓으셨을지도 모르지요. 기도 많이 합시다, 여보."

나는 매일 기도를 올리며 좋은 일이 생기기를 바랐다.

그런 가운데 영방에게서 희소식이 배달되었다.

피바디 음대의 예비학교 교장, 프렌드 여사가 영미가 머물 수 있는 곳을 주선해 주겠다고 나섰다고 했다. 이 기쁜 소식을 어서 전하기 위해 들떠 있을 영방의 숨결이 배어 있는 것 같아서 나는 편지를 가슴에 끌어안고 뽀뽀도 해주었다.

모든 일이 너무나 순조롭게 풀리는 것에 나는 감사한 마음이 들었다. 내 기도를 하나님께서 들어주신 것만 같아서 매우 들떴다.

"영방이에 이어 영미까지 이렇게 좋은 후원자가 나선다는 것은 아무래도 이 아이들을 크게 키우려는 주님의 뜻인 것만 같아요, 여보."

"그러게 말이오."

우리 부부는 마음을 모아 함께 감사 기도를 올렸다.

이후 우리는 영미를 미국에 보낼 준비를 하나하나 짜 나가기 시작했다.

그러나 막상 영미마저 유학을 보내려고 하니 또 여러모로 걱정이 되었다. 영미는 겁이 많았다. 무서워서 집에 혼자 있는 것도 싫어하는 아이였다. 그래서 친척들까지도 걱정되어 물어보면 보내주기만 하면 잘 지낼 거라고, 꼭

하늘이 주신 감동의 앙상블 조 트리오 이야기

보내달라고 매달렸다.

유학 수속을 밟으면서 영미의 각오는 더욱 다져졌고 나 또한 아이를 떼어 놓을 마음의 준비를 해갔다.

'1969년 8월 영미는 이화여중 3학년 1학기를 마치고 마침내 유학길에 오르게 되었다.

그런데 이번엔 영창이가 몹시 서운해 했다.

"아휴, 작은 누나마저 유학 가고……!"

얼마나 서운해 하는지 병이 날 지경이었다.

"영창아, 너도 열심히 첼로 연습해서 우리가 있는 곳으로 와. 누나가 기다리고 있을게, 알았지?"

영미는 아주 간곡하게 동생을 위로해 주면서 끌어안았다. 그걸 보는 내 가슴이 너무 아팠다. 물론 잘해보려고 가는 길이긴 했다. 그러나 영방이 누나도 한 번 떠나더니 영 돌아올 줄 모르는데 영미 누나마저 또 그렇게 영영 헤어져야 하다니, 어린 영창이는 못내 속상해 했을 것이다.

그걸 이해하고 있는 영미의 속도 말이 아닐 걸 생각하니 정말이지 내 마음은 더할 나위 없이 쓰렸다.

남편이 일본 도쿄까지 함께 동행하고 그 다음부터 영미는 LA로 가고 남편은 유럽에서 열리는 국제회의에 참석하는 것으로 계획되어 있었다. 그러나 그 다음의 행로인 뉴욕에서 다시 볼티모어 행 비행기를 갈아타는 것이 걱정되었다. 영방이는 유학을 가기 위해 회화학원이라도 다녔지만 영미는 그럴 시간이 없었으므로 간단한 생활영어도 구사할 수가 없는 형편이었다.

남편은 일본 도쿄에서 영미를 떠나보낼 때 가슴에 행선지와 비행기 번호, 시간 등을 상세히 적어서 붙여줄 테니 마음 놓으라고 했다.

세인트루이스에서 날아온 낭보

열네 살짜리 여자애가 홀로 비행기를 탈 생각을 하니 어린 걸 그렇게 떼어 보내는 일이 과연 아이를 위한 길인가, 혹여 부모의 욕심이 아닌가 하고 심한 갈등을 겪었다. 나는 영미에게 정말 이 길이 네가 원하는 길인가를 묻고 또 물었다. 하지만 딸아이는 확고했다. 너무나 확고해서 그애의 대답을 들은 연후에는 내가 이별이 싫어서 무의식중에 아이를 붙잡으려고 하는 건 아닌지 의구심이 생겼다.

이런 과정을 거쳐 영미는 결국 미국 유학길에 오르게 되었다.

영미가 떠나는 날에 남편이 국제회의 참석을 위해 일본 도쿄로 갈 일이 있어 거기까지는 부녀가 함께 갔다.

그 뒤부터, 영미는 이름표를 달고 LA행 비행기를 탔고 뉴욕 공항에는 그곳에서 지휘 공부를 하고 있던 홍연택 선생이 마중을 나왔다. 도착지 볼티모어에서는 안용구 선생이 마중 나와서 영미를 맞았다. 한국에서 영미를 지도해주셨던 안용구 선생이 이즈음엔 피바디 음대에 재직하고 계셨다.

평소 사람을 좋아하고 인연을 중시하는 남편의 지인들, 그분들의 도움으로 영미는 무사히 목적지에 도착할 수 있었다. 그런데 그 시각 남편은 영미를 혼자 떠나보내는 것이 너무나 안타까워 혼자 울면서 영미가 미국 땅에 무사히 도착하기를 하나님께 기도 드렸노라고 했다.

나는 이즈음 교회에서 집사 직분을 받았으면서도 봉사 활동을 전혀 하지 못해 하나님 앞에 늘 죄송한 생각을 갖고 있었다. 꼭 교회가 아니더라도 나에게 맞는 자원봉사 자리를 알아보던 중 메디컬센터에서 우리 교회로 봉사 요청이 들어왔다. 의사 선생들의 가운을 정돈하거나 환자들이 쓰는 거즈 접는 일이었다. 나는 교우들과 팀을 이뤄 몇 년간 매주 화요일에 봉사하였다. 자원봉사 일은 나에게 새로운 활력과 생활의 긴장감을 주었다.

하늘이 주신 감동의 앙상블 조 트리오 이야기

13. 의미 있는 외도

남편은 자기 신념이 확실한 사람이다. 자신이 옳다고 믿는 일에는 확실한 책임감을 갖고 온 정
열을 다 바치는 사람임으로 그가 도모하는 일에는 실수가 따르지 않았고 언제나 끝이 좋았다.
나는 남편의 뜻을 존중했고 남편은 결국 학교를 그만 두었다. 앞으로 한국 음악예술인들에게
관심을 갖고 또한 한국 음악을 세계에 알리기 위해 우선 해외여행 계획을 세웠다.

성악가 헤르만 프라이 독창회
리셉션에서

1969년 영미의 도미 기념연주 협연후

남편은 오스트리아 빈에서 돌아와 7년간 한양대학교의 음대 교수로 재직하였다. 물론 남편의 유학비로 빌려 쓴 돈을 갚느라 처음 일이년은 여유가 없었지만 그 다음부터는 비교적 안정적인 생활을 꾸리게 되었다. 생전 처음 우리 소유의 집을 마련하였고 다달이 일정 금액을 떼어 적금도 부어나가고 있었다.

내가 이렇게 한창 살림하는 재미에 빠져 있는데, 남편이 어느 날 교수직을 그만 두겠다고 했다. 나는 너무나 놀랐다. 남편이 유학했을 때의 그 불안한 생활이 묵은 상처처럼 도졌다. 생활비를 마련하기 위해 나는 또다시 부업거리를 찾아야 되는 건 아닌지, 또다시 달러 빚을 얻으러 다녀야 하는 건 아닌지 지레 겁이 났다. 웬만해선 남편이 하는 일에 따지지 않던 나였지만 이번 일만은 그대로 좇을 수가 없었다.

"당신에겐 안 된 일이지만 내가 꼭 해야 할 일이 있소."

하늘이 주신 감동의 앙상블 조 트리오 이야기

나는 남편의 목소리에서 이미 그가 결심을 굳혔다는 걸 감지했다.

"우리나라 음악계의 발전을 위해 보다 실질적인 일을 하고 싶소."

남편은 그때 이미 큰 그림을 구상해 놓고 있었다.

"지금 우리나라 음악계는 거의 제자리걸음을 하고 있어요. 세계무대를 한 번씩 둘러볼 때마다 그런 생각이 드는데 행정적인 뒷받침이 없어서 그렇다는 생각이 들어요. 그래서 내가 일선에 참여하여 그 일을 해보고 싶소."

남편의 말을 들으니 수긍이 가는 이야기였으므로 나는 고개를 끄덕였다.

"이해해줄 거라 믿었소. 당신 걱정하는 일 없이 내가 알아서 잘해볼 테니 내 편이 되어 주오."

"네, 걱정 말고 당신 뜻을 펼치세요. 저는 언제나 당신을 믿는답니다."

빈 말이 아니라 나는 언제나 남편을 믿었다.

안과 밖이 동일하고 처음과 끝이 여일한 사람.

남편은 그런 사람이었다.

남편은 자기 신념이 확실한 사람이다. 자신이 옳다고 믿는 일에는 확실한 책임감을 갖고 온 정열을 다 바치는 사람이므로 그가 도모하는 일에는 실수가 따르지 않았고 언제나 끝이 좋았다.

나는 남편의 뜻을 존중했고 남편은 결국 학교를 그만 두었다. 앞으로 한국 음악예술인들에게 관심을 갖고 또한 한국 음악을 세계에 알리기 위해 우선 해외여행 계획을 세웠다.

한편, 이 무렵 정부에서도 예술인들을 위해 특별히 신경 써준 일이 있다.

사당동에 택지를 조성해 놓고, 예술인총연합회에 소속돼 있는 예술인들

의미 있는 외도

에게 추첨을 통해 땅을 무상으로 나눠 준 것이다. 그때 우리도 운 좋게 당첨
되어 약 200평의 대지를 분양 받는 혜택을 누리게 되었다.

정부에서는 택지만 분할해 주고, 건축비는 입주자가 알아서 해야 했다.

이런 판국에 남편은 여행 계획을 세워 놓았으므로 우리는 살고 있는 집
을 매매하기로 했다. 집 매매한 돈으로 먼저, 사당동에 집 지을 건축비를 떼
어 놓고 그 다음 임시로 거처할 전셋집을 얻고 또 그 나머지 돈을 남편의
여행경비로 쓰기로 했다.

남편의 해외여행 경비가 사당동에 지을 건축비와 전셋집 얻은 돈을 합친
금액과 엇비슷했다.

그동안 남편은 사회단체에 몸을 담고 있으면서 세계 여러 나라에서 개최
되는 국제회의에 참석하여 한국음악을 소개한 일이 있다. 그리고 경비 일체
를 순전히 자비로 부담했다. 사회난제 특성상 일에 대한 보수를 지급받기가
상당히 어려웠고 그러다보니 이런 행사에 참가하려고 하는 사람이 없었다.
그런 경험이 있기 때문에 남편은 자금 마련부터 해가며 하나하나 일을 추진
해 나갔다.

돈이 생기지 않는 일이기 때문에 주변에서는 보수도 없는 일에 열성을
쏟는 남편을 이해하지 못하겠다는 시각으로 보는 사람도 있었다. 그렇지만
남편은 누군가는 해야 할 일이라며 소신껏 밀고 나갔다. 나 또한 누군가는
해야 할 일이고 국가나 사회에 유익한 일이라고 믿었기에 나는 남편을 후원
했다.

"기운을 내세요, 여보. 당신이 하는 일은 결코 헛일이 아니란 걸 저는 잘
압니다. 그 일의 최초 수혜자가 곧 우리 삼남매가 될지도 모르는 일이잖습
니까.

하늘이 주신 감동의 앙상블 조 트리오 이야기

"당신은 내 아내요, 안 해. 집안의 해 말이오."

남편은 그리 말하고서 자신의 유머가 맘에 드는지 아주 유쾌하게 웃었다.

남편은 '1969년에 3개월간의 구미 순회 길에 올랐다.

그 여정에서 남편은 세계 여러 국제음악협회에 한국을 가입시켜 나갔다. 한국음악계의 위상이 높아진 것은 두말할 나위가 없는 일이다.

남편은 귀국하여 국내에서 국제 음악회, 작곡가 협회 등을 설립했다.

또한 당시 음대 졸업생이 취직할 수 있는 공식적인 단체는 KBS와 서울시립교향악단, 단 두 곳뿐이었다. 그런데 치열한 경쟁률을 뚫고 들어갔음에도 불구하고 월급도 제대로 못 받았다. 이를 안타깝게 여긴 남편은 박정희 대통령 앞으로 직접 편지를 썼다. 일반 회사를 다니는 사람들에 비하면 음악인의 처우가 너무 형편없다고. 그 편지가 대통령께 직접 전달이 되었던지 어느 날 청와대에서 남편을 불러 들였다. 청와대에 가서 남편은 우리나라 음악계에 대하여 허심탄회하게 사정을 알렸다. 그 일이 있은 후 많은 부분이 시정되어서 음악인들의 처우가 공적인 차원에서 개선되었다. 정식 월급을 탈 수 있게 되었으며 일정한 후원금도 지원해주게 되었다.

나는 지금도 그 일을 의미 있게 생각하며 남편의 멋진 외도에 대하여 자랑스럽게 생각한다.

남편이 유럽에서 열리는 국제회의에 참석하기로 한 시점은 영미가 미국으로 유학 간 지 한 달쯤 되었을 때의 일이었다.

영미와 영방이는 어느 날 프렌드 여사의 주선으로 볼티모어의 유지이며 교육자인 메이슨 여사의 집에서 함께 살게 되었다. 너무나 다행스런 일이었다.

그곳 볼티모어에는 명문, 세인트폴 사립여자 중·고등학교가 있었고, 영방이는 고등학교 1학년에 영미는 중학교 3학년에 재학하고 있었다.

유럽에서 국제회의를 마친 남편은 딸아이들을 보기 위해 미국으로 건너가 이 학교를 방문하였다.

푸른 잔디가 드넓게 펼쳐져 있고 교사는 아담한 단층으로 이뤄져 있었다.

교장실에 들러 교장과 담임선생님을 만나 인사를 나누었는데, 한국에서 온 두 음악 소녀들을 위해 학교 측에서는 각별히 신경 쓰고 있다고 했다. 영어 선생님은 매일 방과 후에 영미에게 따로 어학 공부를 시켜 주고 있었다. 아침 조회 시간에 가끔 영방이와 영미에게 연주를 부탁하는데 그럴 때마다 선생님들과 학생들이 감탄하며 듣는다고 전했다.

남편이 방문한 그 날이 마침 조회가 있는 날이라서 학교 측에서는 음악가인 남편을 전교생들 앞에 소개했다.

"이분은 바로 우리 학교의 두 천재 음악도인 영방, 영미 학생의 아버지이신데 음악을 가르치는 교수이시며 성악가입니다."

이어서 교장 선생님은 남편에게 노래를 부탁했다. 남편은 영방의 피아노와 영미의 바이올린 반주에 맞춰 노래를 불렀다. 아버지를 위해 연주를 하는 딸들이 얼마나 행복해 했을지 나는 상상만으로도 충분히 기분이 좋았다.

이때부터 영방이와 영미 자매는 한국출신의 재능 있는 학생이라고 특별대우를 받았다. 나는 스스로 앞길을 해결하고 헤쳐 나가는 아이들이 너무나 대견하고 고마웠다.

남편은 아이들이 신세 지고 있는 메이슨 여사의 집을 방문했다.

교외의 공원지대에 자리 잡고 있는 그 저택은 수영장까지 갖추어져 있는

하늘이 주신 감동의 앙상블 조 트리오 이야기

고급주택이었다.

　아주 멋진 저택에서 부부의 따스한 보살핌을 받으며 아이들은 부족함 없이 지내고 있다고 했다.

　호사다마好事多魔라고 했던가. 미국에서 돌아온 남편은 영미에게 일어났던 불미스런 일을 이야기 했다.

　"영미가 살고 있는 집 주인이 의사 아니오. 영미가 좀 다쳐서 폐를 끼쳤나 봅디다."

　나는 그때 너무 놀라서 심장이 멎는 줄 알았다.

　"지금은 괜찮으니까 너무 염려 말아요. 한국 교회 목사님이 매일 오셔서 기도로써 도와주어서 영미가 많은 도움을 받았답디다."

　어려운 일을 당한 때에 부모 곁을 떠난 아이에게 마음을 나눠준 그 목사님이 너무 고마웠다. 남편은 침착하게 자초지종을 이야기 해주었다.

　"미국에서는 파자마파티라는 게 있나 봅디다. 여자들끼리 파자마 차림으로 만나는 모임인데, 어느 날 영미도 그 파티에 참석했다더군. 밤늦도록 놀다보니 좀 고되었던 모양이오. 그 다음날은 채플 시간에 연주가 있었기 때문에 머리를 감으려고 물을 틀었는데 그만 뜨거운 물이 콸콸 쏟아져 나왔다지 뭐요. 머리가 앞을 가려 제대로 보이지도 않고 물을 잠그려고 손을 뻗었는데 뜨거운 물줄기가 튀어서 급한 김에 얼른 욕실 밖으로 피하려고 했다오. 그런데 새집이라 미닫이문이 뻑뻑하여 문짝이 떼어지면서 넘어지는 통에 얼른 대처를 하지 못해서 심하게 데었다고 하데요."

　"오, 주여!"

　그 말을 듣자 나는 너무 가슴이 아팠다. 마치 내 죄인 것만 같았다.

"지금 상태는 어떤가요."

"지금도 오른 쪽으로 시커멓게 데인 자국이 있습디다. 얼굴이 아니고 팔과 어깨인 게 천만다행인 것 같소."

나는 주변에 화상을 입은 환자를 알고 있었다. 다친 지 한참 되었는데도 햇볕을 쬐면 아프다고 했다. 그렇게 아프고 놀랐을 텐데도 부모가 근심할까 봐 이를 알리지 않은 영미가 한편으론 대견스러웠고, 또 고생했을 딸을 생각하니 애처롭고 가여웠다.

나는 내 기도가 부족한 걸 느끼고 더 많은 시간을 하나님께 기도하면서 아이들에게 평온이 찾아오기를 빌었다.

하늘이 주신 감동의 앙상블 조 트리오 이야기

14. 장하다, 조영방!

아침이슬처럼 영롱하게 때로는 오뉴월 소나기처럼 장대하게 건반을 두드리며 리듬의 물결을 타는 영방이는 성숙한 피아니스트로 성장해 있었다. 3년여의 시간을 어떻게 보냈는지 미루어 짐작이 가고도 남았다. 또한 연두색 드레스는 너무도 잘 어울려서 영방이는 너무도 아름다웠다. 연주가 끝나자 관객들의 우레와 같은 박수소리가 오래도록 이어졌다. 내 눈에서도 눈물이 계속 흘러내렸다. 이 박수를 받기까지 어린 게 얼마나 많은 시간을 참고 인내하며 견뎠을까를 생각하니 너무나도 가슴이 아팠다. 영방이가 이렇게 어엿한 피아니스트가 되기까지 나는 아무 힘도 되어주지 못했다는 자책과 함께 이런 귀한 자식이 내 자식이 되어 준 것에 대하여 너무나 감사해서 목이 메었다.

영방의 귀국 연주 후 리셉션

이상만 선생과 출연한 영방, 영미, 남편

사랑스런 딸, 영방이 유학을 떠난 지 어느덧 3년이 다
되어가고 있었다.

그동안 영방은 한 번도 한국에 들어오지 못했다. 해야 할 공부도 많았지
만 그보다는 경제적으로 여유가 없어 우리가 영방이를 불러들이지 못했다.

뿐만 아니라 국제전화비도 벅차서 전화를 못하고 일주일에 두 통씩 편지
를 주고받는 것으로 나는 두 딸아이의 안부를 물어야 했다. 키는 얼마나 자
랐는지, 살은 쪘는지 말랐는지 눈으로 확인해보고 품에 안아보고 싶었지만
마음뿐이었다. 아이들은 이따금 편지에 사진을 넣어 보냈는데 한국에 있는
가족들은 그 사진이 닳아지도록 보고 또 보았다.

그러던 어느 날 우리에게 한 통의 전화가 걸려 왔다. 한국일보사에 계신
조풍연 선생이었다.

하늘이 주신 감동의 앙상블 조 트리오 이야기

당시 한국일보사에서는 천재소년·소녀 초청 음악회를 개최하고 있었는
데 제 2회 음악회에는 영방이를 초청하고 싶다고 했다.

영방이는 앞서 전미 음악 콩쿨에서 1등을 하여 상금 5백 불을 받았음은
물론 오데사 미드랜드 심포니아 오케스트라와 협연한 경력을 갖고 있었다.
이 소식이 신문에 보도되었는데 이것을 본 조풍연 선생께서 영방이를 한국
으로 초청하고 싶다는 뜻을 밝혀온 것이다.

아, 우리 영방이를 볼 수 있다니…… 꿈인지 생시인지 나는 너무나 기뻤
지만 앞서 말한대로 '호사다마' 라고 혹여 이 좋은 일에 마가 낄까봐 주변에
자랑도 못했다.

귀국 예정일이 한 달이나 남았는데도 영방이를 만날 생각에 나는 마음이
들떠 일이 손에 잡히지 않았다.

나는 먼저 연주회 때 입을 영방이의 드레스를 맞추었다. 연주자가 무대에
서기 위해서는 악기 다음으로 신경 쓸 것이 연주복이었다. 여름이므로 시원
스럽게 연두색으로 해달라고 부탁해 두었다.

영방이를 만날 시간이 가까워지자 나는 기분이 너무 좋아 자꾸만 웃음이
나왔다. 집안을 대청소했고, 영방이가 좋아하는 음식을 준비하기 위해 메모
를 해나갔다. 시장을 봐다가 음식을 장만해 두는 시간이 그렇게 행복할 수
가 없었다. 진종일 콧노래가 흘러 나왔다.

영방이가 귀국하기로 한 날 나는 잠 못 이룬 채 거의 뜬눈으로 지새우다
가 공항으로 마중 나갔다.

한 무리의 사람들이 게이트를 빠져나오는데 저만치 영방이의 모습이 눈
에 확 들어왔다.

장하다, 조영방!

"영방아!"

내 눈에서 나도 모르게 뜨거운 눈물이 왈칵 쏟아졌다.

"엄마, 아빠!"

공항이 떠들썩하도록 소리를 지르며 딸이 달려오자 주변 사람들이 옆으로 비켜섰다.

"영방아, 내 딸 영방아!"

나는 영방이의 얼굴에 내 얼굴을 갖다 비벼댔다. 영방이는 엄마, 엄마 하면서 울기만 했다.

그러자 옆에 있던 영창이가 제 누나 곁으로 다가갔다.

"누나! 나 영창이야."

영방이의 눈이 화등잔만 하게 커졌다.

"어머나 세상에! 내 동생 영창이가 이렇게 컸다니! 이렇게 멋있는 아이로 컸다니!"

영방이는 제 동생을 끌어안고 사정없이 볼을 부벼댔다.

온 가족이 모여 한바탕 눈물 바람을 하고 나니 미국에 혼자 있을 영미가 너무나 눈에 밟혔다.

영방이를 집으로 데려오자 소식을 들은 일가친척들까지 와 있어서 마치 집안을 잔칫집 분위기였다. 지난 3년 동안 너무나 예쁘고 의젓하게 큰 영방이를 보고 모두들 대견하다고 입을 모아 칭찬했다.

영방이는 음식을 먹으면서 연신, 이건 영미가 먹고 싶어하던 건데 하며 아쉬워했고 그때마다 나는 목이 메어서 차마 밥이 넘어가지 않았다.

1970년 6월, 시민회관 대강당에서 한국일보 주최 제2회 천재소년·소녀

하늘이 주신 감동의 앙상블 조 트리오 이야기

초청 음악회가 열렸다. 입추의 여지없이 관객들이 대강당으로 가득 들어찼다. 그 많은 사람들이 영방이의 피아노 연주를 보기 위해 모였다고 생각하니 너무나 감사했다. 나는 부디 잘 연주해달라고 마음속으로 빌면서 기도를 드렸다.

사회자의 인사말이 있고 난 후, 드레스를 차려 입은 영방이가 무대 중앙에 섰다. 관객을 향해 인사를 올리는 영방에게서 제법 숙녀 티가 났다.

영방이의 피아노 독주에 이어 2부에는 영방이와 오케스트라의 협연이 이루어졌다.

아침이슬처럼 영롱하게 때로는 오뉴월 소나기처럼 장대하게 건반을 두드리며 리듬의 물결을 타는 영방이는 성숙한 피아니스트로 이미 성장해 있었다. 3년여의 시간을 어떻게 보냈는지 미루어 짐작이 가고도 남았다.

또한 연두색 드레스는 너무도 잘 어울려서 영방의 모습은 아름다웠다.

연주가 끝나자 관객들의 우레와 같은 박수소리가 오래도록 이어졌다. 그리고 내 눈에서도 눈물이 계속 흘러내렸다. 이 박수를 받기까지 어린 게 얼마나 많은 시간을 참고 인내하며 견뎠을까를 생각하니 너무나도 가슴이 아팠다. 영방이가 어여한 피아니스트가 되기까지 나는 아무 힘도 되어주지 못했다는 자책과 함께 이런 귀한 자식이 내 자식이 되어 준 것에 대하여 너무나 감사해서 목이 메었다.

장정옥, 권기택 선생은 그날 이렇게 좋은 제자를 두게 되어 행복하다며 영방이를 안고 기뻐하셨다. 한결같은 마음으로 제자를 사랑해 주시는 두 분을 바라보니 정말이지 너무나 감사해서 몸 둘 바를 몰랐다.

사람들이 우리 주변으로 몰려 들었다. 어떤 지인이 내 어깨를 치면서 말했다.

"장하다, 조영방!"

그 소리를 들으며 난 이제 조영방의 엄마로 살아가겠구나, 결코 나쁘지 않은걸? 하면서 영방의 밝은 미래에 대하여 뜨거운 박수를 보내주었다.

15. 조영창! 이번엔 네 차례다

67년 영방이, 69년 영미, 71년 영창이까지 꼭 2년마다 한 번씩 삼 남매에게 그런 좋은 기회가 주어진 것이다. 한 집안에서 한번만 이런 기회를 얻어도 축복인데 삼남매 모두에게 그런 행운이 따르다니 이건 정말 기적에 가까운 일이어서 우리 가족은 모두 겸허한 마음으로 하나님의 은총에 대하여 감사, 또 감사 드렸다.

영창이는 유학에 앞서 어느 선교단체의 초청을 받고 3개월 동안 L.A에서 연주를 하기로 했다. 예원학교의 다른 두 학생과 함께 피아노, 바이올린, 첼로 이렇게 트리오로 구성하여 연주를 하게 된 것이다. 그 활동이 끝나는 대로 영창이는 뉴욕에서 아빠와 누나들을 만나기로 예정되어 있었다.

영창의 친구들과

영창이는 어려서부터 국내의 굵직한 상을 여러 차례 수상하며 음악계의 신동으로 이름을 날렸다.

초등학교 5학년 때는 영미가 참가한 적이 있는, 이화여고와 경향신문이 주최한 전국아동음악콩쿨의 첼로부에서 1등을 차지했고 〈소년한국일보〉 창간 10주년을 기념하는 음악회에서도 아주 좋은 무대를 선보여 많은 사람들로부터 칭찬을 들었다.

지도교수였던 서울대의 전봉초 교수는 영창이의 음악적 성장에 놀라워하며 '한국의 카잘스'라고 말했다.

헝가리 출신의 세계적인 첼리스트인 야노스 슈타거가 내한하여 공연을 한 적이 있었다. 이때 영창이는 야노스 슈타거 앞에서 첼로를 할 수 있는 기회가 있었다. 야노스 슈타거는 영창이의 첼로 연주에 감탄한 나머지 자기

하늘이 주신 감동의 앙상블 조 트리오 이야기

제자로 삼고 싶으니 미국으로 유학을 오라고 권유했다. 야노스 슈타거 같은 세계적인 거장의 제자가 된다는 것은 영창이에게 더할 수 없는 기회요 축복이었다.

그러나 역시, 학비와 생활비가 문제였다. 우리는 영방이와 영미 때처럼 여러 방면으로 영창이의 유학길을 알아보았다.

영방이는 피바디 음대의 레서 교수한테 영창이가 첼로를 하는데 한번 들어봐 달라며 부탁했다. 그러던 어느 날 영방에게서 희소식이 왔다.

영창이의 연주 테이프를 들은 레서 교수가 감동을 받아 영창이의 유학길을 적극적으로 도와주겠다고 했다는 것이다.

1967년 영방이, 1969년 영미, 1971년 영창이까지 꼭 2년마다 한 번씩 삼

조영창! 이번엔 네 차례다

남매에게 좋은 기회가 주어진 것이다. 한 집안에서 이런 기회를 한번만 얻어도 축복인데 삼남매 모두에게 그런 행운이 따르다니 이건 정말 기적에 가까운 일이라고 아니 할 수 없었다. 이에 우리 가족은 모두 겸허한 마음으로 하나님의 은총에 대하여 감사, 또 감사 드렸다.

막내 영창이마저 유학 보낼 생각을 하니 역시 걱정되는 게 한두 가지가 아니었다.

"저는 영어도 잘 못하는데 그게 좀 걱정되긴 해요. 말이 안 통하면 무척 답답할 텐데."

남편과 내가 속으로 걱정하고 있던 부분을 영창이가 물었다. 나는 영창에게 용기를 줘야 했다.

"넌 워낙 밝은 성격이리 누구하고라도 금방 친해질 거야. 친하게 되면 금세 말을 섞게 되고 그러다보면 회화가 금세 늘게 될 거다. 그리고 누나들이 있는데 무슨 걱정이니."

"아, 맞다. 누나들이 있는데 무슨 걱정이람."

영창이는 제법 의젓하게 말했다. 내가 한마디 거들었더니 금세 자신감을 가진 것이다.

"엄마, 근데 저마저 유학가면 엄마 아빠는 허전해서 어떻게 해요? 집이 텅 비어버린 것만 같을 텐데…."

그즈음 예원중학교 2학년에 다니던 영창이는 시립교향악단의 정기 연주회에서 미국의 지휘자 리프킨과 랄로의 첼로 콘체르트를 협연하였다.

스승인 김광자, 전봉초 선생은 너무나 감격해 하면서 아낌없는 박수를 보내 주었다.

하늘이 주신 감동의 앙상블 조 트리오 이야기

영창의 협연후

“한국이 낳은 첼리스트 조영창 장하다, 사랑한다!”

영창이는 유학에 앞서 어느 선교 단체의 초청을 받고 3개월 동안 L.A에서 연주를 하기로 했다. 예원학교의 다른 두 학생과 함께 피아노, 바이올린, 첼로 이렇게 트리오로 구성하여 연주를 하게 된 것이다. 그 활동이 끝나는 대로 영창이는 뉴욕에서 아빠와 누나들을 만나기로 예정되어 있었다.

영창이가 유학길에 올랐다. 아이들과 내가 헤어져야 하는 그야말로 세 번째의 이별이었다.

같은 나이 때 보냈는데도 영방이와 영미 때와는 기분이 사뭇 달랐다. 아무래도 영창이가 막내라서 훨씬 어리게 느껴졌던 것 같다. 부모와 떨어졌다

고 풀죽으면 어쩌지, 그러다 성격이 잘못 형성되면 어쩌지, 사내애가 기죽
으면 어쩌지, 친구 없이는 한 시도 못사는 아이인데 애들을 금방 사귈 수 있
을까… 별의별 근심이 다 들어서 나는 자꾸 아들에게 주의를 주고 잔소리를
하고 있었다.

"가서 누나들 말 잘 듣고, 무슨 일이든지 누나들과 상의하고 알았지?"

"네, 엄마. 걱정하지 마세요."

그래도 걱정되었다. 그러자 공항에서 헤어지기 직전 영창은 내 손을 끌어
다 약속을 했다.

"누나들이 하라는 대로 하고, 첼로 연습도 진짜 열심히 할게요."

제법 의젓하게 말했지만 가슴이 저릿저릿할 정도로 아픔이 커서 주체하
지 못할 정도로 눈물이 흘러 내렸다.

그런데 영창이는 울지 않았다. 영방이와 영미도 눈물을 흘리며 서로 헤어
졌는데 영창이는 눈물 한 방울 흘리지 않고 오히려 내 눈물을 닦아주며 위
로했다.

"울지 마세요, 사랑해요, 엄마."

영창이는 씩씩하게 손을 흔들며 공항 게이트를 빠져 나갔다.

이 글을 쓰면서 나는 나의 삼남매와 당시를 회상하며 많은 이야기를 나
누었다. 영창이가 눈물 한 방울 흘리지 않았다는 이야기를 하게 되었고, 누
나들이 어떻게 그 상황에서 안 울 수 있었느냐고 의아해 할 때 영창이는 다
음과 같이 말했다.

"난 누나들과 헤어지는 게 너무 섭섭하고 싫었어. 사람들이 죄다 우는데
그런 분위기가 정말 싫었어. 꼭 죽으러 가는 사람 대하듯 했거든. 난 그래서

지금까지도 헤어질 때 굿바이라는 말을 안 해. 희망적인 말로 하지. 다시 만
납시다, 이런 말로 하면 좋잖아.”

영창이는 그렇게 자신의 생각을 밝히면서 아주 열변을 토했다.

어린 영창이가 누나들과 이별을 하면서 큰 상처를 받았고 아무래도 그게
트라우마로 작용했을 것 같다는 생각이 들기도 했다.

이별의 아픔을 겪는 것은 우리 가족에게 숙명이었다.

한국 사람으로 태어나서 세계무대에 진출하기 위해선 어쩔 수 없이 겪어
야 하는 일련의 과정이었다. 남편에 이어 아이 셋까지 외국으로 보내며 너
무나 많은 이별을 해왔으므로 이제는 눈물샘이 마를 법도 하건만 내 눈에서
는 여전히 많은 눈물이 흘러내렸다.

영창이 마저 유학 보내고 나니 집이 텅 빈 것 같았다.

나는 매일 아침 아이들의 방문을 하나하나 열어보고는 오늘 하루도 무탈
하게 지내기만을 기도했다. 그러고도 쉽게 방문을 닫지 못했다. 특히 영창
이는 한참 엄마의 손길이 필요한 나이인데다 혹여 이국 땅에서 눈칫밥을 먹
는 건 아닌지 너무 걱정되었다.

내가 기댈 데라곤 오로지 하나님밖에 없었다. 밤낮으로 아이들이 무탈하
게 지내게 해달라고 기도했다.

그리고 거의 매일 편지를 썼다. 일기처럼 편지를 써서 모아 아이들에게
부쳤다. 아이들도 번갈아가며 내게 편지를 써서 주기적으로 보내왔다.

아빠 엄마, 우리들은 아주 잘 있으니 아무 걱정 마세요.

조영창! 이번엔 네 차례다

영창이는 모든 일에 자신감을 갖고 아주 모범적으로 생활하고 있어요. 공부도 열심히 하고 운동도 잘해서 친구들한테 인기가 대단해요. 음식 타박도 하지 않고 뭐든 잘 먹고 있어요. 처음 올 때보다 키가 한 뼘은 더 자랐는 걸요. 첼로를 메고 한 쪽 손에 농구공을 들고 영창이가 운동장에 딱 나타나면 모든 여학생들의 시선이 그리로 쏠려요. 얼마나 멋있는지 엄마가 보셨어야 하는 건데.

편지를 받으면 난 아이들이 더 그리웠다.

미국, 한 번도 가본 적 없는 그곳은 어디쯤일까, 아이들은 지금 무얼 하고 있을까. 그런 생각이 들면서 내 마음은 벌써 아이들에게로 달려갔다. 이렇게 떨어져서 애를 태울 바엔 나도 그쪽으로 가서 아이들과 함께 사는 게 낫지 않나 하는 생각이 들었다. 최소한 막내가 외국생활에 적응할 때까지만이라도 내가 가서 함께 있어야 할 것 같았다. 그러한 생각은 나를 붙들고 좀처럼 놓아주질 않았다.

그러나 아이들이 공짜로 남의 집에 얹혀 지내고 있으니, 만일 내가 그쪽으로 간다면 우선 집을 얻어야했다. 집이 해결된다고 해도 네 식구가 생활하자면 그것 또한 만만치 않은 돈이 들어갈 터였다. 누가 나까지 공짜로 먹여주고 재워준다면 모를까 미국을 갈 수 있는 방법이 없었다.

"우리 아이들은 꿈을 꾸면 다 이뤄지던데, 이렇게 미국에 한번 가보기를 원하는데 왜 나에겐 희소식이 들려오질 않아요, 여보?"

"포기하지 말고 우리 같이 미국에 갈 방도를 알아봅시다. 뜻이 있는 곳에 길이 있다잖소."

남편이 용기를 주긴 했지만 하루빨리 가고 싶은 마음에 속이 타들어갔다.

하늘이 주신 감동의 앙상블 조 트리오 이야기

아이들에게로 향하는 내 마음은 더욱더 갈증이 났다.

내가 그토록 애를 끓이고 있으니까 남편은 우리 부부가 외국에 나갈 수 있는 길을 여러 방면으로 알아보고 있었다.

나는 어떤 경로를 통하든지 아이들 곁으로 갈 생각으로 우선 영어학원에 등록해서 회화공부부터 시작했다.

애들이 없는 탓에 식구가 단출하여 자연스레 시간도 많았고 집중도 잘 되어 공부의 능률이 올랐다. 공부에 재미를 붙이니까 그리움도 어느 정도는 가라앉힐 수가 있어 일거양득이었다.

이즈음에 우리는 사당동에 살았는데 그 동네에서 내가 구역장이 되어 전도사님과 함께 교우들 집에 심방도 다니고 목요일에는 성경공부도 열심히 하러 다녔다. 그런 가운데에서도 나의 가장 중요한 직분은 남편과 자식들을 위해 기도하는 것이라고 매번 다짐하면서 열심히 실천해 나갔다.

조영창! 이번엔 내 차례다

16. 기다려라, 엄마가 간다

준비하는 자에게 언젠가는 그 기회가 찾아 오게 마련이었다. 우리 부부는 어느 날 영국 정부로 부터 문화시찰 초청을 받았다. 따라서 기왕에 나선 길, 영국에서 볼일을 보고 나서 유럽 여행 도 하고 이참에 나는 아이들과 함께 살 방도를 찾아보기로 마음먹었다.

내가 이렇게 적극적으로 나오자 남편은 걱정되는 모양이었다.

남편과 의형제를 맺은 브라워 교수 부부와 함께

준비하는 자에게 언젠가는 그 기회가 찾아오게 마련이었다.

우리 부부는 어느 날 영국 정부로부터 문화시찰 초청을 받았다.

따라서 기왕에 나선 길, 영국에서 볼일을 보고 나서 유럽 여행도 하고 이참에 나는 아이들과 함께 살 방도를 찾아보기로 마음먹었다.

내가 이렇게 적극적으로 나오자 남편은 걱정되는 모양이었다.

"난 괜찮지만 남의 나라에 가서 당신 혼자 아이들을 돌보며 잘살 수 있겠소?"

그러면서도 집 떠나는 사람이 고생이지 자기 걱정은 말라고 자꾸 나를 안심시켰다. 예전에 내가 남편을 오스트리아로 유학 보낼 때가 생각났다. 그때는 내가 아무 걱정 말라며 남편을 격려해 주었는데 이제는 그 처지가

기다려라, 엄마가 간다

바뀌었다.

그때까지 외국을 나간 경험이 한 번도 없던 나는 닥치면 뭐든지 다하게 마련이겠지 싶었다. 무엇보다도 나는 내 아이들을 만날 수 있다는 생각에 비행기 타는 날을 어린 아이처럼 손꼽아 기다렸다.

우리 부부는 모든 수속을 하나하나 마무리지어갔고, 마침내 D데이가 찾아왔다.

언젠가 남편과 내 자식 삼남매를 떠나보낸 눈물의 그 김포공항.

그 한 많은 김포공항에서 내가 직접 비행기를 타고 보니 기분이 야릇했다.

내 인생의 제1장 1막이 끝나는 지점에 선 듯했다.

우리 부부는 홍콩을 관광하고 독일에 도착했다.

독일에는 남편과 의형제를 맺은 브라워 교수(자유 베를린대학교)가 있었다.

남편이 브라워 교수에게 성악레슨을 받으면서 아주 가까운 사이가 됐다. 그때 브라워 교수가 남편의 사람됨을 좋아하고는 어느 날 서로 의형제를 맺자고 제의하여 깊은 인연이 되었다.

독일에 도착한 우리는 브라워 교수의 안내로 프랑크푸르트의 한적한 시골에서 사흘 동안 머무르며 좋은 시간을 가졌다.

당시 우리나라는 산림녹화가 제대로 되지 않아서 헐벗은 민둥산이 많은 것에 비해 그쪽은 아름드리 나무가 울울창창했다. 나무가 많고 숲이 울창하다 보니 시각적으로 아름답기도 했지만 공기가 쾌적했다.

그동안 남편에게 많은 이야기를 들어온 터라 우리나라는 아직 개발도상

하늘이 주신 감동의 앙상블 조 트리오 이야기

국으로 선진국에 가서 배워야 한다는 것쯤은 상식으로 알고 있긴 했다. 그러나 내가 직접 가서 보니까 그야말로 백문이 불여일견이었다.

전반적으로 모든 분야에서 독일은 우리보다 몇 단계 앞서 있었다. 농촌 마을에도 그때 이미 집집마다 자동차가 한두 대씩 있었고, 농사도 자동시스템이 되어 기계로 짓고 있었다. 밭은 바둑판같이 농지정리가 잘 되어 있어 보기 좋았다.

시찰을 하면서 남편은 이것저것 내게 상세하게 설명해주었다. 남편도 잘 모르는 것은 현지의 전문가에게 질문을 했는데 독일어로 유창하게 대화를 나누는 것이었다. 그때까지 남편의 독일어 실력이 그렇게 출중한 줄 미처 몰랐던 나는 솔직히 많이 놀랐다. 아이들이 왜 굳이 외국에 나가 공부를 해야 하는지 확실하게 깨닫는 계기가 되었다. 유학을 하게 되면 현지 언어만큼은 한국에서 배우는 것보다 훨씬 정확하고도 빠르게 습득할 수가 있을 터였다. 한 언어가 생성된 배경에는 당대의 시대적 코드인 정치 경제 문화 외에도 생활양태 및 풍습을 공유하고 있는 사람들 간의 요구가 있게 마련이다. 즉 문법 이전의 언어적 환경을 함께 공부해야 비로소 언어를 제대로 이해하고 구사하고 소통할 테니 말이다.

남편이 독일어를 금세 익힌 데에는 그런 까닭이 있었을 거라고 나는 어렴풋이 짐작했다. 남편은 음악가이지만 시인이기도 하니까 독일 사람들이 그 사물에 왜 그런 명칭을 붙였을까 등 좀더 깊이 있게 사고하고 폭 넓게 표현해 보려고 노력하는 가운데 어휘력이 확장되었을 것이다. 나는 이렇듯 속셈으로만 짚어보는데 남편은 보고 느낀 감정을 그때 그때 메모하고 정리해 나가며 시를 짓고 산문도 썼다.

남편은 독일 지인들을 만난 어느 자리에서 여흥이 무르익자 즉흥적으로

기다려라, 엄마가 간다

독일어로 시를 지어 읊었고, 좌중은 매우 놀라는 표정으로 박수갈채를 보내주었다. 외양은 분명 키가 작고 얼굴 빛이 누런 아시아인인데 자기네 언어로 시를 짓는 것에 대하여 그들은 호의적으로 느껴 기분 좋은 박수를 쳐준 것 같았다.

영국에 도착하니 역시 듣던 대로 안개가 낀 듯 날씨가 찌쁘드드 해서 나는 고국의 화창한 날씨가 그리웠다. 제 아무리 선진국이라 해도 날씨만큼은 하나님이 주관하는 것이니까 맘대로 안될 터, 나는 한국 땅에 태어난 게 축복이라는 생각이 들었다.

영국에 도착하자마자 남편은 국제회의에 참석하기로 계획이 잡혀 있었다. 남편은 정해진 시간보다 조금 일찍 회의 장소에 나가 유럽의 문화계, 교육계 인사들과 악수를 나누며 한국음악이 발전해 가는 과정을 설명하며 열심히 홍보했다. 그들은 남편의 열의에 경의를 표하며 동양의 작은 나라, 한국에도 관심을 기울이기 시작했다.

만찬장에는 부부가 함께 참석하기로 되어있었다.

한국 전통의상의 우아한 아름다움을 유럽 사람에게 알리는 것이 음악가인 남편의 아내로서 해야 할 역할이라는 판단 아래 나는 미리 한복을 두 벌 준비해 갔다. 그날은 하얀 반회장저고리와 코발트빛 치마를 입었다. 우리 한복이 양복에 비해 워낙 독특해서인지 많은 시선이 내게로 금방 쏠렸다.

"한복을 입은 게 참 잘한 것 같소. 사람들이 당신에게서 눈을 떼지 못하고 있구려."

남편이 이렇게 말해줄 때 나는 기뻤다.

"오우, 원더풀, 뷰티플. 코리안 드레스!"

여기저기서 탄성이 터져 나왔고 카메라 불빛 세례가 이어졌다. 함께 찍자

하늘이 주신 감동의 앙상블 조 트리오 이야기

는 제의에 나는 기꺼이 그들의 모델이 되어주기도 했다. 나는 여기에 고무되어 다음 파티 장소에서는 색동저고리에 다홍치마를 입었고 거기서도 역시 많은 관심을 받았다. 파티가 끝나고 부인들이 내게 몰려왔다. 옷이 정말 에쁘다고 감탄을 하거나 옷감을 만져보면서 한국 여성들은 평소에도 이런 옷을 입느냐고 물어보기도 했다.

런던에서 머무는 동안 템스 강에 유유자적하게 떠있는 유람선과 그 주변으로 늘어선 멋진 건물들을 바라보며 우리나라의 한강은 언제쯤 이런 모습을 갖출 수 있을지 한번 생각해 보았다. 한강의 수자원을 보호하는 것을 원칙으로 하고, 그 주변을 재정비해 가면서 자연미를 잘 살려낸다면 우리 한강도 세계적인 명소가 되지 않을까 하는 생각도 해보았다.

런던에서의 일정을 마친 우리 부부는 우리 아이들을 만나러 가기 위해 부지런히 공항으로 발길을 돌렸다.

1971년 8월 우리 부부는 뉴욕의 케네디 공항에 도착했다.

케네디 공항의 게이트를 빠져 나오니 저 멀리 마중객들 사이에 영미가 보였고 이어서 영방이와 영창이도 눈에 띄었다. 그 짧은 순간에 우리는 많은 인파들 속에서도 서로를 찾아낼 수 있었다.

우리가 함께 만나는 것이 무려 4년 만이다!

우리 가족은 서로 부둥켜안고 한동안 울기만 했다. 나는 아이들의 얼굴을 하나 하나 쓰다듬어 보고 이게 꿈인지 생시인지 분간이 안돼 다시 끌어안고 확인해 보았다. 이제 아이들은 부쩍 자라서 모두 내 키를 웃돌았다. 얼마나 감사한지 나는 그 자리에 선 채로 하나님께 감사 기도를 올렸다.

기다려라, 엄마가 간다

다섯 가족이 함께 만나는 그 자리는 평생 잊을수 없는 감사의 자리다.

나는 너무나 행복하고 감사해서 남편의 제자들이 마중 나온 것도 의식하지 못하고 있었다. 그네들은 서로 자기 집으로 가자고 했다. 우리는 남편의 제자 집에서 하루 신세를 지기로 하고 아이들은 자기들의 처소로 되돌아갔다. 미처 회포를 풀기도 전에 헤어져서 못내 아쉬움을 안은 채 우리는 다음 날 볼티모어로 향했다.

볼티모어에는 남편의 진명여고 제자인 정숙자 씨 내외가 살고 있었다. 볼티모어에서 가발 샵을 운영하여 경제적인 기반이 튼튼한 정숙자 씨 부부는 우리 가족을 돕겠다고 발 벗고 나서주었다. 우리는 정숙자 씨 집에 머물면서 내가 아이들과 살게 되는 데에 따른 제반 문제를 의논했다. 8월의 볼티모어는 무척 더웠는데 정숙자 씨 부부는 우리를 위해 많은 배려를 해주었다. 그곳 사정에 밝은 그분들은 아이들과 내가 함께 살 아파트를 얻는데도 많은 수고를 해주었다.

우리는 볼티모어의 링크우드에 작은 아파트를 얻었다.

링크우드는 볼티모어에서 조금 떨어진 곳으로 아이들이 다니고 있는 피바디 음대와는 버스로 20분 정도의 거리에 있는 마을이었다. 그리고 집과 주변 환경이 좋았다.

우리가 얻은 아파트는 방이 두 개였는데 한 달 집세가 150불 정도로 다른 지역에 비해 다소 비싼 편이었다. 주로 백인들이 거주하고 있었으며 개인 주택이 많은 동네였다.

집을 얻어놓고 아파트 구석구석을 청소하는데, 그동안 서울에서 했던 이사 경험이 주마등처럼 스쳐갔다. 낡은 벽지를 뜯어내고 풀을 발라 도배를

하늘이 주신 감동의 앙상블 조 트리오 이야기

하던 기억, 연탄 아궁이를 손보던 기억(당시에는 고무장갑이 없어서 맨손으로 그 거친 일들을 다 해내야했다), 한 겨울 새벽에 연탄난로를 사러 적선동 시장을 헤매고 다니던 기억이 떠올랐다. 그 숱한 기억들 속에는 대부분 남편은 부재중이었다.

아파트를 얻어놓고 남편은 역시 바쁜 일정 때문에 한국으로 돌아가야 했다. 그렇지만 세 아이들을 내 손으로 돌볼 일을 생각하니까 나는 너무나 뿌듯했다.

남편은 예정대로 떠나고 나는 링크우드에서 새로운 삶을 펼쳐갈 준비를 했다.

링크우드에서 나와 삼남매의 생활이 시작되었다.

아침에 일어나 아이들을 깨우는 것으로 나의 일상은 시작되었다.

내가 아침 준비를 하는 동안 아이들은 각자 악기 연습을 했다. 실로 오랜만에 나는 아이들의 어머니 역할을 되찾은 기분이어서 그 시간이 매우 소중하고 즐거웠다. 아이들이 학교에 가고 나면 나는 청소와 빨래를 했다. 그러고 나서 슈퍼에 가서 그날 먹을 식료품을 사다가 반찬을 마련해놓고 남는 시간에는 공원에 나가 홀로 산책하는 시간을 가졌다.

한적한 공원에 다정하게 앉아 있는 노부부를 보면서 나는 갑자기 목이 메어 얼마나 울었는지 모른다. 남편은 지금쯤 무얼 하고 있을까, 우리도 이 담다움에 늙어서 저 부부처럼 함께 살게 될까. 부디 그렇게 되었으면 좋겠는데, 그러나 저러나 이 양반은 식사는 제 때 찾아 드시나? 생각이 이쯤 되고 나면 나는 괜스레 또 쓸쓸하고 공허해졌다. 그렇게도 간절히 바라고 바라던 아이들 곁에 와 있지만 남편의 반쪽으로서 이렇게 떨어져 생활하며 남

기다려라, 엄마가 간다

편을 외롭게 만드는 것이 아내로서 마땅한 일인가 절로 고개가 흔들어졌다. 사랑을 나누며 그리워하던 연애 시절이 다시금 생각나서 나는 무척 가슴이 아팠다.

좌우지간 식구란 말 그대로 한집에서 함께 살면서 끼니를 같이해야 마음의 짐이 생기지 않는다. 근심을 머리에 인 사람은 사람을 보기보다는 자연을 벗 삼아야 위로가 된다.

고목나무에 다람쥐가 오르내리는 걸 구경하고 뛰노는 아이들을 구경하다 보면 어느새 아이들이 올 시간이 되고 나는 품고 있던 근심을 훌훌 털어버리고 온전히 엄마의 자리로 돌아가기 위해 집으로 들어간다.

"엄마, 오늘은 무슨 반찬이에요?"

"집에 엄마가 있다고 생각하니까 빨리 오고 싶어요."

"엄마랑 함께 사니까 너무 좋아."

아이들이 이렇게 좋아할 때마다 나는 그동안 부모 떨어져서 얼마나 힘들었을까 하는 마음에 가슴이 아팠다. 삼남매를 모두 품에 품고서도, 당신이 집에 오니까 너무 좋아, 하는 남편의 목소리가 이명으로 들려 가슴 한켠으로 싸르르한 심사를 감출 수 없었다.

아이들을 학교에 보내고 조용한 시간에 나는 차분히 앉아 기도했다. 내 아이들의 미래를 위해 홀로 지내는 남편과 멀리 계신 어머니를 위해 그리고 내 나라 대한민국을 위해 기도하다보면 가족 모두가 건강하게 자기 삶을 영위해 나가는 것이 너무나 감사했다. 무엇보다도 세 아이에게 모두 음악적인 재능을 주신 하나님께 너무나 감사했다. 기도하다보면 기도하고 있는 그 시간이 또한 감사했고 하나님의 품이 그리워졌다. 그래서 어느날 교회생활을 해야겠다고 맘을 먹고서 근처 교회를 찾아갔다.

하늘이 주신 감동의 앙상블 조 트리오 이야기

필유일 목사님이 담임 목회를 맡고 있었으며 교인들 대부분이 교포들이었다.

나는 삼남매의 뒷바라지를 위해 미국에 왔으며 경동교회의 교인이라고 하자 목사님은 물론 교인들도 매우 반가워했다. 강원용 목사님은 그쪽에서도 너무나 유명했기 때문에 교인들은 나에게 무척 친절하게 대해 주었다.

역시 한인교회이다 보니 소통이 잘되었다. 나는 주일마다 교회에 나갔다. 좋은 분들을 많이 만나 서로의 애환을 나누며 교우관계를 맺어나갔다.

어느 날 목사님이 내게 물었다.

"집사님, 매일 집에서만 지내는 일이 좀 답답하지 않으십니까?"

"왜 그렇지 않겠어요. 그렇지만 딱히 할 일도 없고……."

"그래서 드리는 말씀인데, 일을 해보실 의향이 없으신지요?"

나는 귀가 번쩍 뜨였다. 그렇잖아도 다달이 집세를 내야 하고 네 식구 생활비도 만만찮게 들어갈 일이 걱정되던 터였다. 일을 하고 싶지만 영주권이 없는데 어떻게 하면 좋을지를 의논했다. 목사님은 당신이 보증을 서면 문제없다고 했다.

목사님은 내게 커텐샵에서 일한다는 미스 리라는 아가씨를 소개해줬다.

그녀는 나를 데리고 '진 라이치'라는 커텐샵을 방문했다. 유태인 부부가 함께 운영하는 그곳에는 직원이 대여섯 명 정도 있었다.

사장은 수더분한 타입이었고 그의 부인은 약간 깐깐해 보였다. 나에게 몇 가지를 물어보더니 대뜸 재봉틀 앞으로 데리고 갔다.

사장 부인이 나에게 지시했다.

"여기 앉아서 재봉틀을 한 번 돌려 보세요."

나는 재봉 일을 해보였다.

아빠와 영미가 해변가에서

"내일부터 나와서 일할 수 있겠어요?"

"네, 그렇게 하겠습니다. 감사합니다."

그렇게 해서 나는 진 라이치씨가 운영하는 커튼 가게에 미싱사로 취직을 하게 되었다.

영주권도 없는 나에게 일자리를 알선해 주신 필유일 목사님이 너무 고마웠다. 또한 외롭고 힘든 미국생활에 일할 수 있도록 인도해 주신 하나님께 감사 기도를 올렸다.

직업을 얻고 나니 나는 링크우드가 더 좋아졌다.

아이들도 이 마을이 점점 좋아진다고 말했다. 링크우드는 버스 종점이 있는 곳으로 한국으로 따지자면 당시 망우리나 말죽거리 정도의 변두리 마을

하늘이 주신 감동의 앙상블 조 트리오 이야기

이었다. 버스 종점에서 아파트까지 들어오려면 십분 정도 걸어야 했다. 그 거리에는 단풍나무 가로수가 있고 숲엔 낙엽이 굉장했다. 그 사이엔 다리도 하나 건너야 했는데 다리 밑으로는 사시사철 맑은 시냇물이 흘렀다. 길이 너무나 예뻐서 우리 식구들은 이 길을 무척 좋아했다.

이 마을 아이들은 겨울엔 썰매를 타고 놀아서 눈 오는 날의 풍경 또한 빼놓을 수 없는 너무나 아름다운 곳이었다. 이 아름다운 이국 마을에서 우리 가족은 각자 자기의 꿈을 실현하기 위해 열심히 매진하였다.

나는 직장에 나가기 위해 새벽 다섯 시면 일어나 종종걸음을 했다.

아침을 해서 상을 보아놓고 점심 도시락을 챙기고 아이들이 집에 돌아와 먹을 간식까지 준비해 놓는 일과였다. 그러고 나서 나는 먼저 간단하게 아침을 참치 샌드위치로 먹었다. 버스를 타고 출퇴근을 했는데 한 번에 가는 게 없어서 중간에 한번 갈아타야 했다. 여덟 시 출근에 네 시 퇴근이었지만 나는 항상 십오 분 전에 출근하여 일을 시작했다. 다른 사람들은 네 시만 되면 하던 일을 멈추고 총총히 커튼 샵을 빠져 나갔지만 나는 네시가 넘더라도 하고 있는 일을 마저 끝내놓고 퇴근하는 걸 원칙으로 삼았다.

그날 일은 그날 마무리를 짓자.

이건 어려서부터 내 몸에 새긴 삶의 자세요, 철학이었다.

결혼하고 보니 남편도 그런 생활신조를 갖고 있었다. 그래서 나는 남편과는 정말 천생연분이구나 하고 생각한 적이 있다. 그러나 남편은 여기서 머무르는 게 아니라 한 술 더 떴다.

날마다 아침에 일어나면 그날 할일을 간단하게 메모했다. 메모를 하는 것과 안하는 것은 너무나 큰 차이가 있었다. 사람이란 무슨 일이든 오래 하다

보면 나태해지고 매너리즘에 빠지게 마련인데 메모를 보다 보면 매일 하던 일이라 하더라도 반드시 하지 않으면 안 되는 일처럼 느끼게 된다. 그래서 나도 이 방식을 택하여 내 삶의 태도로 삼았다. 아이들을 키울 때는 물론이고 커튼 가게에서 재봉틀을 돌리는 일을 할 때도 그랬다.

그 일에서는 진급을 할 자리도 없었고 그렇다고 월급을 더 올려줄 리도 없었지만 나는 내 방식, 평소의 신조대로 일했다. 출근해서 그 날의 중요한 일과 매듭지어야 할 일들을 간략하게 메모해서 재봉틀 한 쪽에 붙여 두었다. 이렇게 해 놓으니까 일의 선후가 미리 결정되어 순조롭게 진행되었다.

그러던 어느 날 진 라이치 부인이 나에게 커튼 길이를 재는 일을 하라고 지시했다.

재단은 재봉일보다 훨씬 정확도를 요구하는 중요한 일이었다.

"지금 하는 사람은 자꾸 실수를 하는 바람에 원단 허실이 많이 생겨서 속상해요. 미세스 조라면 잘할 거라 믿어요."

나는 경험이 없었지만 손해를 끼치면 안 된다는 마음으로 마치 의사가 환자의 몸을 다루는 그런 마음으로 공들여 커튼 길이를 잰 다음 재단했다.

진 라이치 부부는 자신들이 20년 동안 커튼 샵을 운영했지만 나처럼 정확하게 일을 하는 사람은 처음 보았다고 칭찬했다.

그들은 조심스럽고도 진지하게 물었다.

"한국인들은 모두가 그렇게 일을 잘하나요?"

나는 자신 있게 말했다.

"네, 한국 사람들은 대부분 부지런하고 정직하고 그리고 정확합니다."

이렇게 말하고 나니 갑자기 내가 애국자가 된 기분이 들었다.

하늘이 주신 감동의 앙상블 조 트리오 이야기

내가 하는 일에 어느 정도는 숙련이 되었고 더불어 커튼 샵에서 받는 주급으로 우리 네 식구가 불편하지 않을 정도의 생활을 영위할 수 있었다. 외국에 나가서 한국 돈을 가져다 쓰지 않는 것, 이것도 따지고 보면 또 하나의 애국이어서 나는 커튼 샵에서 하는 일에 자긍심을 가졌다.

재단 일을 맡긴 후 진 라이치 부부는 주급을 주는 금요일에 나만 사무실로 불렀다. 주급과 별도로 보너스를 넣었다고 했다.

나는 속으로는 기뻤지만 한편 다른 동료들한테 미안한 마음이 들어서 우물쭈물하고 있었다. 그러자 진 라이치 부부가 말을 했다.

"너무 열심히 일해 줘서 우리 부부는 미세스 조에게 감동 받았어요. 이 돈은 그에 대한 사례입니다."

"맞아요, 남의 몫을 나누거나 빼앗은 게 아니니 동료들 눈치 보지 말고 받도록 해요."

돈 싫은 사람이 있을까, 더군다나 일에 대한 성과급인데. 나는 감사한 마음으로 봉투를 받았다.

그날 나는 기분이 무척 좋아져서 특별 요리를 만들어 놓고 작은 파티를 벌였다. 내가 그동안 있었던 이야기를 아이들에게 풀어 놓았다. 그러자 아이들도 기분이 좋은지 신나게 떠들었다.

"와, 우리 엄마 진짜 바느질 잘하나보다!"

"맞아, 아빠가 빈으로 유학 갔을 때, 엄마가 그때도 바느질해서 돈 벌었잖아."

그런 쪽으론 무심한 줄 알았는데 아이들도 집안의 경제사정이 어떻게 돌아가는지 다 알고 있었던 모양이었다.

기다려라, 엄마가 간다

17. 돈 워리, 돈 워리

바쁜 가운데에서도 우리 가족은 주일이면 교회에 나가 예배를 드렸다. 우리 가족이 건강하게 잘 지내는 것, 남편과 아이들의 하는 일에 성과가 있는 것, 내가 일을 할 수 있는 것에 대하여 감사의 기도를 올렸다. 또한 멀리 계신 남편과 어머니 그리고 조국에 대한 기도도 빼놓지 않고 기도드렸다. 우리 가족이 사는 모습을 좋게 보신 필유일 목사님은 우리에게 많은 신경을 써주었다. 차가 없는 우리 가족을 위해 일요일이면 손수 차를 끌고 와주셨다. 또한 영주권을 받도록 하라고 권했다. 미국에 살고 있는 동안은 영주권이 있으면 여러 가지로 혜택이 많다고.

남편 독창회 연습 반주 맞추는 영방과

남편 독창회 때 반주자 영방과

바쁜 가운데에서도 우리 가족은 주일이면 교회에 나가 예배를 드렸다.

우리 가족이 건강하게 잘 지내는 것, 남편과 아이들의 하는 일에 성과가 있는 것, 내가 일을 할 수 있는 것에 대하여 감사의 기도를 올렸다. 또한 멀리 계신 남편과 어머니 그리고 조국에 대한 기도도 빼놓지 않고 기도드렸다.

우리 가족이 사는 모습을 좋게 보신 필유일 목사님은 우리에게 많은 신경을 써주었다. 차가 없는 우리 가족을 위해 일요일이면 손수 차를 끌고 와주셨다. 또한 영주권을 받도록 하라고 권했다. 미국에 살고 있는 동안은 영주권이 있으면 여러 가지로 혜택이 많다고 권했다.

그렇지만 영어를 읽고 쓰는 게 서툴기 때문에 선뜻 엄두가 나지 않았다. 필 목사님은 유태인 여성 변호사 한 분을 소개 해주었다.

돈 워리, 돈 워리

나는 영방이를 대동하고 그 변호사를 만나러 갔다. 변호사는 미국에 오게 된 이유를 물었고 나는 우리 아이들이 얼마나 재능이 있는지에 대하여 힘주어 설명했다. 그런데 영방이를 통하여 내 이야기를 전해들은 그 변호사는 의외의 것에 관심을 보이며 연신 "You are a wonderful Mama."라고 말했다.

젊은 부인이 아이들을 뒷바라지하기 위해 남편과 떨어져서 외국에 와 산다는 것은 참 귀한 일이다, 그런 당신의 희생이 정말 아름답다, 라고 한 것이었다. 당연한 일에 대하여 좋게 평가해주는 그분한테 내가 오히려 감동을 받았다.

그는 가족 네 사람이 영주권을 받으려면 비용이 많이 들지만 3백 불의 비용만 지불하도록 배려해 주었다.

영방이와 나는 너무 좋아서 서로 손을 꼭 쥐어주었다.

서류를 꾸미기 위해서는 앞으로 몇 주 동안 하루에 두세 시간씩 타이프를 쳐야 하는데 그 일을 할 수 있겠느냐고 영방이에게 물었다. 영방이가 할 수 있다고 흔쾌히 대답하자 변호사가 기분 좋게 웃으며 말했다.

"서류를 만들어서 제출하면 영주권이 나오는데 보통 6개월 정도가 소요됩니다. 영주권이 획득되면 그때 전화로 연락해 주겠습니다."

영방이와 나는 너무나 고마운 마음을 안고 그 사무실을 나왔다.

며칠 뒤 그쪽에서 연락이 왔다. 영방이는 몇 주 동안 그 사무실에 가서 하루에 두세 시간씩 타이프를 치며 영주권 서류 작성하는 일을 도왔다. 그리고 3개월 만에 영주권이 나왔다는 연락을 받았다.

"영주권이 나왔어요. 이렇게 빨리 나온 건 정말 처음 있는 일이랍니다. 아이들을 위해 헌신하는 미세스 조를 보고 하나님이 큰 사랑을 베풀어주신

하늘이 주신 감동의 앙상블 조 트리오 이야기

영방의 연주 후에 이세정 진명여고 교장선생님과

것 같아요, 축하합니다."

뜻밖의 소식에 우린 너무 기뻤다. 하나님이 특별히 신경 써 주신 것에 대하여 감사했다.

"이민국에 가서 마지막으로 영주권 수속을 밟으세요. 그리고 영주권을 받기 위해서는 건강진단을 받아야 하는데 병원에 가서 받으면 1인당 백 불이 넘으니까 보건소로 가세요. 보건소에선 네 사람 합쳐서 육십 불이면 충분할 테니까요."

우리는 변호사의 호의에 다시 한 번 큰 고마움을 느꼈다.

영방이는 그때 남편의 독창회 반주를 해드리기 위해 한국에 나갔기 때문에 나는 두 아이들만 데리고 이민국에 찾아갔다.

이번엔 업무 담당자가 흑인 남자였다. 그 사람이 크고 새카만 눈동자를 껌벅거리며 내게 물었다.

"당신은 왜 영주권이 필요합니까?"

"우리 삼남매는 이 나라에서 장학금을 받고 공부하고 있습니다."

그리 말해 놓고 보니 매우 당당하게 말을 해버렸다 싶었다. 직원은 고개를 한 번 갸웃하더니 더 말해 보라는 뜻으로 눈짓을 했다.

"우리 아이들은 장래 음악가가 될 꿈을 갖고 열심히 공부하고 있어요. 나는 이 아이들을 뒷바라지하기 위해 남편과 떨어져서 살고 있습니다. 생활비를 벌기 위해 일을 하고 싶은데 그러자면 영주권이 있어야 합니다. 우리아이들이 이 나라에서 공부할 수 있도록 도와주십시오."

나는 말을 마치면서 한국식으로 공손하게 허리 굽혀 인사했다.

직원은 연신 "You are so beautiful, good job!" 이라고 엄지손가락을 치켜세웠다.

그런데 그것보다도 더 아름다운 것은 당신은 참 훌륭한 어머니이다, 라고 말했다. 그러면서 그는 진심으로 나에게 행운이 뒤따르길 바란다, 라고 격려해 주었다.

"당신처럼 친절한 분을 만난 것부터가 이미 나에겐 행운이 함께 한 겁니다. 감사합니다."

나는 이렇게 말하고 다시 한 번 한국식 인사를 함으로써 그의 진정어린 호의에 예의를 갖췄다. 이렇게 해서 우리 가족은 영주권을 받고 좀 더 떳떳하게 커튼샵에서 일하게 되었다.

그날도 여느 때처럼 일을 끝내고 버스를 타기 위해 정류장으로 향하고

하늘이 주신 감동의 앙상블 조 트리오 이야기

있었다. 그런데 갑자기 뒤에서 누군가 나타나 내 가방을 낚아채는 것이 아닌가?

아, 소매치기로구나!

가방을 빼앗긴 나는 기절초풍하면서 몸을 제대로 가누지 못했고 하나님을 불렀다.

소매치기는 흑인이었고 또 다른 일행이 한 명 더 있었는데 그 역시 흑인이었다. 다리가 후들거리고 정신이 없어서 나는 잠시 서서 마음을 추슬렀다.

가방에는 아파트 열쇠와 신분증 지갑 수첩 만년필 보온병 등이, 그리고 지갑에 현금 10불이 들어 있었다. 여기까지 체크해본 나는 침착하게 정신을 가다듬고는 공중전화부스로 가서 경찰서에 전화를 걸어 내가 당한 사실을 신고했다.

전화한 지 채 5분도 안되어 경찰차가 내 앞에 나타났다. 차에는 정복 입은 경찰 두 명이 타고 있었다. 그들은 자초지종을 묻더니 날 데리고 내 직장인 커튼 샵으로 먼저 갔다.

그곳에서 현지 주민인 진 라이치 씨 부부와 나의 신상에 대하여 이야기를 나누었다. 확인을 마친 경찰이 내게 말했다.

"부인, 저희가 댁까지 모셔다 드리겠습니다."

진 라이치 씨 부부가 밖으로 배웅을 나오며 나를 잘 부탁한다고 말했다.

경찰차에 앉은 내 마음이 조금 안정되었다. 경찰의 친절함에 고마움을 느꼈다.

경찰차를 타고 집에 도착하자 영미와 영창이가 경찰과 함께 나타난 나를 보더니 너무나 놀라워했다. 나는 아이들이 놀랄 거라는 건 미처 생각하지 못했던 것이다.

"별일 아니니 놀라지 마라. 엄마를 도와주러 이분들이 수고해주신 거란다."

내가 안심시키자 두 아이는 경찰에게 몇 번이고 고맙다고 인사를 했다. 경찰이 돌아가고 나서 나는 아이들에게 자초지종을 이야기해 줬다. 그러자 아이들은 매우 걱정했다.

"엄마, 그런데 그 사람들이 우리 집 열쇠를 갖고 있으니까 밤에 우리 집에 쳐들어오면 어떡해요?"

그럴 수도 있겠다 싶었다. 어쨌든 문제가 예상되었으니 대책을 강구해야 했다.

현관 앞에다가 집안의 집기들을 모두 끌어다 쌓아놓았다. 의자 위에 책 냄비 주전자까지 수북하게 쌓아두었지만 그래도 마음이 놓이지 않아서 나는 거의 뜬 눈으로 새우다시피 하고 출근해야 했다.

직장에 나가니까 전날 경찰을 대동하고 왔던 내 이야기가 다 퍼졌고 직원들은 근심스런 표정으로 나를 맞았다. 직원들도 그런 일을 한 번씩 겪었다고 자주 일어나는 일이니까 가방을 잘 챙겨 다녀야 한다고 충고했다.

내가 부재중일 때 열쇠를 가져간 그들이 우리 집에 침입하는 건 아닌지 걱정되어 일이 제대로 손에 잡히지 않았다. 아파트 현관 자물쇠부터 바꿔 달기로 하고 퇴근하는 길에 열쇠 집을 들렀다. 열쇠를 바꿔 다니까 그제서야 식구들은 불안한 마음을 좀 진정시키게 되었다.

그렇지만 길을 지날 때에도 흑인들과 엇비낄 때에는 공연히 가방을 움켜쥐게 되었고 밤에도 깊은 잠을 못 이뤘다.

그 일이 있고 나서 사흘 후 집으로 전화 한 통이 걸려왔다. 나이가 꽤 됐음직한 미국인 남성 목소리였다.

"혹시 댁에 가방을 잃어버린 분이 있지 않으십니까?"

하늘이 주신 감동의 앙상블 조 트리오 이야기

"네, 맞아요. 삼 일전에 제 가방을 소매치기 당했어요."

그 남자는 자기가 모 대학교수라고 소개했다. 길을 가다 우연히 가방을 주웠는데 그 안에 연락처가 있어서 전화를 건 것이라고 설명을 덧붙였다. 나는 가방을 받기로 하고 약속 장소와 시간을 메모해 두었다. 내가 회사에 출근을 해야 해서 영미와 영창이가 가방을 받으러 가기로 했다.

어떤 분인지 모르지만 작은 답례라도 하겠다며 아이들이 초콜릿을 사다가 정성들여 포장을 하는 걸 보고 난 출근을 했다. 직장 동료들도 매우 좋아하며 꼭 찾게 되길 바란다고 말해주었다.

퇴근해서 집에 와 보니 아이들이 찾아온 가방이 보였다.

확인해 보니 돈 10불이 들어있던 지갑과 만년필, 보온병만 없어졌고 나머지는 그대로 다 있었다. 아이들은 가방을 건네준 교수라는 분이 흑인이었는데 너무나 친절한 멋쟁이였다고 말했다. 아이들이 그 대학교수에게 한국에서 온 유학생이며 음악한다고 하니까 너무나 좋아하며 행운을 빈다고 했다며 조금 들뜬 목소리로 자랑했다.

아이들의 이야기를 들을 때 내 머릿속에 떠오르는 사람이 있었다.

나는 아침 출근 시간이면 버스를 타기 위해 길을 건널 때 종종 달음박질을 한다. 그러면 버스 기사가 내가 올 때까지 기다려주는 것이 아닌가? 내가 허겁지겁 버스에 오르면 그 기사는 말했다.

돈 워리, 돈 워리.

그 기사도 흑인이었는데 참 멋있는 사람이었다.

12월의 볼티모어는 거리마다 형형색색의 트리를 밝혀놓고 크리스마스를 기다리느라 한껏 들떠 있었다. 우리 가족 역시 설레는 마음으로 크리스마스 시즌을 기다렸다. 그해엔 남편의 마흔일곱 번째 생일도 그즈음이어서 열흘간의 휴가를 내어 우리가 살고 있는 볼티모어로 오기로 되어 있었다.

나와 아이들은 남편에게 어떤 근사한 생일 파티를 열어줄까 고민했다.

드디어 남편이 볼티모어에 도착했는데 짐이 아주 많았다. 남편 역시 비행기 삯을 벌기 위해 홀트 아이들을 데리고 왔는데 얼마나 힘들었을지 짐작이 가고도 남았다. 몇달만에 만나는 다섯 가족은 서로 얼싸 안고 기뻐했다.

"엄마, 얼마나 기뻐요?"

"아빠, 엄마가 얼마나 보고싶어 하셨는지 아세요?"

친정어머니는 나와 내 아이들을 위해 김치며 밑반찬을 알뜰히 챙겨 보낸 것이었다. 나는 그것을 냉장고에 정리하면서 아이들을 해먹일 생각에 뿌듯했다. 음식 재료도 충분하니, 남편의 생일엔 그동안 신세진 사람늘에게 한식요리를 대접하기로 했다.

한국 음식은 확실히 손이 많이 갔다. 그렇지만 준비하는 동안 내내 나는 콧노래가 절로 나왔다. 아름다운 계절에 모처럼 만에 남편을 만나 좋은 시간을 갖는 것도 행복한 일인데 내 손으로 음식을 장만하여 손님을 초대할 준비를 하는 이 삶이 무척 감사하게 생각되었다.

드디어 음식 장만을 끝내놓았을 때 한인 교민들이 우리 집으로 모였다. 머나먼 나라로 이민 와서, 같은 믿음을 가진 교인들이었다. 목사님의 말씀으로 주님의 은혜 받고 찬송 부를 때 너무나 행복해서 우리는 먼저 감사 기도를 올렸다.

잊었던 고국 음식을 모처럼 맛보는 그분들은 완전 동심의 세계로 돌아가 어릴 적 얘기로 꽃을 피웠다.

하늘이 주신 감동의 앙상블 조 트리오 이야기

손님들은 우리 부부와 아이들에 대하여 좋은 말을 많이 해주면서 참 부럽다고 했다. 축하를 받은 남편은 어린애마냥 좋아하며 다시 태어난 기분이라고 말했다. 그 말을 듣는 나는 어머니가 된 기분이 되었다. 정말 그날 우리들은 감미롭고 행복하고 감사한 시간을 서로 나누었다.

이튿날, 남편을 집에 남겨 두고 나는 평소처럼 가족이 먹을 아침을 차려 놓은 후에 토마토, 햄, 양상추를 넣은 참치 샌드위치를 만들어 도시락 네 개에 담아서 그 중 한 개를 들고 출근했다.

남편이 버스 정류장까지 함께 나와서 내 옷깃을 여며주며 말했다.

"여보, 미안하오. 아이들 때문에 당신이 고생이 많소."

"고생은 무슨, 나는 한 번도 이걸 고생이라고 생각한 적 없어요. 그리고 또 고생 좀 하면 어때요, 난 아직 젊은데."

"고맙소. 고생 끝에 낙이 올 테니 조금만 참읍시다."

우린 가볍게 포옹을 하고 나는 버스에 올랐다. 남편 혼자 쓸쓸히 뒤돌아서서 가는 걸 보자, 콧날이 시큰해졌다. 남편의 마음도 나와 같겠지, 부부의 정이 이런 거구나 싶었다.

하루 일과를 마무리 지을 때쯤 남편이 내 일터로 찾아왔다.

진 라이치 부부는 내게서 일감을 빼앗고는 의자로 끌고 가 남편과 함께 차를 나누고자 했다.

서로 인사를 나누는 과정에서 남편의 직업을 알게 된 진 라이치 부부는 너무 놀라워했다. 그간 내가 남편 이야기를 하지 않아서 남의 사생활을 캐묻는 게 예의에 어긋나는 일이라 그냥 덮어두었다면서, 필시 내가 이혼녀일 거라고 생각했단다.

우리는 화기애애하게 서로 대화를 나누었다. 그 전엔 완전히 사업주와 직원이라는 상하 관계로 지냈는데 남편이 오니까 진 라이치 씨가 너무 좋아하면서 친구처럼 굴었다.

"우리 부부는 미세스 조를 보증수표라고 부른답니다. 모든 면에서 보증수표지요."

"네, 남편 말이 맞습니다. 우리가 신세를 많이 지고 있어요. 그래서 말인데 이번 주말에 미세스 조의 가족을 우리 집에 초대하고 싶은데 시간이 어떠신지요?"

식사는 밖에서 하고 집에 가서는 차를 마시는 것으로 하자고 덧붙이면서 부담 갖지 않아도 된다고 했다.

미국에서 직장 동료를 집으로 초대한다는 것은 그리 쉬운 일이 아니었다. 그들도 커튼 샵을 운영하느라 너무나 바빠서 그동안 한 번도 손님을 집으로 초대한 적이 없다고 했다. 우리 부부는 감사한 마음에 쾌히 응했다.

약속한 날 밖에서 식사를 맛있게 대접 받고 우리 가족은 그 댁을 방문했다. 집은 모든 게 넉넉해 보였으며 무엇보다도 깨끗해서 기분이 좋았다.

그들은 자신들을 이민자라고 밝혔다. 나도 처음 듣는 이야기였다.

그들은 처음에 미국 와서 고생했던 이런저런 이야기 보따리를 풀어 놓았다. 진 라이치 씨 삼촌이 뉴욕에서 작은 커튼 샵을 운영하는데 거기서 일할 계획을 갖고 이스라엘에서 이민 왔다고 했다. 7개월 된 아들을 데리고 왔는데 그 아들이 커서 지금은 미국에서 의학박사로 활동하고 있다고 말했다.

"우리 유태인들은 자식 교육을 가장 소중한 가치로 여기지요. 자식을 훌륭하게 키워내는 것을 바로 최고의 명예로 생각합니다."

진 라이치 씨의 말에 그의 부인도 거들었다.

하늘이 주신 감동의 앙상블 조 트리오 이야기

"그런 면에서 조 선생님 부부도 우리와 같다는 걸 이번에 알게 되었습니다. 삼남매 모두 음악 공부를 시키시다니, 두 분 정말 훌륭하십니다."

서로 간의 내막을 어느 정도 알고 나니까 국적에 상관없이 우린 한층 가까워진 느낌이 들었다.

자식 키우는 가치관이 같고 정직과 근면을 중히 여기는 것 또한 같았다. 이야기마다 공감이 가서 우리 두 가정은 늦도록 이야기꽃을 피웠다.

밤이 이슥해지자 밤거리는 인적이 뜸해 걷기에 좋았다. 우리 다섯 식구는 한 줄로 죽 늘어서서 서로 손을 잡고 걸었다.

우리 부부와 세 아이의 웃음소리가 링크우드 밤거리에 별빛처럼 환하게 쏟아져 내려 앉았다.

새 학기를 맞아 우리 가정에 여러 가지 변동이 생겼다.

슬렌친스카 여사가 다시 본교에 복귀를 했기 때문에 영방이도 그 선생님을 따라 서던일리노이 대학에 다니게 되었다.

또한 영미와 영창이가 그 유명한 커티스 음악학교(Curtis Institute of Music)*에 합격하였다.

이 학교에 입학하는 사람은 모두 100프로 장학생이며 천재교육을 표방하기 때문에 21세 이상이면 못 들어간다. 거기서 배출된 사람은 딸 영미와 아들

* 1924년 전문음악가를 양성하기 위해 메리 루이즈 커티스 복(Mary Louise Curtis Bok)에 의해 설립되었다. 설립자의 아버지인 사이러스 커티스(Cyrus Curtis)를 기려 현재의 이름이 지어졌다. 사이러스 커티스는 미국 출신의 잡지 및 신문 발행인이었다. 이 학교는 전문연주자 과정, 음악 학사과정, 오페라 음악 석사과정, 오페라 전문교육 수료증 과정이 있으며 모든 학생에게 전액 장학금을 제공한다. 미국 대학 가운데 입학 경쟁률이 가장 높은 곳으로 손꼽힌다. 오케스트라 단원, 작곡가, 지휘자, 오르간 연주자, 피아노 연주자, 성악가 등을 배출하고 있다.

영창이 외에도 김영욱 선생을 비롯하여 이경숙, 강동석, 이순익 등이 있다.

커티스 음악학교는 결원이 생겨야만 들어갈 수가 있으므로, 선택받은 사람에게만 그 기회가 주어진다고 말하기도 한다. 그런데 바이올린 자리가 나서 영미가 입학을 했고 영창이도 이듬해에 입학할 수 있게 되었다.

"이거야 말로 정말 하나님의 보살핌 아니면 안 되는 일이에요, 정말 감사해요, 엄마."

"맞아요, 나도 이제 더 열심히 공부해서 훌륭한 첼리스트가 될 거에요."

나도 기뻤는데, 영미와 영창이 역시 매우 기뻐하는 걸 보니 더욱더 좋았다. 참으로 감사한 일이 아닐 수 없었다.

한편 피바디 음대의 렛써 교수는 영창이가 자기 품을 떠나는 것이 못내 서운한 나머지 자기가 계속 영창이를 지도하고 싶다고 했다. 그러나 위의 누나들이 각가 다른 지역으로 가게 된 바당에 영창이 혼자 아파트를 얻어 생활하는 것은 여러 가지로 쉬운 일이 아니었다. 렛써 교수는 당신의 집에 데리고 있을 형편이 되지 않는 것에 대하여 굉장히 안타까워하면서 아쉬운 이별을 했다.

미국에서 머문 지 1년여 만에 영미와 영창이가 커티스 음악학교로 들어가게 되었다. 두 아이는 필라델피아로 옮겼고, 나는 한국으로 돌아가기로 했다. 영미와 영창이도 이제 미국 생활에 익숙해져서 내 도움이 없이도 잘 헤쳐 나갈 것 같아서 나는 얼마 동안 한국으로 돌아가기로 한 것이다.

링크우드에서의 생활을 돌이켜 보니 얻은 게 많았다.

일단 직장을 얻어 고정적인 수입이 있었기 때문에 1년 동안 아이들의 뒷바라지를 알차게 꾸려갈 수가 있었다. 이때 한국의 음악하는 다른 자모(이

하늘이 주신 감동의 앙상블 조 트리오 이야기

름만 대면 다 알만한 분들)들과 좋은 관계를 맺은 일이야말로 빼놓을 수 없는 추억이 되었다. 그리고 정말 많은 도움과 배려를 해준 진 라이치 씨 부부와의 인연이야말로 내 인생의 어려운 길목에서 만난 단비 같은 존재였다.

이제 한국으로 돌아가야 하겠다고 작별을 고했을 때 진 라이치 씨도 무척 아쉬워했다. 오래도록 함께 하고 싶었지만 사랑하는 남편의 곁으로 돌아간다니 막을 수 없다면서 축하한다고 했다.

진 라이치 씨는 그때 나에게 이별 선물로 책을 한 권 건네주었다.

"이건 내가 여기서 처음 커튼 샵을 차릴 때 우리 삼촌이 준 책이에요. 삼촌도 이 책을 보면서 처음 커튼 일을 배웠답니다. 나도 이 책 덕분에 자릴 잡은 겁니다. 정말 아끼는 책인데 드릴 테니 부디 한국에 가서 커튼 샵을 여세요. 그렇게 되면 미세스 조는 아마 돈도 벌고 성공할 것입니다."

나는 책을 건네받으며 콧날이 시큰해졌다.

겉장이 나달나달 했으며 대강 넘겨보니 군데군데 밑줄이 그어져 있었다.

이스라엘에서부터 미국으로 건너와 커튼 가게를 처음 열었다던, 얼굴도 모르는 진 라이치 씨의 삼촌이 재봉틀 위에 책을 펼쳐놓고 씨름을 했던 흔적이 고스란히 담겨 있는 듯했다. 그들의 추억과 애환이 서린 그 보물을 쓰다듬으며 나는 감사의 인사를 했다.

"정말 고맙습니다. 제 평생 잘 간직하고 있겠습니다. 그리고 앞으로 미국에 다시 오게 되면 두 분을 꼭 찾아뵙겠습니다."

그들 부부가 나에게 건네주었던 책은 고마운 마음이 담긴 진정어린 선물이었기에 나는 그분들이 영원히 행복하게 살게 해달라고 하나님께 기도드렸다.

진 라이치 씨 부부로부터 받은 온정을 마음속에 깊이 간직한 채 나는 정든 링크우드를 떠나왔다. 지금도 가끔 그곳이 무척 그리울 때가 있었다. 진라이치 씨 부부와 함께 일하던 동료들, 내가 자주 가던 단골 슈퍼마켓, 울창한 숲, 벚나무와 목련나무 등이 날 향해 손짓하는 듯 가끔씩 눈에 밟히곤 했다.

나는 예전부터 손바느질을 해도 재봉틀로 박은 것 같다는 소릴 들어온 터라 여러 모로 자신이 있었다. 정말 커튼 샵으로 성공해서 그들의 온정에 보답하고 싶었다.

한국에 돌아온 나는 커튼 샵을 해보려고 작정을 한 다음에 동대문시장으로 가서 시장조사를 해보았다.

그 당시에도 우리나라의 섬유산업이 발달해서 천의 질감이나 색상 그리고 부자재로 들어갈 수예품이나 장식품들이 미국 제품보다 오히려 좋아보였다.

그러나 나는 영주권자라서 1년에 서너 차례씩은 미국에 의무적으로 들어가야 했다. 법적으로 그래야 하는 것도 있지만 아이들이 외국에 있으니 몸은 한국에 있어도 내 마음은 늘 아이들에게로 향하고 있었다.

내가 고민하고 있을 때 남편이 의견을 내놓았다.

"일하고 싶어하는 당신 맘은 이해하겠소만, 1년에 두세 번은 미국엘 가야 하는데 가게를 차리는 건 다시 한 번 잘 생각해 보시오."

나는 아무래도 가게를 차리는 건 무리한 일일 것 같다고 생각했다.

한국에 들어와 몇 달만에 나는 다시 아이들 곁으로 돌아갈 일이 생겼다. 때마침 영창이가 커티스 음악학교에 입학하였고 나는 영주권 문제로 미국

하늘이 주신 감동의 앙상블 조 트리오 이야기

에서 일정 기간 체류해야 하는 일도 있었기에 필라델피아로 다시 돌아가기로 했다.

필라델피아는 뉴욕과 워싱턴의 거의 중간 위치였다. 델라웨어강의 오른쪽에 위치하며 미국의 중심 도시 가운데 하나이다. 독립전쟁을 전후하여 독립군의 최대 거점이었고 1776년에는 인디펜던스 홀에서 독립선언이 발표된 것으로 유명하다.

문화적 측면에서도 중요한 위치를 지니고 있어 필라델피아교향악단을 비롯한 여러 음악과 발레 단체가 있다. 이밖에도 필라델피아미술관, 로댕 미술관, 자연과학아카데미, 프랭클린연구소, 펜실베이니아대학교 등 문화 교육기관이 많다.

예술가가 살기엔 더없이 좋은 도시인 이곳에 영미와 영창이가 다니는 커티스 음악학교가 있다. 학교에서 멀지 않은 곳에 아파트를 얻어서 아이들과 함께 생활했다.

아래층에는 미스 제인이라는 미국인이 살고 있었는데 그녀는 친절하고 싹싹해서 우린 금세 친구가 되었다.

어느 날 제인이 내가 입은 옷을 보고는 너무 예쁘다면서 어디서 샀느냐고 물었다. 내가 직접 천을 사다가 손바느질로 만들어 입은 옷이라고 했더니 그녀는 너무나 놀라워했다.

"정말이세요? 손재주가 정말 좋으신가 봐요? 보여 드릴 게 있는데 저희 집에 함께 가실래요?"

나는 그녀를 따라 갔다. 제인은 나에게 재봉틀을 보여주면서 설명했다.

"이 재봉틀은 할머니가 돌아가시면서 엄마한테 물려준 건데 엄마가 다시 제게 물려주셨어요."

그것은 세계적으로 유명한 '싱거' 재봉틀이었다. 오래 되긴 했지만 새것이나 다름없이 깨끗했다.

"할머니의 유품이라 의미가 남다를 것 같아요."

"네, 소중한 물건이죠. 그런데 저는 재봉틀에 소질이 없어요. 앞으로도 배울 생각도 별로 없고요. 그냥 녹슬게 놔두느니 꼭 필요한 사람한테 선물하는 게 좋겠단 생각이 들었어요."

그 이야기를 듣고 재봉틀을 다시 살펴보니 보면 볼수록 좋은 물건 같았다.

"미세스 조한테 드릴 테니 요긴하게 사용하세요."

나는 뜻밖의 호의에 너무나 놀랐다.

"이렇게 소중한 유품을 제게 주시다니……, 정말 감사합니다. 요긴하게 잘 쓰겠습니다."

제인이 선물로 준 싱거 재봉틀을 나는 집으로 가져왔다.

나는 우선 시장에 가서 제인에게 어울릴 만한 핑크색 천을 떠다가 블라우스를 한 벌 만들었다. 치수를 재지 않고 어림짐작으로 마름질을 했는데 입혀보니 꼭 맞았다.

"오직 나를 위해 만든, 세상에 단 한 벌 뿐인 작품이네요? 이렇게 소중한 선물은 정말 처음이에요!"

내가 선물해준 블라우스를 받은 제인은 어린아이처럼 좋아했다.

그러더니 나에게 옷 수선하는 일을 한번 해보지 않겠느냐고 제안했다. 나는 솔깃해서 그녀를 따라갔다. 그곳은 워너메이커라고 하는 곳으로 그 당시 필라델피아에서 제일 유명한 쇼핑센터였다. 쇼핑센터 안에는 고급 옷가게가

하늘이 주신 감동의 앙상블 조 트리오 이야기

있는데 수선 전문가가 필요하다고 했다. 수선은 블라우스와 여자 바지, 치마의 길이나 품을 수선하는 일이었다. 제인이 나를 소개하자 옷가게 주인 여자가 블라우스를 주면서 일을 해보라고 했다. 표시된 대로 내가 수선을 하자 주인 여자가 활짝 웃으며 말했다.

"기대 이상이에요. 정말 훌륭한 솜씨입니다. 내일부터 당장 함께 일했으면 좋겠어요."

나는 정말 뜻하지 않게 일자리를 얻게 되었다. 제인이 너무나 고마웠다. 너무나 감사해서 하나님께 기도 드리고 날아갈 듯한 기분이 되어 집으로 갔다. 그런 다음 나는 아이들에게 이 기쁜 소식을 알려주었다.

"엄마 힘들지 않으시겠어요? 거긴 시끄럽고 공기도 탁할 텐데."

영미의 말에 영창이도 고개를 끄덕였다.

내가 괜찮다고 하니까 아이들은 제인이 너무 고맙다고 했다. 나는 그후로 한국음식을 만들어 제인에게 대접했고 우리는 서로 좋은 이웃으로 자주 만났다. 영미와 영창이도 제인을 너무 좋아했다.

다음날 나는 쇼핑센터로 출근을 했다. 기술을 요구하는 일이라서 보수가 상당히 높았다. 그러면서도 손님들이 흡족해해서 나는 주인으로부터 아주 좋은 대접을 받으며 하루에 여섯 시간씩 3개월 동안 일했다. 열심히 일할 수 있도록 건강을 주시고 사람들에게서 인정받을 수 있도록 살펴주신 하나님께 나는 감사 기도를 올렸다. 참 행복한 나날들이었다.

돈 워리, 돈 워리

18. 울게 하소서!

공항에 도착하였고 노란 머리의 코가 큰 양부모가 내가 데리고 간 아이의 사진을 넣은 피킷을 들고 우리 앞으로 다가 왔다. 그러자 그 아이가 내 치마폭으로 파고들면서 애원하듯 말했다.

"나 도로 한국으로 가게 해 주세요……!"

이 노릇을 어찌하면 좋을지…… 가슴이 미어졌다. 그러자 주변 사람들이 내 치마폭에서 그 아이를 떼어냈다. 그 아이의 눈은 젖어 있었다. 울음과 원망을 볼에 가둔 채 그 아인 엄마! 소리도 지르지 못하고 양부모 될 사람에게 인계 되어가면서 마지막으로 뒤를 돌아보았다.

상처가 깊으면 마음이 병드는데, 그 아이를 위한 기도가 떠올랐다.

미국에 도착한 엄마와 함께한 영미와 영창

나는 이미 영주권을 받았기 때문에 석 달에 한 번씩은 미국에 들어가야 했다. 영주권 관련 법률상 그렇게 되어 있었다. 만일 한국에서의 체류가 늦어져 내가 기한 내에 미국에 입국하지 못할 경우 그 사유를 밝혀야 했다.

영주권을 받아서 이익이 되는 면이 있긴 하지만 1년에 몇 차례씩 비행기를 타는 것은 경제적으로 무척 벅찼다.

그러던 중에 내 돈을 들이지 않고 비행기를 탈 수 있다는 정보를 접하게 되었다.

홀트 아동복지회에서 아이들을 해외로 입양 보낼 때 그 아이들을 데려다 주는 인솔자에게 홀트 측에서 비행기의 왕복 좌석을 준다는 것이었다. 그 당시 그 비용이면 미국에서 3개월간 체류할 수 있는 금액이니 상당한 혜택이었다.

나와 남편은 우리 아이들을 만나러 갈 때 이 채널을 이용하기로 하고 어느 날 홀트 아동복지회를 방문하여 제반 사항에 대하여 알아보았다.

우선 아이를 동반하는 보호자로서의 소양 교육을 간단하게 받았다.

그러고 나서 아이가 입양될 나라와 날짜, 비행기편 등을 서로 맞춰가며 출발시간을 정한다.

홀트의 아이들을 데리고 갈 때는 항상 비행기 뒷좌석을 배정받게 된다.

기저귀를 갈거나 분유를 먹이거나, 아니면 아이들이 화장실에 자주 들락거리기도 하고 울기도 하니까 뒷좌석을 주로 받게 된다.

평소에 우유를 먹던 아이들은 별문제가 없다. 그러나 모유를 먹던 아이들은 우유병을 물려주면 아예 입에 대려고도 하지 않고 울어대는 통에 여간 고역이 아니다. 나도 그런 아이를 맡아서 데리고 간 일이 많았음에도 불구하고 홀트에서 모유를 먹었다는 생각은 하지도 못했다. 아이가 단단히 병이 나서 우유를 거부한다고 생각했는데, 나중에 알고 보니 그 아이가 홀트에서 어느 정도 모유를 먹어서 그랬던 거였다. 젖을 뗀 엄마들이 자원봉사자로 홀트에서 일하며 고아가 된 그 아이들에게 젖을 나눠 먹여주는 사람이 있었던 거였다.

아이들은 우는 게 의사 표현이므로 잘 운다. 울음을 그치게 하려고 힘든 줄도 모르고 아이를 안거나 업었다. 앉으면 울까봐 어떨 땐 계속 서 있을 때도 있는데 그럴 때마다 도움의 손길을 내미는 사람은 대개 외국인이었다. 자기 들이 안아줄 테니 좀 쉬라고 했다. 그때 그들의 친절이 그렇게 고마울 수가 없었다. 대개는 아이들이 서너 명씩 가니까 입양 가는 아이들이라는 걸 그들도 눈치챘다.

하늘이 주신 감동의 앙상블 조 트리오 이야기

나는 그 아이들을 고국에서 품어 기르지 못하는 것이 참으로 안타까웠고 약소국가인 한국인이라는 것이 부끄러웠다. 같은 한국인들이 도움의 손길도 주지 않으면서 시끄럽다고 인상 쓰는 것 또한 부끄러웠다.

하여간에 우는 아이들과 동반해서 비행기를 타는 게 무척 힘든 일어었다.

젖병을 뗀 아이를 맡은 적도 있었다. 우유를 먹일 일도 없고 기저귀를 갈 일도 없으니 이번엔 좀 수월하겠지 싶었다. 그런데 웬걸, 곤히 자다 깨서는 엄마를 찾으며 울어댔다. 이상하게 아이들은 하나가 울면 옆에서 따라 울어대는 거였다. 얼마나 안쓰럽고 가엾던지, 나도 애 키우던 사람으로서 안쓰럽고 견디기 힘든 일이라고 생각되었다.

애기를 두세 명 정도 데리고 가자면 대개는 인솔자가 두 명이어야 한다. 그런데 인솔자 혼자서 두 명을 데리고 갈 때도 있는데 그때는 정말 힘이 들었다.

한번은 철이 좀 든 아이를 데리고 간 적이 있었다.

이 아이야말로 잔손도 안 가고 엄마 찾을 리도 없으니 정말 수월하게 가겠구나 싶었다.

얼굴도 예쁘고 행동거지도 반듯해 보였다. 우리는 간식거리를 나눠 먹으며 좋은 시간을 보내고 있었다. 그런데 갑자기 그 아이가 나에게 지금 어디로 가는 거냐고 묻는 게 아닌가. 그 상황을 어떻게 어느 수준으로 설명해야 좋을지 난 당황했다. 홀트에서 입양 가는 아이들을 많이 보아왔고 설명 들었을 텐데 좀 걱정되었다. 그리고 보호자로서의 소양교육을 받을 때에도 그런 질문에 어떻게 대처해야 된다는 이야기는 없었다. 나는 양부모를 만나러 가는 거라고, 가서 행복하게 잘살 게 될 거라고 사실대로 말해 주었다. 그렇지만 그때부터 이 아이는 우리가 준비해준 새로운 간식거리에도 관심을 보이지 않고 우울한 얼굴을 좀체 풀지 않았다.

공항에 도착하였고 노란 머리에 코가 큰 양부모가 내가 데리고 간 아이의 사진을 넣은 피킷을 들고 우리 앞으로 다가왔다. 그러자 그 아이가 내 치마폭으로 파고들면서 애원하듯 말했다.

"나 도로 한국으로 가게 해 주세요……!"

이 노릇을 과연 어찌하면 좋을지…… 참으로 가슴이 미어졌다. 그러자 주변 사람들이 내 치마폭에서 그 아이를 떼어냈다. 그 아이의 눈은 이미 젖어 있었다. 울음과 원망에 젖은 그 아이는 엄마! 소리도 지르지 못한 채 장차 양부모가 될 사람에게 인계되어가면서 마지막으로 뒤를 돌아보았다.

상처가 깊으면 마음이 병드는데 이를 어찌할 것인가. 나는 문득 그 아이를 위한 기도가 떠올랐다.

이 아이를 울게 하소서!

세상을 배우기도 전에 제 어미 품에서 버림을 받은 아이가 그 상처가 채 아물기도 전에 이번엔 비행기로 날라와 외국에 버려진다고 생각했을 때 그 배신의 상처가 얼마나 깊었겠는가!

1972년부터 1983년까지 약 12년 동안 미국, 영국, 노르웨이, 독일, 캐나다 등지로 우리 부부가 데리고 나간 아이만도 몇십 명이 된다.

일반적으로 공항에 도착하여 비행기가 멈추면 승객이 다 내릴 때까지 우리는 앉은 자리에서 기다렸다. 홀트 직원들이 올라와서 아이들을 데리고 내

하늘이 주신 감동의 앙상블 조 트리오 이야기

리고 우리들은 양부모를 만난다. 이때 양부모들은 아이들을 데리고 오느라고 수고했다며 선물을 준비했다가 주는 이도 있었다.

아이들을 양부모에게 인계할 때마다 그 자리는 눈물바다가 된다.

아이들은 두렵고 무서워서 울고불고 양부모들은 그렇게 기다리던 아이를 만난 기쁨에 울고 우리들은 그 아이들이 불쌍해서 운다. 아이를 품에 안고 가면 그 짧은 시간에도 깊은 정이 들어서 헤어질 때 정말 그렇게 눈물이 났다.

나는 아이들을 인계하고는 항상 기도를 했다. 불쌍한 이 아이들이 두 번 버림받는 일이 없게 해달라고, 부디 좋은 양부모 밑에서 사랑받는 아이로 성장하게 도와달라고 기도했다. 그리고 부디 무탈하게 자라 그 나라에서 쓰임 받는 인재로 훌륭히 자라 달라고 애원했다.

나는 남편의 유학시절부터 삼남매 유학까지 수없이 많은 이별을 했고 그 과정에서 너무나 많은 이별의 아픔을 겪었다. 그래서 나는 어느 누구보다도 홀트의 아이들이 겪어야 했던 이별의 아픔을 잘 이해한다.

지금은 어디에서 어떻게들 살고 있는지…

내 치마폭에 얼굴을 묻고, 나 도로 한국으로 가게 해 달라고 매달리던 그 아이도 이젠 어엿한 성년으로 자랐을 것이다. 한국도 잘살게 되었으니 이제는 돌아와 모국의 품에서 살아도 좋을 텐데 어디에서 어떻게들 살고 있는지…… 가끔 그 아이들이 떠오를 때마다 불현듯 이런 생각이 든다.

홀트의 도움이 없었다면 비록 영주권이 있긴 했지만 나는 그렇게 자주 내 아이들을 돌보러 갈 수는 없었을 것이다. 그래서 나는 지금도 홀트에 감사함을 갖고 있다.

홀트 아동복지회는 미국과 한국에 각각 사장이 있는데 한국인 사장, 부청하 씨가 우리 교회의 집사였다. 그의 부인 박영애 씨가 우리 사정을 이해하며 많은 도움을 주었다. 나는 지금도 그 고마움을 잊지 않고 있다.

홀트로 가면 20만원의 기부금으로 미국 왕복비행기표가 주어졌다.

홀트의 어린 아이들을 양부모에게 인계하고 난 후 나는 내 아이들이 사는 곳으로 가기 위해 비행기나 버스로 갈아탔다. 그러고는 사랑하는 우리 아이들을 볼 기쁨으로 여행에서의 우울과 피곤도 잊었다.

홀트의 아이들을 데리고 가면 짐은 얼마든지 가지고 갈 수가 있었다.

이것 또한 홀트 아이들과 동반하는 이점 중 하나였다. 우리 아이들은 한국 음식을 너무나 좋아했으므로 난 늘 짐이 많았다. 보통 이민 가방처럼 큰 것 두세 개씩을 갖고 다녔다.

케네디 공항에서 리무진을 타고 뉴욕 다운타운 33번가에 내려서 한 십분 정도 걸어가서 다시 34번가로 간 다음 거기서 볼티모어로 가는 그레이하운드 버스를 타야 했다.

당시 33번가에서 34번가의 거리엔 불량해 보이는 흑인들이 득실거리는 우범지역이었다. 그 거리에 들어서면 너무나 무서워서 나는 매번 가슴을 졸이면서 무거운 짐을 양손에 질질 끌면서 갔다. 혼자 가지고 가기엔 너무 많은 짐이었는데도 무사히 지나가게 해달라고 기도하는 데 정신이 팔려 있어서 무거운 줄도 몰랐다. 그곳을 무사히 빠져 나와 버스에 짐을 부리고 나서 승차하게 되면 그때서야 안도의 한숨과 감사의 기도가 절로 나왔다.

아이들은 그때 한참 성장할 시기라서 식욕이 왕성했을 것이다. 냉장고를

하늘이 주신 감동의 앙상블 조 트리오 이야기

열어보면 거의 텅 비어 있었다. 그걸 보면 가슴이 아파서 다음번엔 더 많이 가져와야지 마음먹게 된다. 내가 짐을 풀어 냉장고를 가득 채워 놓고 나면 아이들은 번갈아 가며 냉장고 문을 한두번씩 열어본다.

"우와, 맛있겠네!"

"엄마 수고 많으셨어요. 고맙습니다."

아이들이 좋아하는 걸 보면 가슴이 뿌듯하고 행복해진다. 우리 아이들은 좋은 음식을 보면 함께 고생하는 친구들 생각이 난다며 그애들과 나눠 먹고 싶어했다. 우리 아이들은 그렇게 정이 많았다. 그래서 나는 짐을 풀어 놓고 나면 곧바로 슈퍼마켓에 가서 장을 봐 왔다. 음식을 충분하게 준비하여 아이들과 알고 지내던 한국 유학생들을 집으로 초대해서 함께 모여 마음껏 먹을 수 있도록 준비하곤 했다. 성장기 아이들이고 한국을 떠나온 지가 오래되어서 고향의 맛, 조국의 맛을 그리워했기에 함께 맛있게 먹으면서 즐겁게 떠드는 아이들을 보면 너무나 뿌듯했다. 아이 키우는 사람은 아마도 모두 그런 마음일 것이다.

나는 영주권 문제도 해결할 겸 미국에 들어가면 보통 한두 달씩 머물며 아이들의 생활을 보살폈다.

나와 함께 생활하면 아이들이 활력을 되찾고 기가 살았다. 그렇게 한두 달 생활하고 나면 여름 나무처럼 무럭무럭 잘 자라났던 것이다. 뿌리가 깊은 나무는 제 아무리 거센 바람이 휘몰아쳐대도 절대 흔들리지 않는다. 부모의 보살핌과 사랑으로 성장한 사람은 어떤 고난이 닥쳐와도 자존을 잃지 않는 법이다. 또한 자기를 사랑하듯 남을 사랑할 줄 알며 사소한 도움일망정 감사하는 마음으로 생활할 줄 안다.

19. 최초는 최고의 다른 이름

독일은 선진화되고 체계적인 음악교육을 통하여 세계적인 음악가를 꾸준히 배출해내고 있었다. 당시 독일 정부에서 유학생에게 주는 장학금은 석사과정의 데아데(DAAD) 와 박사과정의 훔볼트(Humboldt)가 있었다. 장학생으로 선정이 되면 학비 전액과 왕복 항공료와 생활비까지 지원해주었다. 그 때문에 이 장학제도의 혜택을 받기 원하는 음악도들이 세계 각국에서 몰려들었다. 국내에도 독일로 유학 가고자 하는 지원자들이 많았기 때문에 시험을 치러야 했다. 일단 연주를 녹음한 테이프를 독일 정부에 제출하여 통과해야 했다. 시험은 문교부에서 주관했으며 모든 과목을 영어로 써내야 했다.

이 때 영방이는 우수한 성적으로 합격하였다. 그리고 우리나라에서 대학생 최초로 데아데 장학금을 받게 되었다.

영방의 협연 후 지휘자 원경수 선생님과 함께.

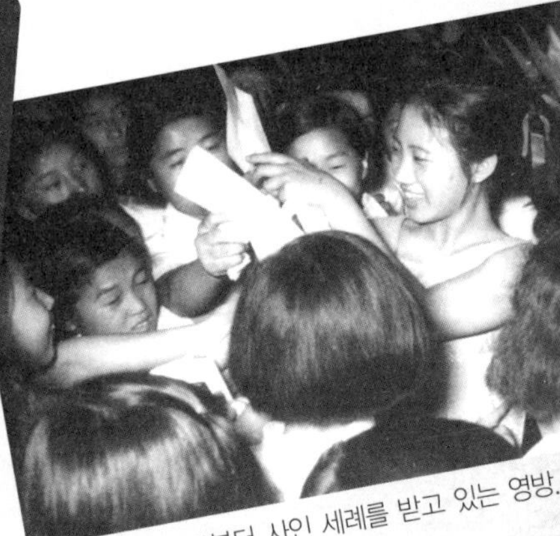

참석한 아이들로부터 사인 세례를 받고 있는 영방.

1972년 영방이에게 좋은 무대에 설 기회가 주어졌다.
서울시립교향악단과 협연하게 된 것이다.

원경수 선생의 지휘 하에 윤이상 선생의 〈아악〉 교향곡과 모차르트의 피
아노 협주곡 KV 488번 A장조를 연주하였다. 그날은 매우 큰 무대였는데 좋
은 연주였다는 평을 받았다.

또한 각계에서 많은 관심이 쏟아졌다. 그 연주회에 참석했던 서독 대사관의
문정관 선생으로부터 영방이가 독일로 유학할 수 있는 길을 돕겠다는 연락이
왔다.

독일은 선진화되고 체계적인 음악교육을 통하여 세계적인 음악가를 꾸준
히 배출해내고 있었다. 당시 독일 정부에서 유학생에게 주는 DAAD장학금
이 있었다. 장학생으로 선정이 되면 학비 전액과 왕복 항공료와 생활비까지

최초는 최고의 다른 이름

지원해주었다. 그 때문에 이 장학제도의 혜택을 받기 원하는 음악도들이 세계 각국에서 몰려들었다.

국내에도 독일로 유학 가고자 하는 지원자들이 많았기 때문에 시험을 치러야 했다. 일단 연주를 녹음한 테이프를 독일 정부에 제출하여 통과해야 했다. 시험은 문교부에서 주관했으며 모든 과목을 영어로 써내야 했다.

이 때 영방이는 우수한 성적으로 합격하였다. 그리고 우리나라에서 대학생 최초로 데아데 장학금을 받게 되었다.

독일정부가 인정하는 장학생이 된 영방이는 이제 독일의 여러 대학 중에 어느 대학을 갈 것인가를 선택할 차례였다.

교수들을 만나보고 나서 학교를 선택하는 게 좋을 것 같다고 남편이 직접 독일로 날아갔다. 쾰른, 뮌헨, 에쎈, 함부르크 등의 8개 국립대학을 두루 시찰한 다음 그곳 교수진들에 대해 남편은 자세히 알아보았다. 그런 다음 쾰른국립음악대학이 좋겠다고 결정했다.

당시의 쾰른 음악대학에는 세계적으로 명성을 얻고 있는 피아니스트 콘타르스키 교수와 첼리스트 팔름 교수가 재직하고 있었다.

영방이는 쾰른 음악 대학 입학시험에 합격하였고 콘타르스키 교수의 오디션에도 무난히 합격하였다.

이렇게 해서 영방이는 앞서 따놓은 독일 정부 장학금의 수혜자가 되었다.

쾰른 음대에 입학한 영방이는 기숙사에서 생활했다.

기숙사는 숲으로 둘러싸여 있어서 매우 한적하면서도 쾌적하였다.

세계 각국에서 온 음악도들과 함께 생활했다. 자기 나라에서 이미 음악적 자질을 인정받은 오십여 명의 음악도들이 공부하고 있었다.

하늘이 주신 감동의 앙상블 조 트리오 이야기

학생들에게는 각각 방 한 칸씩이 배정되었다.

방에는 학생들에게 필요한 가구일체가 구비되어 있긴 했지만 규모는 좀 작았다. 영방이의 경우엔 여기에 아프라이트 피아노까지 들여 놓아서 기지개를 켜기도 어려울 정도로 협소했다.

음악학교이므로 마음 놓고 악기 연주를 할 수는 있었지만 밤 열시 이후부터 아침 아홉시 이전에는 악기 연습이 허용되지 않았다.

음악이라는 공동 과제를 갖고 함께 공부하는 친구이자 경쟁자로서 상대방의 차이를 인정해주고 배려하면서 생활해야 했고 학교 측의 크고 작은 규약을 지켜야 했다.

한편, 독일 정부 장학금을 받는 학생은 3개월간 '괴테 인스티튜트'에서 전통 독일어 문법을 공부해야 했다. 영방에게는 체계적인 독일어 문법을 공부할 수 있는 좋은 기회였다.

영방이가 연주하는 많은 곡들이 독일 작곡가의 곡이었다. 독일어를 배우고 익힘으로 해서 그 노래가 가지고 있는 정서를 좀 더 깊이 이해할 수가 있게 되었을 터였다.

일상 언어는 보통 영어로 하고 학교 수업은 독일어로 진행되기 때문에 두 언어가 나날이 향상되는 것은 유학생만이 챙길 수 있는 특별 보너스였다.

최초는 최고의 다른 이름

남편이 독일가곡을 우리나라에 전파한 공로로 독일 정부로부터 '대십자공로훈장'을 받게 되었다. 이 훈장은 정치, 경제, 사회, 학문에 뛰어난 업적을 이룬 사람들을 기리는 것으로 독일 정부가 민간인에게 수여하는 가장 큰 훈장이다.
국내에서는 고 김대중 대통령, 고 김수환 추기경, 고려대 이기수 총장 등이 수훈한 바 있다.

1 김자경 등 음악가들과 축하 리셉션을 함께 한 남편
2 1973년 독일 정부로부터 대십자공로훈장을 받는 남편
3 지휘자 카라얀과 함께 한 남편

남편이 독일가곡을 우리나라에 전파한 공로로 독일 정부로부터 '대십자공로훈장' 을 받게 되었다.

이 훈장은 정치, 경제, 사회, 학문에 뛰어난 업적을 이룬 사람들을 기리는 것으로 독일 정부가 민간인에게 수여하는 가장 큰 훈장이다.

국내에서는 고 김대중 대통령, 고 김수환 추기경, 고려대 이기수 총장 등이 수훈한 바 있다.

'1973년 3월 13일 금요일'

그런데 하필 이날 나는 홀트의 아이들을 인솔하고 뉴욕으로 가기로 약속이 잡혀 있었다.

남편의 수상은 참으로 영광스런 일이었지만 홀트 측과의 약속을 파기 할 수는 없는 일이었다. 하필이면 일이 이렇게 겹치다니, 마음이 아팠지만 할 수 없이 나는 뉴욕 행 비행기를 타기로 했다.

그런데 평소 알고 지내던 미숙 엄마가 찾아왔다.

"조 선생님이 그렇게 큰 상을 받는다니 그래 얼마나 좋아요. 축하드린다고 꼭 좀 전해 주세요."

"네, 그러지요. 고맙습니다."

그러더니 미숙 엄마가 얼마간 한숨을 깊게 내쉬었다.

"우리 딸한테 뭘 좀 선물할 게 있는데……."

미숙 엄마는 간절히 원하는 눈빛으로 날 쳐다보았다.

"가는 길에 좀 가져다줄 수 있겠어요? ……아무래도 어렵겠지요?"

나도 자식 키우는 사람으로서, 딸에게 가보지 못하는 엄마의 심정이 오죽할까 싶었다.

"뭘 전해주면 되는데 그래요?"

"별거 아니고 옷가지 몇 벌이에요. 도착하면 우리 미숙이가 미리 나와 있을 거니까 신경쓰지 않으셔도 돼요."

나는 그녀의 청을 들어주겠다고 했다.

가져온 짐을 보니까 옷이라서 부피가 좀 되었지만 그리 무겁진 않아서 난 그다지 신경 쓰지 않았다. 이때도 물론 홀트 아이와 동행했기 때문에 짐은 많이 가져 갈 수가 있었다.

그때는 서울에서 뉴욕까지 가는 직항 노선이 없었기 때문에 앵커리지에서 내려 비행기를 한번 갈아타야 했다. 앵커리지 공항에서는 승객들의 짐을 검사하게 되어있었다.

그때 공항 검사원이 내게 신고할 사항이 없는지 물었다. 나는 당연히 신고할 사항이 없다고 말했다. 그런데 검사원이 내가 가지고 있는 짐 중에서 미숙 엄마가 맡긴 가방을 들고 갔다.

'저 사람 할일도 되게 없네. 겨우 옷 몇 벌인데 그걸 뭐 하러 가져다 저

하늘이 주신 감동의 앙상블 조 트리오 이야기

기다 놓는담.'

나는 그렇게 생각하면서 느긋하게 검사원의 행태를 지켜보았다.

잘못 들고 와서 곧 내려놓을지도 모른다는 생각이 들 정도로 그는 매우 기계적이고 사무적으로 가방을 검사대에 올려놓았다. 그러고는 갑자기 지퍼를 열더니 가방을 거꾸로 들고 쏟았다.

"와르르르……!"

그런데 이게 어찌된 영문이란 말인가. 가방에서 쏟아진 것은 흔히 냉면그릇으로 쓰는 양은 대접 열 두 개였다!

끈으로 묶지 않고 옷으로 둘둘 말아 쌌기 때문에 열두 개의 양은 대접이 와르르르 방정맞은 소리를 내며 사방에 흩어졌고 더러는 검사대 아래로 나동그라지기도 했다.

검사원이 이게 어떻게 된 거냐며 나를 의심스러운 눈초리로 째려보았다.

나는 분명 옷가방인줄 알고 가져 왔는데?

좀 야단스럽게 소리가 나긴 했지만 그래봤자 가격으로 따져봐야 얼마 나가지도 않을 양은대접 열두 개라 그때 나는 가볍게 생각했다.

그런데 검사원의 얼굴이 벌개졌다.

"이거, 장사할 목적으로 가지고 온 거 아닙니까?"

"그럴 리가요? 그건 내 물건이 아니라 남의 심부름을 한 거랍니다."

나는 그의 오해와 의심에 대하여 손을 내저으며 강력하게 부정했고 있는 그대로의 사실을 말했다.

'그릇 장사라니, 내가 누구의 아내이며 누구의 엄마인데……'

양반은 추워도 곁불을 쬐지 않는 심정으로, 나는 그때 고개를 빳빳이 들고는 오히려 검사원을 나무라는 표정을 지어 보였다.

검사원이 살짝 코웃음을 치더니 공항에서 근무하는 한국인 여직원을 불러왔다. 검사원은 말이 통하지 않아 답답했던 모양이었다.

그런데 여직원이 불려 왔는데 이건 또 어찌된 영문인지, 생면부지의 그 여직원이 나를 보더니 자기 이모라도 만난 듯이 반색을 하며 손을 입에 가져다 대며 살짝 놀라고 있었다.

이번 여행에서는 도깨비가 동행을 했나 싶었다. 이해할 수 없는 상황이 연속으로 전개되었다. 분명히 그곳은 앵커리지 공항이고 나는 사돈네 팔촌도 아는 사람이 없었기 때문에 필시 나를 다른 사람으로 착각했을 거라 생각했다.

그런데 그 여직원이 겸손한 손길로 나를 잡으며 상냥한 목소리로 물었다.

"어머, 조상현 선생님 사모님 아니세요?"

나는 귀가 번쩍 띄었다. 그 여직원은 진명여고 재학시절 우리 남편한테 음악 수업을 받았노라고 했다.

나는 조카처럼 살갑게 구는 그 여직원에게 자초지종을 설명했다.

'옳지, 이제 검사원 당신이 나에게 사과할 차례다. 이건 마약도 아니고 보석도 아닌데 밀수할 까닭이 없지 않은가. 난 단지 심부름을 한 것에 불과하니 말이다.'

내가 이런 생각을 하고 있는데 그 여직원이 안타까운 듯이 나에게 말했다.

"사모님 입장은 잘 알겠습니다. 하지만 여기서는 그런 변명이 안 통해요. 처음부터 사실대로 이런 물건을 가져간다, 라고 밝히셨으면 좋았을걸 그랬어요. 제가 도움을 드릴 수 없어서 매우 안타깝습니다, 죄송합니다."

뜻밖의 조력자를 만났는가 싶었는데 그 여직원의 얘기를 들으니 갑자기 눈앞이 캄캄해졌다. 그 여직원은 자기 자리로 돌아갔고 나는 조사실로 끌려갔다.

하늘이 주신 감동의 앙상블 조 트리오 이야기

나는 그때의 일을 써야 할지 말아야 할지 잠시 망설여진다. 그러나 기왕에 작정하고 나선 길, 부끄러움을 무릎 쓰고 사실대로 기술하기로 마음먹는다.

조사실로 끌려간 나는 거기서 거의 알몸 수색을 당하는 수모를 겪어야 했다.

지퍼를 열 때 쏟아지던 양은그릇의 그 방정맞은 소리가 눈앞에 다시 한 번 선연히 재생되었고 나는 억울해서 왈칵 눈물을 쏟았다.

안된다고 할걸, 나는 왜 사서 이 고생을 하고 있나. 내 자신이 바보 같다는 생각을 지울 수 없었다.

마치 밀수꾼을 대하듯 이것저것 조사를 받다보니 많은 시간이 지체 되어 비행기가 뜰 시간이 되고 말았다. 그 때문에 내가 맡았던 홀트 아이는 나와 함께 왔던 다른 인솔자에게 맡겨졌다. 본의 아니게 그 사람에게 혼자 세 명의 아이를 데리고 가는 수고로움을 끼치게 된 것이다.

나는 다음 비행기를 타야 했으므로 날 기다리고 있을 아이들에게 전화로 연락을 해서 내가 지금 너무나 어처구니없는 일을 당하고 있음을 알려 달라고 여직원에게 부탁했다.

나는 그 자리에서 2백 불의 벌금을 부과 받고 풀려났다.

나중에 안 사실이지만 그때 놀란 아이들은 남편에게 이를 알렸고, 홀트와, 필유일 목사님에게도 그 사실을 전했다. 그러니까 내가 공항에서 불미스럽게 몸수색을 당하고 있는 상황을 생중계한 것이나 마찬가지였다. 내 평생 동안 그때처럼 창피하고 황당한 일이 또 있을까 싶었다. 어쩜 영원히 기억하고 싶지 않은 그날의 그 풍경이기도 하다.

21. 지음지기에 대하여

"너희들은 숙명적으로 만난 '지음지기'이니라. 그런 지복을 스스로 차버리려고 하니 참으로 아빠 마음이 매우 안타깝구나!"

아이들은 마음을 진정시키고 자기 자신의 내면을 성찰 하는 시간을 가졌다.

그리고 우리 식구는 화합을 위한 기도의 시간을 가졌다.

그렇게 '조 트리오'가 탄생되기 위하여 산통을 겪고 있었다. 새로운 출발을 위하여 한 바탕의 회오리가 스쳐 지나갔다.

1975년 영미 · 영창의 듀오음악회

영방이가 쿼른 음대에서 열심히 공부하고 있었다.

영미와 영창이도 열심히 연습하여 크고 작은 대회에 나가 실력을 인정받았다.

영창이는 1975년 2월, 미국텍사스의 오데사 미드랜드 교향악단이 주최한 전미全美 콩쿨에서 영예의 1등을 차지해 상금으로 1,000 달러를 받았다. 이어서 오데사 미드랜드 심포니 오케스트라와 협연하면서 음악인으로서의 국제적인 위상을 자리잡아 나갔다.

같은 해 4월에 영미와 영창이는 커티스 음악학교에서 2인 발표회를 가졌다. 이때 교수와 학생들로부터 많은 찬사를 받은 것은 물론이거니와 명문, 커티스 음악학교에 코리아Korea라는 이름을 확실하게 심어준 계기가 되었다.

세 남매는 그 무렵 그동안 막연하게 꿈꿔왔던 삼중주에 대하여 구체적으로 이야기했던 것 같다.

처음부터 작정한 것은 아니었지만 서로 음악공부를 하다가 보니 피아노, 바이올린, 첼로 이렇게 트리오를 구성하고 있었다.

삼남매가 트리오를 구성하여 호흡을 한다면 얼마나 좋겠는가.

그렇지만 연주라는 것이 혼자하기에도 지치고 힘든 일인데 셋이 함께 하기란 결코 쉬운 일은 아닐 터였다. 앙상블의 세계는 무엇보다도 절제와 화합이 전제되어야만 아름다운 음악이 나올 수가 있다. 그러나 누가 통제하는 사람 없이 자기주장을 하게 되면 음악도 살려내지 못하고 서로 상처를 받을 수도 있기 때문이다.

자칫 잘못하다가는 크나큰 상처를 입고 삼남매 서로간의 우애에 금이 갈 수도 있기 때문에 우리 부부는 굳이 하라, 마라 간섭하지 않고 그냥 지켜보고 있었다.

아이들은 일단 함께 모여서 삼중주 연습을 한번 해보겠고 했다.

그때 남편이 아이들에게 한 마디 해주었다.

"너희들이 준비하고 있는 이 일이 또 하나의 기회를 잡기 위한 시초가 될 것이다. 그 연습의 끝에 무슨 열매가 달려 있는지는 하나님만이 알고 계시겠지만 서로 양보해가며 우애가 서로 상하지 않도록 각별히 조심하길 바란다."

그런데 셋이서 함께 모여 연습을 하려면 그에 걸맞는 공간이 필요했다. 다른 분야 같으면 연구실이나 아파트 같은 데서도 공동 작업을 할 수가 있지만 음악은 소리가 퍼져나가는 공간까지 필요하기 때문에 장소 물색에 많은 어려움이 따랐다.

이러던 차에 방학이 되었다. 학생들이 집으로 돌아갔고 영방이가 묵고 있

하늘이 주신 감동의 앙상블 조 트리오 이야기

는 학교 기숙사엔 빈 방이 많이 남았다. 빈방을 학생의 가족이 와서 묵어도 된다고 했다. 게다가 기숙사에는 큰 홀이 있어서 여기서 연습을 할 수도 있었다.

우리 삼남매는 그 빈방에 함께 합숙하며 연주할 수 있는 좋은 기회를 얻게 되었다.

나는 자주 아이들을 방문했고 남편도 기회만 있으면 함께 가서 아이들의 연주를 지켜봐 주었다.

형제들일망정 함께 화음을 맞추다보니 처음엔 마찰과 균열이 생기기 시작했다. 남남끼리면 불만이 있어도 속으로 삭여서 넘어갈 일도 형제끼리니까 서로 고집을 부려서 자주 충돌했다. 또한 느긋한 성격을 지닌 영창이가 때때로 연습시간에 늦는 바람에 누나들을 기다리게 하는 문제로 시끄러웠다. 영미는 성격이 곧은 편이라서 잘못된 부분을 그때그때 짚고 넘어가려 했기 때문에 연습이 중간에 자주 멈춰지게 되면서 충돌이 생기기도 했다. 그러면 대개는 맏이인 영방이가 중재에 나섰다. 따끔하게 충고를 하기도 하고 달래기도 하면서 리더 역할을 담당해서 차츰 조율이 되어가긴 했다.

그러나 더러는 음악으로 시작된 마찰이 심각한 언쟁으로 번질 때도 있었다. 이럴 땐 남편과 내가 중재자로 나설 수밖에 없었다. 아이들에게 무엇이 문제인지 솔직히 지적해주고 오해를 풀게 도왔다.

그리고 이 과정에서 어려운 고비도 많았다. 혼자 하면 겪지 않아도 될 문제가 발생하게 되는데 이때 세 사람 중에 누구든 한 사람이라도 마음을 달리 먹었다면 삼중주는 와해되게 마련이었다.

어떤 때는 삼남매 트리오가 와해되기 일보직전까지 치올라간 일도 있었다.

“절대로 함께 연주 안 해, 평생토록 영원히!”

영미가 그렇게 앙칼지게 선언했을 때 뒤이어 영창이 또한 단호하게 일갈했다.

“나도!”

자식들 입에서 이런 말이 나올 때 나는 무척 마음이 아팠다.

“너희들 지금 부모 앞에서 할 소리냐?”

나는 너무 화가 나서 한 마디 하지 않을 수가 없었다.

“형제를 미워하면 그건 곧 부모에게 불효를 하는 것이야…… 너희들 음악한다면서 고작 이것밖에 안 되는 아이들이었냐고!”

내가 그렇게 화를 냈는데도 아이들은 눈도 깜짝하지 않고 더 이상은 못하겠다고 서로 고집들을 피우며 속을 썩였다.

이에 나도 아이들에게 실망했지만 한편으론 ‘그래, 서로 못하겠으면 안 하면 되는거지 어떻게 하겠어’, 그런 생각도 들었다.

그러나 그런 맘은 금세 가라앉고 이게 다 내가 잘못 키운 탓인 것 같아서 자책감이 들었다. 나는 두 무릎을 꿇고 기도했다. 음악인으로 출세며, 성공 여부를 다 떠나서 아이들의 마음이 서로 흩어지지 않게 도와달라고 하나님께 간구했다.

남편도 함께 기도하면서 이 문제를 어떻게 풀까 하고 깊은 고민을 했다.

많은 시간을 기도하고 고민했던 남편이 세 아이들을 불러 모았다.

남편은 차분하게 옛날이야기를 하듯이 이야기 한 토막을 들려 주었다.

『열자列子』의 「탕문편湯問篇」에 나오는 이야기이다.

하늘이 주신 감동의 앙상블 조 트리오 이야기

중국 춘추전국시대의 진나라에서 거문고룰 잘 타는 백아라는 사람이 있었다.

백아가 달 밝은 밤에 호젓하게 앉아 한 곡을 다 마쳤는데, 추임새를 넣는 목소리가 들렸다.

"하늘 높이 우뚝 솟는 느낌은 마치 태산처럼 웅장하구나!"

백아가 자신의 마음을 거문고 곡조에 풀어내며 연주 삼매경에 빠져서 또 한곡을 뜯었는데, 이번에도 어김없이 맞장구를 쳐주었다.

"도도하게 흐르는 강물의 흐름이 마치 황하 같구나."

백아는 너무 놀라서 돌아보니 거기엔 나무꾼이 한 사람 있었다. 백아는 이 사람의 음악적 식견이 남다른 데에 마음이 끌렸다.

"당신은 진정 나의 소리를 아는 분이십니다."

두 사람은 반갑게 수인사를 나누게 되었다. 그의 이름은 종자기鍾子期였으며, 평생 산지기 노릇을 한 필부에 불과하였다.

어느 날 두 사람이 놀러 갔다가 갑자기 비가 쏟아져서 동굴로 피신했다. 백아는 동굴에서 빗소리에 맞추어 거문고를 당겼다. 처음에는 비가 내리는 곡조인 임우지곡霖雨之曲을, 다음에는 산이 무너지는 곡조인 붕산지곡崩山之曲을 연주하였다. 종자기는 그때마다 그 곡이 의미하는 바가 무엇인지를 정확하게 해석해 냈다.

자기의 연주를 이해해주는 친구를 만난 덕분에 백아는 거문고 연주에 크나큰 즐거움을 누리며 매진했다. 마침내 음악교육을 담당하는 높은 자리에 앉게 되었을 무렵의 어느 날 종자기가 병사 했다는 소식을 듣게 된다. 백아는 애석한 마음으로 그의 무덤에 찾아가서 애곡哀曲을 연주한다.

"종자기 같은 지음지기知音知己도 없는데 거문고를 연주해서 무엇 하랴."

백아는 그 자리에서 거문고의 줄을 끊어버렸다. 그러고 나서 그는 죽을 때까지 거문고 연주를 하지 않았다.

이 아름다운 우정이 회자되면서 백아절현伯牙絶絃이라는 고사성어가 생겨났다.

아빠의 이야기를 귀담아 듣던 아이들은 잠시 숙연해졌다.

남편은 이어서 덧붙였다.

"너희들은 숙명적으로 만난 '지음지기'이니라. 그런 지복을 스스로 차버리려고 하니 참으로 아빠 마음이 매우 안타깝구나!"

아이들은 마음을 진정시키고 자기 자신의 내면을 성찰하는 시간을 가졌다. 그리고 우리 식구는 화합을 위한 기도의 시간을 가졌다.

그렇게 '조 트리오'가 탄생되기 위하여 한 바탕의 회오리가 스쳐 지나갔다. 새로운 출발을 위한 산통이었던 것이다.

하늘이 주신 감동의 앙상블 조 트리오 이야기

22. '조 트리오'라는 이름으로

하나님의 은총이 없이 인간의 바람만으로는 도저히 이루기 힘든 일이었다.
'조 트리오'라는 새로운 음악의 출발점에서 우리 세 아이들은 의기투합해 밤낮없이 연습했다. 서로 서로 격려해 가며 정말 열심히 연습에 매진했다. 에어컨도 없는 좁은 방에서 날씨가 연일 35도를 웃돌아 손에서 땀이 줄줄 흐르는데도 수건을 옆에 갖다 놓고 닦아가며 고군분투 했다.

독일 뮌헨 콩쿨 입상자 연주 후
콘타르스키 교수님과

나는 아이들의 미국에서 공부를 마치고 독일에 갔을때는 홀트 아이들을 인솔하고 구라파 쪽으로 가서, 내 아이들을 돌보았다.

아이들은 다시 평상심을 회복하고 심기일전하여 열심히 연습을 했다.

그러던 차에 '뮌헨 국제콩쿨'이 열린다는 정보를 입수하게 되었다. '뮌헨 국제콩쿨'은 1970년대의 가장 권위 있는 콩쿨이었다.

아이들은 누가 먼저랄 것도 없이 이 대회에 나가자고 결의했다.

이제부터 우리의 정식 명칭은 '조 트리오'다!

그 소리를 듣는 순간 나는 물론 남편이 감개무량해 했다.

음악가로서 삼남매를 자식으로 두었고 그 삼남매가 아버지로부터 물려받은 성姓으로 트리오를 결성한다는 일이 얼마나 축복받은 삶인가.

하늘이 주신 감동의 앙상블 조 트리오 이야기

이것은 부모가 하고 싶다고 해서 되는 일도 아니고, 또한 아이들이 하고 싶다고 의지를 갖고 덤벼들어도 그 뜻이 이루어지는 것도 아니다.

한 집안에서 트리오가 결성되기 위해서는 다음 세 가지 요건이 충족되어야 한다.

첫째, 아이들에게 재능이 있어야 하고,
둘째, 부모의 뒷바라지가 있어야 하고,
셋째, 세 사람의 마음이 합쳐져야 한다.

그리고 하나님의 은총이 없이 인간의 바람만으로는 도저히 이루기 힘든 일이었다.

'조 트리오'라는 새로운 음악의 출발점에서 우리 세 아이들은 의기투합해 밤낮없이 연습했다. 서로 서로 격려해 가며 정말 열심히 연습에 매진했다. 에어컨도 없는 좁은 방에서 날씨가 연일 35도를 웃돌아 손에서 땀이 줄줄 흐르는데도 수건을 옆에 갖다 놓고 닦아가며 고군분투 했다.

나는 땀으로 빠져 나가는 원기를 보충하고자 아이들 입맛에 맞게 식단을 짜서 음식을 준비했다.

대회 날짜가 다가올수록 우리 식구는 혼연일체가 되어 각자가 맡은 역할을 묵묵히 소화해 냈다. 조 트리오의 삼중주는 날로 향상되었고 삼남매의 마음도 나날이 조율이 잘되어 어느덧 서로 화기애애해 졌다.

말하자면 우리 삼남매는 그 어느 때보다도 컨디션이 좋은 상태에서 대회에 참가할 수가 있었다. 주최 측에서는 숙식을 제공해 주었기 때문에 우리는 모두 하루 전날 대회장으로 나갔다.

'조 트리오'라는 이름으로

아홉 팀이 출전했는데 모두 화려한 수상 경력을 자랑하고 있었다.

그런데 특이하게도 뮌헨콩쿨은 출전한 세 사람의 나이를 합쳐 100을 넘기면 안 된다는 규약이 있었다.

이때 영창 19, 영미 21, 영방 23세여서 참가 팀 중에 제일 나이가 어렸다.

순서를 기다리는 동안 내 머릿속으로 많은 생각들이 주마등처럼 떠올랐다가 사라져 갔다.

삼남매가 서로의 의견을 주장하며 옥신각신하던 모습과 평생 함께는 연주를 안하겠다고 우겨대던 모습, '건강 노력 부모 조국 감사'를 복창하던 어린시절의 모습, 얼굴에서 땀이 비 오듯 떨어지는 그 여름날에 연신 땀을 훔치며 거듭 연습에 열중하던 모습이 머리를 스쳐가는 동안 '조 트리오'의 이름이 호명 되었다.

드디어 '조 트리오'가 국제석인 음악콩쿨에서 공식적으로 첫발을 내딛은 것이었다.

나는 너무도 벅찬 가슴을 누르며 객석에 앉아 무대를 주시했다.

모드들 잘 갖춰 입은 조 트리오가 무대에 올라가자 많은 박수가 쏟아졌다. 다른 사람이 보기에도 친 남매지간이라는 걸 한 눈에 알아볼 정도로 내 아이들은 서로 닮았다. 외국 사람이 보기에는 아마 더 그럴 것이다. 가끔 영미와 영방이를 혼동하는 경우도 많이 보았다.

무대 위에 선 조 트리오는 객관적으로 보아도 정말 젊고 아름다웠다.

연주는 시작되었고 나는 기도를 올렸다.

내가 할 일은 실수하지 말고 닦은 기량을 온전히 펼칠 수 있도록 도와달라는 기도밖엔 없었다.

영방이의 피아노 선율에 화려하게 수를 놓는 영미의 바이올린 소리, 거기

하늘이 주신 감동의 앙상블 조 트리오 이야기

에다 고요하면서도 깊이 있게 곡을 해석해 나가는 영창이의 첼로 소리가 한데 어우러지면서 대회장에 울려 퍼졌다.

아름다운 화음과 선율로 화합하면서 세상을 수 놓는 우리 아이들의 연주 소리에 난 그만 벅찬 감동을 했고, 그 순간 나도 모르게 두 눈에서 눈물이 흘러내렸다.

"주여, 이 아름다운 아이들을 보내 주신 우리 주 예수그리스도를 사랑하나이다!"

연주가 끝나자 장내에는 천장이 무너질 듯 우레와 같은 박수갈채가 쏟아졌다. 사랑스러운 삼남매는 서로 손을 마주 잡고 그에 답례를 보내고 있었다.

이어서 까다롭기로 정평이 나 있는 심사과정이 진행되었다.

나는 담담하게 발표를 기다렸다. 이미 조 트리오는 음악인으로서의 마음가짐과 자세를 갖추었으니 서둘지 않고 반듯하게 걸어가다 보면 앞으로 더 훌륭한 연주를 할 수 있을 거라는 확신이 들었다. 그리고 내가 할 일은 아이들이 지치지 않고 연주에 정진할 수 있도록 옆에서 위로와 격려를 하는 거였고, 시간이 날 때마다 하나님께 기도하는 것뿐이었다.

마침내 기다리던 심사 결과가 발표 되었다.

1, 2등 없이 3등과 특별상만 선정하였다는 사회자의 설명이 있었다.

이날 조 트리오는 뜻밖에도 특별상을 받았다.

사회자의 입에서 코리아라는 말이 장내에 울려 퍼질 때 가슴이 너무 뛰어서 나는 숨을 몰아쉬어야 했다. 귀가 멍멍하고 갑자기 멍해 진 듯해서 솔직히 조 트리오라는 말은 듣지 못했다. 코리아 팀은 '조 트리오' 하나뿐이어서 우리 삼남매가 그 수상자가 된것을 알았을 뿐이다.

'조 트리오' 라는 이름으로

그 여름날 내내 정말 열심히 최선을 다하고 받은 상이므로 여한 없이 충분히 기뻤다.

이로써 조 트리오는 한국 최초로 피아노 트리오로 국제무대에 나가 수상하게 되었다. 아울러 우리 삼남매는 이 대회를 통하여 '조 트리오'라는 팀 명칭을 세계에 공인시켰다.

세계 음악계에서는 한국이라는 나라와 조 씨 가문의 삼남매를 기억하게 될 것이었다. 이것은 조 트리오가 뮌헨콩쿨 대회에서 거둔 진정한 수확이었다.

하늘이 주신 감동의 앙상블 조 트리오 이야기

23. 시련은 있어도 좌절은 없다

외국에서 세계 여러 나라 사람의 입을 통하여 코리아라는 말을 들을 때도 가슴 뭉클하지만 고국에서 한국 청중들과 지인으로부터 박수갈채를 받을 때야말로 크나큰 감사와 환희를 맞보게 된다.

어쩌면 예술 하는 사람은 그 영광을 위하여 갖은 고생과 역경을 헤쳐 나가는지도 모른다.

피아노를 치는 영방이는 손끝이 아파서 더 이상 피아노를 칠 수 없을 때까지, 영미는 어깨와 팔에 감각이 없을 때까지 연습하는 걸 목도 한 게 부지기수다. 영창이라고 이와 다를리 없다.

우리 아이들의 연습하는 걸 보아온 사람으로서, 어느 분야든 그 분야에서 일인자가 된 사람들은 누구나 지독한 연습벌레 이며 자기의 사생활을 모두 받쳐 이룬 결과라고 나는 믿는다.

사랑스러운 삼남매, '조 트리오'의 다정한 한때

　　나는 다시 한국에 돌아와 평온한 일상을 보냈다. 아이들도 열심히 각자 자기 일에 열심이겠거니 했다. 그런데 어느 날 아이들에게서 영창이가 손을 다쳤었다는 편지가 왔다.

　　세상에, 첼로하는 사람이 손을 다쳤다니 그것도 오른쪽 엄지를!

　　나는 이 소식을 접하고서 너무 놀랐다. 모든 게 내 부덕의 소치인 것만 같아 영창이에게 너무 미안했다. 정말 만사 제쳐두고 달려가고 싶은데 여비 문제 등 내 발목을 붙잡는 게 한두 가지가 아니었다.

　　만약 상처가 덧나거나 해서 나중에 그것 때문에 첼로를 못하게 되는 건 아닌지 너무나 염려되고 걱정되었다. 나는 영방이에게 어떻게 된 것인지 자초지종을 아주 소상하게 적어 보내라고 했다.

하늘이 주신 감동의 앙상블 조 트리오 이야기

영방이는 일지를 쓰듯이 그날의 일을 꼼꼼하게 적어서 보내왔다. 방이가 편지로 보내온 그날의 사고 정황은 이러했다.

그날은 토요일이었다. 영창이가 다쳤다고 영미한테서 연락이 왔다.

"언니 어떻게 영창이가, 영창이가 손가락을 너무 많이 다쳤…… 무서워 죽겠어, 언니!"

영미는 말을 잇지 못하고 마구 울었다. 영창이가 크게 다쳤다는 말에 나도 겁이 나서 눈물부터 나왔다. 폭죽을 갖고 놀다가 화약이 터지면서 엄지손가락에 들러붙어 화상을 입었다고 했다. 영창이를 나 있는 쪽으로 속히 보내라고 영미에게 시켰다.

영창이는 다음날 새벽 독일의 룩셈부르크 공항에 도착할 텐데 그날은 일요일이었다. 일요일이면 대부분의 전문의들이 휴무일 터였다. 나는 정신이 버쩍 들어서 전화를 끊자마자 택시를 잡아타고 집에서 가까운 큰 병원으로 갔다.

응급실 담당 의사를 붙잡고, 이튿날 동생이 오면 수술을 할 수 있는지 알아보았다. 의사는 일요일이라 수술을 할 수가 없다고 시큰둥하게 대답했다. 나는 첼로 하는 사람한테 엄지손가락이 얼마나 중요한지를 설명하며 사정했다. 그러나 의사는 도와줄 생각이 없어보였다. 나는 울고불고 거의 난리를 치면서 사정했다. 그랬더니 옆에서 듣고 있던 인턴이 말하길, '드라고에비취'라는 유고슬라비아 닥터가 내일 회진하러 오실지도 모른다는 것이다. 나는 그 인턴을 붙잡고 매달렸다. 나와 내 동생들이 음대 학생이라는 것과 그동안 이러이러한 콩쿨에 나가서 어떤 성과를 거두었는지에 대해 설명하면서 드라고에비취의 전화번호 좀 달라고 부탁했다. 그랬더니 그 인턴

시련은 있어도 좌절은 없다

은 자기가 직접 그 닥터한테 전화해서 몇 시에 오는지 알아봐주었다.

이튿날 나는 차 있는 친구한테 부탁해서 룩셈부르크 공항으로 마중을 나갔다. 그런데 어찌된 영문인지 다른 사람들은 무사히 공항을 빠져나가는데 영창이는 나오지 않았다.

한참을 기다렸고 영창이가 걸어 나오는데 보니까 모습이 가관도 아니었다. 히피처럼 긴 머리에 수염도 지저분하게 기른 데다가 군복기지 같은 시커먼 배낭을 짊어진 차림에 손은 부상으로 싸매서 여전 범죄자 같이 보였다.

병원에 갔더니 듣던 대로 닥터 드라고에비취가 출근을 했다. 불꽃놀이 하는 화약이 살을 썩게 하는 나쁜 성분이 들어있다고, 몇 분만 늦게 왔어도 감염으로 엄지를 잘라야 할지도 모른다고 했다. 나는 그 닥터를 붙잡고 수술을 해달라고 간절하게 매달렸다. 그렇게 해서 예정에도 없던 수술을 해주었다.

수술 후, 마침 방학이라서 우리 학교 기숙사 동기들이 집에 가고 없는 방에 영창이를 데리고 있을 수가 있었다. 그후 나는 매일아침 영창이가 샤워하는 걸 도와줬다. 팬티만 입혀 욕실로 데리고 들어가서 머릴 감겨주고 몸을 씻겨 주었다.

그리고 상처를 치료하러 매일 병원에 데리고 갔다. 동그랗게 생긴 주사바늘을 상처 안으로 넣어서 소독을 했다. 모니카라는 담당 간호원이 그 일을 해줬는데 무척 아프다고, 어지간한 남자들도 죄다 죽을 듯이 소리를 질러댄다고 했다. 그런데 영창이는 이를 악물고 참았다. 처음에는 매일 아침 내가 깨워야 했는데 나중에는 미안했던지 영창이가 먼저 일어나서 나를 깨웠다. 버스를 타고 일곱 시 사십분에 도착해서 일착으로 치료를 받았다. 그렇게 한 달을 통원치료를 했고 영창이의 손가락은 정상적으로 아

하늘이 주신 감동의 앙상블 조 트리오 이야기

물었다.

나는 영방이의 편지를 두 번 세 번 읽었다.

옛말에 이가 없으면 잇몸이 시리다더니, 부모가 없으니까 아이들이 고생하는가 싶기도 했다. 곁에서 영미도 놀랐을 것이고 맏이로서 영방이가 너무 애쓰고 있었다. 또한 시련을 헤쳐 나가는 삼남매의 도타운 우애가 너무 고맙고 대견했다.

또 한 차례의 시련이 지나갔다. 나는 좀 더 겸허한 자세로 아이들을 위해 열심히 기도하게 되었다.

조 트리오는 제네바 콩쿨에 나갈 준비를 하고 있었다.

제네바 콩쿨은 각국에서 30개 팀이 치열하게 경쟁을 벌이게 된다. 연주 시간도 길고 팀도 워낙 많아서 대회는 여러 날이 예상되었다.

그런데 이 콩쿨은 숙소만 제공될 뿐 식사는 각자 알아서 챙겨야 해서 여러 가지로 부담이 되었다.

나는 이번에도 열일 젖혀 놓고 아이들 곁으로 가기로 했다. 우리 아이들이 대회에 나갈 계획이 잡힐 때면 나는 거의 매번 나가서 아이들의 식사를 챙겨 줬는데 그때마다 비행기 값을 절약하기 위해 홀트의 아이들을 데리고 나갔다.

내가 집을 비울 때마다 친정어머니가 우리 집 살림을 돌보며 남편을 챙겨 주셨고 그래서 나는 마음 놓고 짐을 챙겨 떠날 수가 있었다. 이때 불고기를 양념할 것과 쌈장, 된장 그리고 김밥용 김도 필수로 챙겨 갔다.

우리 아이들은 큰 대회를 앞두고는 긴장해서 밥을 제대로 못 먹었는데 제네바 콩쿨 때도 그랬다.

"엄마, 이곳 현지 음식만 먹으니까 힘이 안 나요."

225

시련은 있어도 좌절은 없다

영미가 말했다.

"난 스트레스 받을 때 된장찌개를 먹으면 힘이 나는 데."

"나두."

아이들은 내가 어떻게 좀 해봤으면 하고 된장찌개 타령까지 해댔다. 나는 우리가 묵고 있는 모텔 주인여자에게 양해를 구해보았다.

"붐비지 않을 때 하루에 한 시간씩만 제가 식당을 좀 쓸 수 없을까요? 우리 아이들이 고국 음식을 먹고 싶다고 해서 말입니다."

주인여자는 내 청을 쾌히 허락 해 주었다. 조 트리오가 자기네 모텔에 묵게 되어 영광이라고 하면서 우리 아이들에게 사인까지 부탁했다.

나는 기분 좋게 그길로 슈퍼에 가서 쌀과 부식거리를 사왔다. 된장찌개는 냄새가 나서 걱정되어 불고기를 하기로 했다. 불고기를 넉넉하게 재워서 주인 여자에게도 나눠 주었다.

불고기를 만들어 밥상을 들고 방으로 들어갔다. 쌀밥에 불고기 그리고 오이 당근 상추 등의 야채마저 푸짐하게 내놓자 아이들의 얼굴 표정이 금세 달라졌다.

"엄마, 이제 살 것 같아요."

"나두. 우리 엄마 최고!"

아이들은 무슨 보약을 먹은 듯이 생기가 돌았다. 모텔의 주인 여자도 불고기가 너무 맛있다고 아이들이 고국의 음식타령을 할 만 하다고 했다. 나는 여기서 한 발 더 용기를 내어 된장찌개를 끓이기로 했다. 치즈 녹일 때 쓰는 폰듀를 올려놓고 우리 식구가 한 끼 먹을 만큼만 끓여서 후딱 먹어치우고 방안에 냄새가 배지 않도록 창문을 열어 놓았다.

된장찌개를 내놓자 아이들이 그야말로 환호성을 질러대며 반겼다. 부모

하늘이 주신 감동의 앙상블 조 트리오 이야기

라면 누구라도 그러하듯이 자식 입에 밥 들어가는 거 볼 때가 가장 행복하다. 정말이지 아이들이 내가 만든 음식을 맛있게 먹을 때, 나는 제일 행복하다. 아니 또 있다. 정신없이 먹다가 나와 눈이 마주쳤을 때 엄지손을 치켜들며 엄마, 정말 맛있어! 라고 말할때면 난 차라리 눈을 감고 만다.

주인여자가 고개를 까딱거리며 복도를 돌아다녔다. 냄새가 난다고 할까봐 나는 지레 겁부터 났는데 그날은 무사히 넘어갔다.

나는 이번엔 김밥을 해서 주인 여자에게도 나눠 주었다. 모텔 주인은 그 맛을 보더니 너무나 맛있다고 칭찬을 해댔다. 정말 한국음식 최고라고 엄지손가락을 치켜 세웠다. 음식 하나로 금세 친해져서 거기서 몇 달이고 살 수도 있을 것처럼 마음이 놓였다.

드디어 1977년 제네바 콩쿨이 개막되어 30개 팀이 열띤 경쟁을 벌이게 되었다. 대회는 1차, 2차, 본선 방식으로 치러졌다. 장장 1주일 동안 연주의 경연이 벌어졌다. 그 일주일 동안 나는 밖에 나가 구경 한 번 못하고 아이들 빨래하고 시장 봐다가 식사준비하고 하나님께 기도하면서 바쁜 시간을 보냈다.

제네바 콩쿨에서 조 트리오는 혼신의 힘을 다해 연주하였고, 심사 결과 은메달을 획득하였다.

사회자의 입에서 코리아라는 말이 나올 때 내 입에서는 저절로 감사의 기도가 터져 나왔다.

'내가 한국을 대표하는 아들딸을 낳다니, 하나님 감사합니다!'

사방에서 조 트리오를 찍어대는 카메라 불빛이 터져 나왔다. 나는 조 트리오가 현지 대사 못지않은 문화 사절역할을 하고 있다고 생각되었다.

시련은 있어도 좌절은 없다

지금은 이 말이 다소 과장되거나 자화자찬으로 들릴 수도 있다.

그러나 그땐, 우리나라가 88올림픽도 치르기 훨씬 이전인 1977년 이어서 한국이란 나라, 코리아란 국가 이름이 유럽인들에게 생소할 때였다.

솔직히 그때까지 한국이라는 나라가 있는지조차 모르는 외국인이 많았다. 조 트리오의 평균 연령이 참가자 중에 제일 적었기 때문에 그 만큼 더 이슈가 되었다.

무대에서 내려오는 조 트리오에게 내가 말했다.

"너희들의 행동 하나하나가 대한민국의 국민성과 문화를 나타내는 지표가 되기도 한다는 걸 명심하거라."

그리고 이 말은 해외유학 1세대인 남편이 유학시절 스스로에게 주지시켰던 말이기도 했다.

조 트리오의 현재는 조상현이라는 과거가 빚어낸 미래이기도 했고, 조상현이라는 과거는 조 트리오의 시원始原이기도 했다.

나는 가까이서 지켜보는 조력자로서 조 트리오가 굳건히 뿌리를 내리기를 기도했다.

해외에서 굵직굵직한 상을 여러 번 수상하게 되자 고국에서 드디어 조 트리오를 초청했다.

1977년 '제2회 대한민국음악제'의 무대에 서게 된 것이다. 고국의 많은 청중 앞에서 조 트리오는 그동안 닦은 기량을 선 보였다. 연주가 끝나자 많이 성장했다는 호평을 받았다.

외국에서 세계 여러 나라 사람의 입을 통하여 코리아라는 말을 들을 때도 가슴 뭉클하지만 고국에서 한국 청중들과 지인으로부터 박수갈채를 받을 때야말로 크나큰 감사와 환희를 맛보게 된다.

하늘이 주신 감동의 앙상블 조 트리오 이야기

어쩌면 예술하는 사람은 그 영광의 순간을 위하여 갖은 고생과 온갖 역경을 헤쳐 나가는지도 모른다.

피아노를 치는 영방이가 손끝이 아파서 더 이상 피아노를 칠 수 없을 때까지, 영미는 어깨와 팔에 감각이 없을 때까지 연습하는 걸 나는 수없이 곁에서 지켜보고 바라보았다. 더구나 엄지 손을 다쳤던 영창은 예전의 감각을 회복하기 위해서 그보다 훨씬 많은 연습을 해야 했다.

우리 아이들의 연습하는 걸 보아온 사람으로서, 어느 분야든 그 분야에서 1인자가 된 사람들은 누구나 지독한 연습벌레이며 자기의 사생활을 모두 바친 탓에 이룬 결과라고 나는 믿어 의심치 않는다.

시련은 있어도 좌절은 없다

24. 원더풀 코리아

수많은 음악가들에게 둘러싸여 원더풀 코리아라는 말을 듣자 갑자기 나는 대한민국, 남편, 조 트리오에게 감사한 마음이 생겼다. 나는 하나님께 아이들에 대한 감사의 기도를 올렸다.

아울러 그 즈음 관습적으로 듣고 있던 '세계 속의 한국'이란 의미도 피부에 와 닿았다.

우리 아이들이 연주를 끝내고 '원더풀 코리아'를 들을 때의 심중이 어떤 것인지도 십분 경험되었다. 점심식사를 하고 나서 나에게 초콜릿이나 과자 그리고 작은 액세서리 등을 선물로 준 사람도 있었고, 의미 있게 내 손을 잡으며 다시 한 번 원더풀 코리아를 외쳐준 사람도 있었다.

세계 현대음악협회 회장, 첼리스트
팔름 교수와 함께 한 조 트리오

커티스 음악학교를 졸업한 영미는 1979년에 독일로 유학을 갔다.

뒤이어 영창이마저 독일로 유학을 가게 되었다. 이렇게 해서 조 트리오 멤버가 모두 독일에서 음악 공부를 하게 되었다. 이때부터 내 행선지도 당연히 독일, 캐나다, 노르웨이로 입양 가는 아이들을 데리고 동행했다.

'1980년, 조 트리오는 세계현대음악협회 회장인 첼리스트 팔름* 교수가 주도하는 바이커스하임 하계 음악대학에 초대되었다. 조 트리오는 9월에 열

* 1927년 독일 서부 노르트라인베스트팔렌주의 부퍼탈에서 태어났다. 루벡시관현악단 수석 첼리스트를 거쳐 15년 동안 북독일방송관현악단 수석 첼리스트로 활동하였다. 베를린국립오페라극장 총감독을 역임. 프라하 스프링페스티벌을 비롯한 각국의 음악제에 참가해 치머만·리게티·윤이상·펜데레츠키 등 많은 현대 작곡가들의 작품을 초연하였다. 독일 현대음악 2세대를 대표하는 첼리스트이자, 현대음악 해석에서 가장 뛰어난 첼로 연주자로 꼽힌다. 한국과도 인연이 많아 1967년 이른바 '동베를린사건'으로 작곡가 윤이상이 서울로 강제 소환되자, 구명운동에 앞장섰고, 윤이상의 첼로 작품 〈노래〉와 그를 위해 작곡한 〈글리제〉〈첼로 협주곡〉을 초연하였다.

릴 뮌헨국제콩쿨을 앞두고 있어서 보다 체계적이며 집중적인 연습이 필요
한 시점이었는데, 팔름 교수로부터 보다 섬세하고 깊이 있는 앙상블을 지도
받았다. 이때 지도를 해주면서 팔름 교수는 다음과 같은 말을 해주었다고
했다.

“자네들은 결혼도 하지 말고 오직 트리오 음악에 전 생
애를 바치게.”

칭찬은 고래도 춤추게 한다고 했다던가. 말 그대로 세계적인 거장이요,
음악계에서 살아있는 전설과도 같은 거장한테 그토록 과분한 칭찬을 받은
조 트리오는 너무나 감개무량하여 말문이 막힐 지경이었다.

음악이란 것이 결혼을 포기하면서까지 할 만큼 값진 일이라는 것과 일생
을 걸고 정진해도 좋을 일이라는데 대하여 팔름 교수로부터 인정받은 것을
조 트리오는 무엇보다 감사했다.

큰 사람은 역시 큰 말씀을 주신다. 팔름 교수로부터 값진 말을 들은 조
트리오는 서로가 서로에게 얼마나 귀중한 존재인가를 깊이 인식하게 되었
고 더불어 조 트리오의 멤버로서 자기 몸이 이제 자기 한 사람만의 것이 아
니라는 것도 인식하게 되었다.

팔름 교수의 영향력은 대단했다. 그가 이끄는 그 바이커스하임 하계 음악
대학에는 세계 각국에서 온 80여 명의 음악가들이 모였다.

실로 당대를 대표하는 기라성 같은 음악인들이 한자리에 운집한 하계 음
악캠프이기에 나는 공연히 가슴이 뛰었다. 그러다가 불현듯, 이 기라성 같

하늘이 주신 감동의 앙상블 조 트리오 이야기

은 음악가들에게 나의 조국, 대한민국을 알리고 싶다…… 이 욕구가 치솟다
가 또한 불현듯 한국 음식을 알려야겠다는 생각이 번개처럼 스쳐 갔다.

그동안 한국을 찾는 세계적인 귀빈들을 우리집으로 모셔서 식사 대접한
일이 여러 번이어서 일일이 손꼽을 수도 없다. 성악가인 남편은 음악과 관
련한 여러 분야에서 일을 맡아 해왔다. 그때마다 공식적으로 외국 귀빈을
접대해야 하는 일이 많았다. 그럴 때 그분들이 한국에 머물며 숙박 하게 되
면 한번 씩은 우리 집으로 직접 모시고 와서 식사를 대접했다. 이때 기본적
으로 대표적인 한국 음식을 메뉴로 짜면서 맛과 영양은 물론 차림새까지 신
경 써가며 나는 요리를 했다.

한식을 메뉴얼화 하는 것, 이것이 내 기본적인 레시피이다.

나는 원래 어려서부터 음식 만들어서 대접하는 걸 좋아했다. 그것은 어머
니로부터 유전된 기질이다. 우리 식구끼리 먹을 때보다 남들에게 대접을 하
다보면 아무래도 재료를 더 좋은 것으로 쓰게 되고 모양도 예쁘게 내고 무
엇보다도 간이 평준화가 된다. 음식이란 간이 맞으면 일단은 '괜찮다' 라는
평가를 얻게 된다. 간만 맞추면 맛을 내는 건 시간문제다.

어머니는 주로 장을 이용하여 우리들의 입맛을 맞추었고 손님들은 그때마
다 '이집 장맛은 특별하다. 나오는 음식마다 죄다 맛있다' , 라는 평을 했다.

나는 어머니로부터 습득한 기본 메뉴얼에다 서구 입맛에 맞도록 약간 변
용시켰다.

오래 묵은 재래식 간장에 꿀을 넣어 슴슴하고 향은 은은하게 내는 식이

었다. 초대한 외국 손님들은 대부분 그 맛이 독특하다, 라고 평가했다. 우리 집에서 직접 담근 된장을 이용하여 완전 한국식 된장국을 끓여냈다. 이렇게 특별한 음식을 먹어봤다는 것에 대하여 큰 의미를 부여하며 초대된 손님들은 자신이 특별한 대접을 받았다고 감사해 했다.

바로 그러한 나의 주특기를 살려 아이들의 기를 살려주고 싶었다. 꼭 한 번 해보고 싶어졌다. 음식 조리는 학교 기숙사 식당을 이용하면 될 것 같았다. 먼저 나는 남편에게, 이 모임에 내가 한국음식을 만들어 대접하고 싶다고 말해보았다.

"뜻은 좋소만 80여 명이나 되는데, 그게 가능하겠소?"

"네, 할 수 있어요."

"좋소, 100명 분의 식사를 준비한다고 칩시다, 그런데 만일 한국 음식을 좋아하지 않아서 식사를 거르는 사람이 생긴다면 어쩔 거요."

"여보, 그 많은 외국의 음악가들을 우리집에서 대접했을 때 한국의 갈비를 싫어하는 사람은 못 봤어요. 자신 있다고요."

"나야 당신 음식 솜씨를 인정하긴 하지만……당신 뜻이 좋긴 좋은데……."

남편이 그렇게 말하자 아닌 게 아니라 다소 내게도 부담이 되긴 했다. 그러나 이왕 작심했기에 일단 메뉴를 짜보았다.

양념갈비, 생선전 그리고 김치. 김치는 샐러드와 김치의 혼합형인 양배추 김치를 만들어 언젠가 명사들의 입맛을 사로잡은 경험도 있어서 자신 있었다.

메뉴를 짜놓고, 장보기에서부터 다듬고 무치고 하는 걸 날짜별로 적어보았다. 그렇게 하다 보니 어서 장을 봐다가 음식을 만들고 싶어졌다.

하늘이 주신 감동의 앙상블 조 트리오 이야기

"나 일을 저질러 보겠어요. 도와주세요, 여보."

"그럽시다, 한번 해봅시다."

우리 부부는 학교 측에 점심 한 끼는 우리가 맡아서 해보겠고 말했다. 학교 측에서도 고마워하며 어떤 메뉴인지 기대된다고 맛있게 만들어 달라고 했다. 식사할 장소는 바이커스하임 학생 기숙사였다. 나는 이곳 식당에서 음식준비를 해도 좋다는 허락을 받았다.

제일 먼저 바이커스하임 학생 기숙사 근처의 정육점으로 가보았다. 그런데 그렇게 많은 갈비가 준비되어 있지 않아서 처음엔 덜컥 걱정이 되었다. 지금처럼 대형 마트가 있다면 고기 사는 게 일도 아니겠지만 아무튼 당시 학교 앞의 정육점은 그다지 크지 않았으며 그렇다고 근거리에 다른 정육점이 있는 것도 아니어서 난 정육점 주인에게 내가 원하는 분량의 고기를 제 날짜에 맞춰 줄 수 있는지 타진해 보았다. 사나흘이면 고기를 준비해 줄 수 있다고 했다.

약간 불안한 가운데 정육점을 나와 전을 부칠 생선을 맞추러 근처 수산물 가게로 갔다. 모든 일에는 경험이 스승이다. 물 좋은 생선을 산답시고 대회 사나흘 전에 생선을 사러 갔다가 물건이 달려 낭패를 볼 수 있으므로 미리 점검 차원에서 들린 것이다.

생선을 요리하게 좋도록 손을 보아 놓을 수 있다는 말을 가게측으로부터 들을 수 있었다. 이에 전 부치는데 필요한 만큼의 생선도 맞춰 놓았다.

약속대로 갈비가 왔다. 큰 근심 하나를 해결한 나는 가쁜한 마음으로 그것을 양념하여 재워 놓았다. 그리고 손질된 생선을 찾아오면서 필요한 야채도 사왔다.

막상 100인분의 재료를 식당 한켠에 사다 놓고 보니까 그 양이 어마어마했다.

내가 정말 큰일을 내고 있구나!

그러나 나는 잘해낼 수 있을지 무척 긴장이 되었다. 양배추와 오이, 양파, 당근 등을 고춧가루로 버무려, 양배추 샐러드 비슷한 김치를 만들었다. 전날 저녁부터 새벽까지 '살리'라고 생선의 포를 떠 놓은 것으로 전을 부쳤다.

꼬박 사흘 동안 나는 온종일 음식과 씨름을 했다. 음식을 해놓은 양도 어마어마했다. 기숙사 식당 역시 어마어마하게 컸으며, 고기 굽는 오븐도 엄청나게 컸다.

마침내 기다리던 당일 날 점심시간이 되었다.

한국음식이 나가자 일단 손님들은 관심과 호기심을 보였다. 처음 대하는 음식을 보자 먹어보기도 전에 카메라를 들이대는 이도 있었다.

갈비는 일인당 두 세대씩 먹을 수 있도록 상을 차렸는데 모두들 접시를 깔끔하게 비웠다. 양배추 김치도 매우 인기가 좋았다. 식사하면서 또는 식사 후에 사람들이 엄지손을 치켜들었다.

"굿!"

"딜리셔스!"

여기저기서 이런 말이 들려왔다. 또한 손님들은 남편에게, 당신은 복이 많은 사람이다, 이렇게 솜씨 좋은 아내와 전도유망한 조 트리오를 두었으니라고 덕담을 했다. 남편은 껄껄 웃으며 마냥 행복해 했다.

하늘이 주신 감동의 앙상블 조 트리오 이야기

원더풀 코리아

　수많은 음악가들에게 둘러싸여 원더풀 코리아라는 말을 듣자 갑자기 나는 대한민국, 남편, 조 트리오에게 감사한 마음이 생겼다. 나는 하나님께 아이들에 대한 감사의 기도를 올렸다.

　아울러 그즈음 귀에 익숙해져있던 ‘세계 속의 한국’ 이란 의미가 피부에 와 닿았다. 팔름교수는 나에게 포옹하며, ‘당신은 훌륭한 아내’, ‘훌륭한 어머니’ 라며 칭찬했다.

　우리 아이들이 연주를 끝내고 ‘원더풀 코리아’ 를 들을 때의 심중이 어떤 것인지도 십분 경험 되었다.

　점심식사를 하고 나서 나에게 초콜릿이나 과자 그리고 작은 액세서리 등을 선물로 준 사람도 있었고, 의미 있게 내 손을 잡으며 다시 한 번 원더풀 코리아를 외쳐준 사람도 있었다.

　식사가 끝나고 초대한 손님들이 물러나자 남편은 내게 다가와 ‘순옥이 당신이 있어 진정 나는 행복하오’, 하면서 내 볼에 키스를 해줄 때 나도 모르게 행복에 겨워 눈물이 흘러내렸다. 나 또한 남편이 있어 아내로서 그리고 조 트리오라는 삼남매 어머니로서 행복했다.

25. 조 트리오, 그 이름을 뭔헨에 알리다

연주를 마쳤을 때 열화와 같은 박수소리가 쏟아졌다. 나약한 인간의 힘으로 어찌 여기까지 올 수가 있었겠는가. 삼 남매가 흩어지지 않고 트리오로서 이렇게 좋은 공연을 고국의 팬들에게 선 보일 수 있게 된 데에는 반드시 하나님이 인도하심을 아는 까닭에 우리 부부는 먼저 연주를 한 것은 결코 인간의 힘만으로는 이룰 수 없는 일이지 싶었다.

박수는 길게 이어졌다. 이 무대를 통하여, 지금까지 조 트리오를 알지 못하던 많은 사람들에게 조 트리오를 알리는 계기가 되었다. 음악 전문가들로부터 조 트리오가 격조 높은 앙상블의 세계를 보여주었다는 극찬을 받았다. 많은 매체어서 인터뷰 요청이 있었고 인터뷰 없이 기사가 나가기도 했다.

그동안 준비해온 뮌헨 국제 콩쿨이 1981년 9월에 열렸다.

팔름 교수로부터 심층적인 지도를 받은 조 트리오는 그 어느 때보다도 자신감으로 충만해 있었다.

모두 아홉 팀이 참가하였다. 1차 예선에서 세 곡을 연주하고 2차와 본선에서도 세 곡씩 도합 9곡을 연주했다.

조 트리오는 대회 이틀째 중간쯤이었고 아홉 팀 중에서 일곱 번째로 무대에 섰다. 따라서 조 트리오 이전에 여섯 팀의 연주가 있었다.

연주가 진행되는 동안 나는 다른 팀들의 연주에도 귀를 기울였다.

그동안 연습하는 걸 곁에서 지켜본 것은 물론이고 아이들을 따라 수도 없이 콩쿨에 따라 다녔기 때문에 이제 다른 참가 팀의 음악에 대하여 그 흐름의 유연성, 호흡, 짜임새 등이 얼마만큼 구현되었는지에 대해 어느 정도

조 트리오, 그 이름을 뮌헨에 알리다

감을 잡고 들을 수 있었다.

참가 팀들끼리 지정곡이 같은 경우도 있었는데 각 팀들마다 너무나 많은 기량 차이를 보였다. 그것은 근본적으로 각 나라마다의 풍습이나 기질 등이 다르기 때문이기도 했고, 팀의 음악적 해석에 따라 다르게 표현되고 있기도 했다.

워낙 명성이 있는 대회이다 보니 대부분 음악적 수준이 매우 높아서 우열을 가리기 힘들었다.

조 트리오의 첫 번째 연주곡은 베토벤의 Eb장조였다.

한국의 조 트리오 앙상블은 우선 싱싱했다. 참가자 팀 중 연령이 가장 젊다는 것만 보더라도 내 관전평은 틀리지 않을 것이다.

이어서 라벨*의 곡을 연주했다. 회려하면서도 박력이 넘쳤다. 현대적인 표현과 해석이 탁월했다.

피아노 첼로 바이올린 각각의 음색이 서로 조화를 이루며 완벽한 하모니를 만들어냈다. 내가 볼 때 한 핏줄을 가진 동기 간이기 때문에 호흡이 잘 맞았고 그러다 보니 마치 한 사람이 하는 것처럼 자연스런 음악이 연출될 수 있었다고 생각되었다.

연주가 끝났고 나는 조 트리오에게 아낌없는 박수를 보내주었다.

삼남매가 혼연일체가 되어 최선을 다한 것, 그것이 나에게 대단한 보람과 행복감을 안겨 주었다.

* 라벨 (Maurice Joseph Ravel) : 프랑스의 작곡가(1875~1937). 작품은 인상주의의 기초 위에서 고전적인 형식미와 다성적 기법을 구사하여 에스파니아풍의 정서를 나타내고 있으며, 세계 근대악파의 지도적 지위를 지니고 있다. 작품에 〈볼레로〉, 〈밤의 가스파르〉 등이 있다.

하늘이 주신 감동의 앙상블 조 트리오 이야기

2차 예선에서 미국이 떨어져 나가고 본선 진출 팀의 연주가 이어졌다.

본선에서는 한국 독일 영국, 세 나라의 팀이 겨루었다. 세 팀 모두 각각 세 곡씩 연주를 마침으로써 1981년 뮌헨 국제 콩쿨 트리오 부문 본선 무대가 모두 끝났다.

이때까지 뮌헨 국제 콩쿨은 피아노 트리오 부문에서 한번도 1등이 나온 적이 없었다. 얼마나 심사 기준이 까다로운지 알 수 있는 대목이 아닐 수 없다.

혹시 하고 기대했지만 이번에도 역시 1등을 뽑지 않았다.

1등 없는 대회에서 영국이 2등을, 그리고 조 트리오가 3등을 했다.

삼남매는 조금은 아쉬워했지만 난 기꺼이 축하해주었다.

국제 콩쿨이라는 게 뭔가. 올림픽이나 마찬가지다. 세계적 수준의 음악인들이 모여서 펼치는 경연이기에 거기서 메달을 딴다는 건 굉장히 어려운 일이다.

그때 영창이가 미국 시민권이 있었고 우리는 그쪽에 연락을 하지 않았는데도 미국 대사가 와서 축하해줬다. 너무 놀랐다. 그런데 정작 현지 한국대사관에서는 축하의 말 한 마디 없이 무신경했다. 섭섭한 일이 아닐 수 없었다. 서독 주재 한국대사관에서의 대접이 이러하니까 본국에서도 아무런 연락이 없었다. 지금은 그렇지 않지만 당시만 하더라도 우리나라의 음악을 대하는 정부의 인식이 이와 같았다.

조 트리오, 그 이름을 뮌헨에 알리다

독일이라는 나라는 우리나라의 대기업이 아무리 수출을 많이 하고 세계적으로 유명한 상품을 만들어도, 그리고 지엔피가 쑥쑥 올라간다고 해도 그 나라의 지식층은 눈 하나 까딱 안한다. 그렇지만 우리나라 문화 수준이 높아지면 그들은 깊은 관심을 쏟는다.

따라서 남편은 삼남매에게 항상 말했다.

"음악을 하는 우리가 독일이나 불란서의 대사들보다도 실질적으로 몇 수십 배 일하는 거나 마찬가지다. 그러니 너희들은 자긍심을 가져라."

음악분야에서 가장 권위 있는 뮌헨 국제 콩쿨에서 좋은 성적을 올리자 서독의 방송국과 각 도시에서 먼저 연주회를 개최해 주었다. 독일 문화원이 적극적으로 후원해준 덕분이었다.

인도에서 5회 연주회를 갖도록 주선해 준 것도 독일 문화원이었다. 좋은 일이긴 한데, 당시의 인도는 치안이 불안한 상태였고 교통, 음식, 환경 등도 좋지 않은 상황이었다. 우리 부부는 이 부분에 대하여 고민하다가 문제제기를 했다. 독일문화원에서 모든 것을 책임지겠다고 약속을 하여 조 트리오는 인도 행을 감행하기로 했다.

뉴델리, 캘커타, 봄베이 등 인도의 주요도시에서 성황리에 연주회를 마쳤다. 외국에 나가 음악회를 열게 되면 일단 어느 나라에서 온 무슨 팀인가가 각 매체에 대서특필되게 마련이다. 또한 크고 작게 인터뷰도 하고 그때마다 조 트리오 이름 앞에는 접두사처럼 '코리아' 라는 말이 따라 붙게 마련이다. 이렇게 되면 외국인은 한국에 대하여 관심을 갖게 되고 현지 교민들은 사는 데 바빠 잊고 있던 고국을 생각하게 마련이다. 또한 외국에 나가 연주회를 갖는다는 것은 양국 간의 음악을 통한 문화교류를 하는 것이어서 국위선양

하늘이 주신 감동의 앙상블 조 트리오 이야기

에 기여하는 일이기도 했다.

　이런 일련의 과정이 지나고 나서 서울의 서독문화원과 동아일보사가 주최하고 한국방송공사가 후원하는 조 트리오의 한국 공연이 계획되었다.
　공연무대는 세종문화회관 대강당으로 잡혔다.
　한국의 예술가들이라면 누구라도 이 무대에 한번 서 보고 싶을 것이다. 그러나 기쁘고 행복한 가운데 걱정이 뒤따랐다. 대강당의 좌석 수는 무려 4천석이었다. 당시는 심포니 오케스트라 연주와 세계적으로 저명한 음악가들의 무대도 이 대강당의 좌석을 채운 예가 드물었다. 이건 실로 어마어마한 숫자라서 은근히 걱정이 되었다. 빈자리가 많으면 썰렁할 테고 이럴 경우 조 트리오가 연주를 열심히 해도 그 감동이나 열기가 반감될 수도 있을 테니 말이다.
　그러나 우리의 염려는 말 그대로 기우에 불과했다. 공연 당일 세종문화회관 대강당의 좌석은 만석이었다.
　조 트리오는 베토벤, 멘델스존, 라벨 등의 곡을 연주하였다. 연주를 마쳤을 때 열화와 같은 박수소리가 쏟아졌다.
　나약한 인간의 힘으로 어찌 여기까지 올 수가 있었겠는가. 삼남매가 흩어지지 않고 트리오로서 이렇게 좋은 공연을 고국의 팬들에게 선보일 수 있게 된 데에는 반드시 하나님이 인도하심을 아는 까닭에 우리 부부는 먼저 이번 연주가 결코 인간의 힘만으로는 이룰 수 없는 신의 축복으로 여겼다.
　관객들의 박수는 길게 이어졌다.
　세종문화회관 대강당에서 성공적인 연주를 통하여, 지금까지 한국에서 '조 트리오' 라는 존재를 알지 못하던 많은 사람들에게 그 이름을 널리 알리

조 트리오, 그 이름을 뮌헨에 알리다

는 계기가 되었다.

　음악 전문가들로부터 조 트리오가 격조 높은 앙상블의 세계를 보여주었다는 극찬을 받았다. 신문과 방송 등 많은 매체에서 인터뷰 요청이 쇄도하였고, 성공적인 공연 내용을 알리는 기사가 각종 지면을 장식하기도 했다.

　이날 밤 우리 가족은 모두 모여 중간 점검차원에서 지난날을 회고하면서 많은 이야기를 나누었다. 아이들은 아빠 엄마께 감사하다고 했고, 우리 부부는 또한 아이들이 고맙다고, 이 모든 게 너희들의 노력 덕분이라고 격려해 주었다.

　우리 곁에 늘 함께 하시는 주님을 위해 우리 가족은 모두 함께 가족 예배를 올렸다.

　"아버지 하나님, 우리 가정에 믿음 주시고 삼남매에게 고부 음악의 재능을 주시고 바르게 성장하여 오늘에 이르게 해주신 크신 은총에 감사드립니다!"

　남편이 예배인도를 할 때 우리 다섯 식구는 모두 손을 잡고 한 마음으로 기도를 올렸다.

하늘이 주신 감동의 앙상블 조 트리오 이야기

26. 로스트로포비치와 크론베르크의 추억

4월에는 우리나라에서 워싱턴 국립교향악단의 음악회가 열렸다. 이 음악회의 지휘자가 바로 세계최고의 첼리스트 거장, 로스트로포비치 였다. 로스트로포비치는 그 당시 자신의 이름을 건 '로스트로포비치 국제 콩쿨'를 4년마다 개최하고 있었는데 영창이는 81년 대회에 나가 4위로 입상한 바가 있다. 이런 인연으로 로스트로포비치는 이날 음악회의 협연자로 영창이를 지목했다. 영창이는 첼리스트계의 살아있는 전설인 로스트로포비치와 한 무대에 서는 영광을 안았다. 이때부터 로스트로포비치와 영창이는 사제지간의 인연을 맺었다고 할 수가 있다. 연주가 끝나고 우레와 같은 박수가 쏟아지는 가운데 두 사람이 오랫동안 포옹을 하였는데 이것은 많은 음악인에게 아주 감명 깊은 장면으로 각인되기에 충분했다.

첼리스트계의 전설,
영창이의 스승인
로스트로포비치와 함께

우리집 막내 아들 영창이의 연주는 해가 갈수록 진일보 하고 있었다.

1982년 9월에 열린 뮌헨 국제 콩쿨에 참가하기로 했다. 이 대회에 세계 각국에서 80여 명의 첼리스트가 참가하게 되었는데 그 규모 면에서나 실력 면에서나 명실공히 세계 최대의 대회였다.

참가자들은 세 차례에 걸쳐 아홉 곡의 소나타와 콘체르트를 연주했다.

이때 영창이의 반주는 영방이가 맡았고 오케스트라는 ARD 방송국 오케스트라가 맡았다.

하늘이 주신 감동의 앙상블 조 트리오 이야기

이 대회에서 영창이는 1등 없는 2등으로 입상하는 쾌거를 이뤘다.

스물넷의 젊은 나이에 세계 각국의 쟁쟁한 첼리스트를 물리치고 최고의 영예로운 상을 수상하게 된 것이었다. 그리고 수상 이후 한국정부로부터 초청을 받았다.

1983년 1월 KBS 교향악단과 함께 신년음악회 무대에 서게 되었다. 드보르작의 첼로 콘체르트를 연주하였고 좋은 평을 받았다.

행운은 연속적으로 이어져 영창이는 3월에 쾰른 방송교향악단의 첼로 수석으로 선발되는 영광을 얻었다. 이로써 유럽무대에 본격적으로 진출하는 발판을 마련하게 된 것이다.

4월에는 우리나라에서 워싱턴 국립교향악단의 음악회가 열렸다. 이 음악회의 지휘자가 바로 세계 최고의 첼리스트 거장, 로스트로포비치* 였다.

로스트로포비치는 그 당시 자신의 이름을 건 '로스트로포비치 국제 콩쿨' 을 4년마다 개최하고 있었는데 영창이는 1981년 대회에 나가 4위로 입상한 바가 있다. 이런 인연으로 로스트로포비치는 이날 음악회의 협연자로

---

* 므스티슬라프 로스트로포비치(Mstislav, Rostropovich1927.3.27 ~ 2007.4.27)
아제르바이잔 공화국의 수도 바쿠에서 태어난 소련의 저명 첼리스트. 구네신 음악학교의 첼로 교수인 부친에게 7세 때 첼로를 배우기 시작하여 15세 때에 레닌그라드에서 차이코프스키의 〈로코코의 주제에 의한 변주곡〉을 연주하여 데뷔했다. 1947년에 프라하 세계 청년 우호 콩쿨. 1949년에 부다페스트 국제 청년 콩쿨, 50년에 프라하 국제 첼로 콩쿨에 모두 1위 등을 차지했다.
이후 영국, 미국, 프랑스에서 연주하여 센세이션을 불러일으켰으며 비발디에서 쇼스타코비치, 졸리베에 이르는 전 41곡을 연주하는 등 전대미문의 뛰어난 솜씨를 보였다. 쇼스타코비치를 비롯하여 프로코피에프, 하차트리안, 브리튼 등의 대작곡가가 다투어 그에게 작품을 헌정하였다. 오페라에서는 본거지인 빈에서도 J.슈트라우스의 〈박쥐〉를 지휘하여 호평을 받았다. 워싱턴의 내셔널 교향악단의 음악 감독 겸 수석 지휘자, 영국의 올드버러 음악제의 음악감독을 겸임했다.
카잘스가 '종래의 첼로 연주의 관념을 뒤엎은 명인' 이라고 절찬한 것처럼 당대 세계최고의 첼리스트였다. 신기에 가까운 기술의 날카로움과 놀랍도록 풍부한 감정 표출, 웅대하고도 부드러운 프레이징, 그것을 내부에서 단단히 뒷받침하는 지성이 그의 특징이다.

로스트로포비치와 크론베르크의 추억

워싱톤 교향악단 지휘자 로스트로포비치와 영창의 협연.

영창이를 지목했다.

영창이는 첼리스트계의 살아있는 전설인 로스트로포비치와 한 무대에 서는 영광을 안았다. 이때부터 로스트로포비치와 영창이는 사제지간의 인연을 맺었다고 할 수가 있다. 연주가 끝나고 우레와 같은 박수가 쏟아지는 가운데 두 사람이 오랫동안 포옹을 하였는데 이것은 많은 음악인에게 아주 감명 깊은 장면으로 각인되기에 충분했다.

로스트로포비치는 워싱톤 내셔널 교향악단과 쇼스타비치 첼로 협주곡 1번을 미국에서 초연한 적이 있었는데, 영창이가 이 곡을 로스트로포비치와 한국에서 초연하게 되면서 인연은 더욱 깊어졌다.

로스트로포비치 독일 크론베르그 하계 음악 페스티벌에 영창이는 매년

하늘이 주신 감동의 앙상블 조 트리오 이야기

초대되었으며, 1994년 파리에서 개최되는 로스트로포비치 국제 콩쿨에 심사 위원으로 초청받았다.

또한 유럽 등지에서 영창이의 연주회가 있을 때마다 로스트로포비치는 영창이를 불러 사사해주었다.

이 두 사람은 이미 사제지간으로서 우의를 돈독히 하고 있었으므로 로스트로포비치는 우리 가족하고도 특별한 우의를 쌓아가고 있었다. 음악가들은 대부분 연주하기 전에는 식사를 하지 않는다. 연주를 마친 후에 음악인들이 밤늦게까지 한담을 나누며 느긋하게 식사를 한다. 로스트로포비치는 일반적으로 사람들의 초대를 사양하는 분인데, 한국에 오면 꼭 우리집에 들러 함께 식사를 했다. 세계적인 거장이지만 소탈하고 겸손하며 한국 음식을 좋아하는 분이었다.

독일의 크론베르크에서는 1993년부터 첼로 페스티벌이 열리고 있다.

첼로 페스티벌로선 그 전통과 명성이 세계 제일이었다. 그 때문에 세계에서 내로라 하는 첼리스트들이 참가했다.

크론베르크는 독일의 비버리힐즈라고 할 만큼 볼거리가 많고 화려했다.

여기에 수백 명의 첼리스트들이 첼로를 메고 모여든다. 첼로를 하는 사람은 거기 발 디뎌 보는 것만으로도 꿈이기 때문에 첼리스트들은 물론이고 연주자들의 부모들 그리고 음악을 사랑하는 사람들도 대거 몰려든다.

2000년 10월 26일 이 대회에서 특별히 조 트리오를 초청했다.

이날은 우리 부부의 결혼 49주년 기념일이기도 했다.

로스트로포비치와 크론베르크의 추억

영창, 영방, 영미

조 트리오는 이날 무대에 올라 우리 부부의 결혼기념일임을 밝히고 축하 인사를 했다.

장내에는 환호성이 울려 퍼지면서 박수갈채가 쏟아졌다.

우리 부부는 앉은 자리에서 일어서서 관중에게 인사를 했다. 너무나 벅차서 가슴이 먹먹해졌다. 자식 하나를 예술가로 키워내기도 너무나 벅찬 일인데 우리는 삼남매 모두를 음악가로 키워 냈다. 그렇게 큰 무대에 서서 우리를 호명하여 일으키게 하는 일이 생기다니 …… 정말 꿈만 같은 일이었다.

"여보, 고맙소. 조 트리오는 곧 나의 미래요."

남편이 내 손을 붙잡고 말했다.

"순옥이, 당신이 가정을 잘 지켜주어서 아이들이 바르게 자라주었소. 정

하늘이 주신 감동의 앙상블 조 트리오 이야기

말 고맙소."

　나는 생애 최고의 결혼기념일의 선물을 자식과 남편으로부터 받았다. 나역시 남편에게 고맙다고, 이 모두가 당신 덕분이라고 인사를 했다. 그런 추억과 사연이 있기에 우리 가족은 크론베르크에서의 그날 그 무대를 영원히 잊지 못한다.

　로스트로포비치 교수가 작고하였을 때 영창이는 추모 기념 연주회를 가졌다.

　아래의 기사는 그 내용을 담았다.

〈크론베르크에서 로스트로포비치 추모 기념 연주회〉
-한국의 조영창교수 세계의 거장 첼리스트들과 나란히 -

2007년 10월 4~7일 프랑크푸르트 인근의 크론베르크에서 전 세계의 첼리스트가 한 자리에 모였다. '모든 세대의 교량 역할을 한다'는 모토로 나탈리아 구트만(Natalia Gutman), 데이빗 게링가스(David Geringas), 미샤 마이스키(Mischa Maisky), 아르토 노라스(Arto Noras), 미클로 페레뉘(Mikl?s Per?nyi), 게리 호프만(Gary Hoffman) 등의 거장들이 대거 참여한 올해의 크론베르크 첼로 페스티발은 러시아가 낳은 세계적인 첼리스트 겸 지휘자인 므티스라프 로스트로포비치(Mstislav Rostropovich)를 추모하기 위에 열렸다.

세계적인 첼로 거장 로스트로포비치와 아들 조영창이 돈독한 사제의 정을 나누고 있다.

    1993년부터 시작되어 2년 마다 열리는 이 페스티발은 현재 전 세계의 첼리스트들에게 가장 존경 받는 첼로 페스티발로 발전을 거듭해왔는데, 이들 중에 한국인 첼리스트 조영창(49. 독일 에센음대/연대 특임 교수) 씨가 있다는 것은 재독동포로서 자랑스러운 일이 아닐 수 없다.

    조영창은 그 동안 고전에서 현대에 이르는 다채로운 레퍼토리를 선보여 왔다. 이번 페스티발 기간 중에 조영창은 공개 마스터 클래스, 어린이들을 위한 음악회, 콘서트 등을 열어 이곳 지역의 음악팬들과 어린이들에게 음악의 즐거움을 안겨주었다.

하늘이 주신 감동의 앙상블 조 트리오 이야기

이 중에서도 특히 첼로의 마술사(Zauberer auf dem Cello)라는 공연
은 로스트로포비치의 일대기를 테마로 해서 작곡된 곡들을 연주한 것인데 이
번 페스티발에서 가장 의미 있는 콘서트였다. 이번 첼로 축제는 독일 전역에
방송 될 예정이라고 관계자들이 전한다.*

* 독일 유로저널, 프랑크푸르트 지사장 김운경의 글을 옮김.

27. 아버지의 이름으로

우리 집안의 리더인 남편은 우리 가슴에 사랑을 한 가득 심어놓고 2010년 10월 29일에 하나님의 품으로 돌아갔다. 그 허전하고 애달픈 마음을 어떻게 필설로 다할 수 있을까!
평생 음악가, 조상현 선생의 아내로 살아온 나는 삶의 지표를 잃어버린 듯 망연해졌다.
나를 일으켜 앉힌 것은 그와 나의 분신인 삼 남매였다.
삼남매는 그들의 아버지가 그랬던 것처럼 대학교수가 되어 후진 양성에 힘쓰면서 음악가의 길을 걷고 있다. 나는 그 애들을 보면서 비록 남편과 몸은 떨어져 있지만 남편의 그늘은 여전히 나에게 영향을 주고 있다는 것을 느꼈다.

남편과의 다정한 한때

이제 나의 삼남매는 명실 공히 국제적인 연주인이 되어 음악 활동을 하고 있다.

조 트리오가 국내외의 크고 작은 무대에서 공연이 있게 되면 가끔은 우리 부부에게도 인터뷰 요청이 왔다.

조 트리오의 아버지가 성악가이니까 당연히 남편에게로 마이크가 먼저 갔다.

그때마다 남편은 일부러 뒤로 숨고 내게 그 공로를 치하했다.

"아내의 헌신적인 뒷바라지가 없이는 불가능한 일입니다."

그러나 그것보다도 더 중요한 게 있다.

음악이라는 것은 노력만으로는 한계가 있지 않나 싶다. 우리 아이들은 남편으로부터 천부적인 재질을 이어 받았다. 또한 남편은 아이들에게 예술가로서의 덕목을 입버릇처럼 말했다. "항상 겸손하라, 자만하고 교만하면 인격을 망친다, 참다운 인간이라야 그 음악이 감동을 준다", 라는 말로 아이들을 교육시켰다.

"자식이 효도하면 어버이는 즐겁고 집안이 화목하면 모든 일이 이루어진다."

이것은 남편이 평소에 자주 언급하던 『명심보감』에 있는 글귀였다.

가장인 남편이 가정을 잘 이끌었기 때문에 그 안에 모여 있는 식솔들이 일탈하지 않고 제 길을 간 것이다.

우리 자식이야 말할 것도 없고 우리가 자식처럼 데리고 있던 시누이와 시동생도 학업을 마치고 결혼하여 안정된 삶을 살아가고 있다.

이 모든게 참으로 감사한 일이 아닐 수 없다.

그 덕분에 나는 1996년 정부로부터 '장한 어머니상' 을 받았다.

나는 안다. '장한 어머니상' 은 곧 '장한 자식' 이 있기 때문에 받는다는 것을.

그러나 '장한 아버지' 가 있지 않고는 '장한 자식' 이 있을 수 없다.

그 나무에 그 열매가 열린다는 옛말이 있다.

만일 누가 내게 오늘날의 조 트리오가 있게 된 가장 큰 이유를 묻는다면 이렇게 대답하고 싶다.

"남편, 조상현 선생은 음악적 천품을 타고 나셨습니다. 그분 안에는 사랑이 가득 차 있고 그 사랑을 음악이라는 이름으로 퍼 올리는 분이셨습니다. 내 아이들은 그분의 자식입니다."

내 믿음이 이러하기에 나는 날마다 조석으로 주기도문을 외우고 감사기

하늘이 주신 감동의 앙상블 조 트리오 이야기

도를 올린다. 그리고 다음 구절을 낭송하는 것은 내 오랜 습관이다.

"그런즉 믿음 소망 사랑, 이 세 가지는 항상 있을 것인데 그 중에 제일은 사랑이라. 나의 반석이시며 구원자이신 주님, 내 입의 말과 내 마음의 생각이 언제나 주님의 마음에 들기를 바랍니다."

우리 집안의 리더인 남편은 우리 가슴에 사랑을 가득 심어놓고 2010년 10월 29일에 하나님의 품으로 돌아갔다.

그 허전하고 애달픈 마음을 어떻게 필설로 다할 수 있을까!

평생동안 음악가 조상현 선생의 아내로 살아온 나는 삶의 지표를 잃어버린 듯 망연해졌다. 그러할 때 실의에 빠진 나를 일으켜 앉힌 것은 그와 나의 분신인 조 트리오 삼남매였다.

삼남매는 그들의 아버지가 그랬던 것처럼 대학교수가 되어 후진 양성에 힘쓰면서 지금 음악가의 길을 걷고 있다.

나는 그 애들을 보면서 비록 남편과 몸은 떨어져 있지만 남편의 그늘은 여전히 나에게 영향을 주고 있다는 것을 느꼈다.

삼남매가 모두 대학교수가 되고 나서 어느 크리스마스 날, 모처럼만에 온 가족이 아침식사 자리에 모였다. 나는 모든 축복이 나에게로 쏟아진 듯 행복하였다. 식사하기 전에 남편이 대표로 기도를 올렸는데, 그 내용이 내 생각과 거의 일치했다. 모든 축복이 우리 가정에게 쏟아진 것 같다고 말이다.

우리 가족은 이 축복을 찬양하기 위해 교회로 향했다. 교우들은 서로 "메리 크리스마스!" 인사를 했고 그날 여덟 명의 아기가 세례를 받았다. 조 트

아버지의 이름으로

리오는 슈베르트를 연주했다.

　그때 나는 보았다. 조 트리오의 얼굴이 모두 천사인 것을!

　천사들의 합창을 보는 내게 큰 깨달음이 왔다.

　예술을 사랑하는 것도 축복이구나, 하고….

　조 트리오는 아버지 1주기 때 추모 연주회를 가졌다. 세 아이들은 아버지의 삶과 그 예술혼을 의무하고자 추모 연주회를 갖기로 의기투합했던 것이다.

　아래의 글은 그 추모 음악회를 본 〈인터내셔널 피아노〉의 유영희 기자의 관전평이다.

　〈조 트리오 35주년 기념 음악회〉(2011. 10.11)

　16세기 영국의 시인이자 성직자였던 조지 허버트George Herbert는

하늘이 주신 감동의 앙상블 조 트리오 이야기

'한 사람의 아버지가 백 사람의 스승보다 낫다'고 했다. 스승을 폄훼하는 것이 아니라 아버지의 무한대의 힘을 말하려는 것이다. 조상현, 한국 음악계 1세대 음악가이도 하지만 조 트리오의 '아버지'이기도 하다. 교육자로서 새로운 음악교육의 방향을 우리 사회에 제시했으며 음악계의 최일선에서도 음악가로서 많은 족적을 남겼다. 하지만 무엇보다 큰 업적은 바로 조 트리오의 '아버지'로서 자녀를 모두 우리 예술계의 굵직한 기둥들로 키워냈다는 점이 아닌가 한다.

피아니스트 조영방, 바이올리스트 조영미, 첼리스트 조영창으로 구성된 조 트리오는 지금으로부터 35년 전 여름, 독일의 쾰른 음대 기숙사에 모여 트리오로서의 첫발을 내딛게 된다. 뮌헨 국제콩쿨 피아노트리오 부문에 나가기 위해 결성된 이래 현재에 이르기까지 한국을 대표하는 실내악 연주 팀으로 자리해 왔다. 올해로 조 트리오가 결성된 지 35주년을 맞았고 이를 기념하는 음악회가 10월 11일 예술의 전당 콘서트홀에서 열렸다. 이날의 테마는 '아버지를 기억하며'로 일 년 전에 작고하신 '아버지'를 기리는 자리였다.

첫 연주는 베토벤의 〈'나는 재단사 카카두' 주제에 의한 열 개의 변주곡〉으로 체코 출신의 작곡가 벤젤 뮐러의 오페라 〈프라하에서 온 자매들〉에 나오는 '나는 재단사 카카두'라는 노래를 변주한 작품이다. 베토벤의 변주곡 작품들 중에서도 특히 걸작으로 뽑힐 정도로 음악적 구성이 탁월하다. 느리고 장중한 서주를 거쳐 밝고 온화한 느낌의 주제가 등장하면 이어지는 열 개의 변주곡이 모차르트 풍의 경쾌한 첫 변주를 시작으로 다채로운 양식을 선보이며 진화해 간다. 폴리포니의 참된 맛을 느끼게도 해주지만 정작 조 트리오의 해석은 매우 정갈한 것이었으며 고전주의의 삼중주가 가져야 할 미덕이 잘 갖추어져 있었다. 균형과 절제의 미가 그것으로 원작의 오페라가 가지고 있었을 다양성을 교향악적 장중함과 엄격함으로 해석해 냈다. 피아노 트리오로 할 수 있는 최대치의 음량과 정밀한 음 구조를 베토벤과 조 트리오가 하나가 되어 구축해 낸 셈이다.

이어지는 연주는 주최 측의 갑작스런 변경으로 2부에 연주되었어야 할 멘델스존의 〈피아노 삼중주 No.2 C단조〉가 앞당겨 연주되었다. 연주회의 구성상 당연히 연주회의 대미를 장식하는 작품이었어야 하는 아쉬움은 끝까지 남았다. 이 작품은 조 트리오에게는 특별한 의미를 담고 있는데, 처음 조 트리오를 결성했던 때 뮌헨 국제콩쿨에 참가하기 위해 연주했던 작품이면서 고국에서 연습을 응원하기 위해 오신 아버지와의 애틋한 추억이 담겨있는 작품이이기도 하다. 조 트리오의 첫 번째 국제콩쿨 입상곡으로 이어지기도 했다.

이 작품에 있어서 조 트리오의 연주는 매우 탁월하다. 완벽할 만큼 안심하고 들을 수 있는 연주를 피로披露 해 놓는다. '삼중주'가 가진 가장 충만한 사운드를 이 연주에서 만날 수 있었다. 특히 1악장에서 조영창이 연주하는 첼로의 주제 선율은 더없이 비장하고 농밀하여 더 이상의 어떤 것도 가감할 수 없었을 것이라는 생각이다. 필자에게는 충격적으로 다가왔을 정도로 처연했던 이 선율은 역시 같은 밀도로 고아하게 다가오는 조영미의 바이올린과 어우러져 감동을 배가시켰다.

조영방의 맑은 터치도 빼놓을 수는 없으나 예술의 전당 콘서트홀이 피아노의 사운드에 특별히 취약해서 아쉬웠다. 2악장에는 등을 꼿꼿하

하늘이 주신 감동의 앙상블 조 트리오 이야기

게 하고 성장盛裝한 여인에게서 느껴지는 듯한 우아함이 있었다. 멘델스존의 밝고 풍요로운 기운이 색채를 달리해 축복의 성찬으로 재탄생하는 순간이기도 했다. 전혀 다른 표현방식을 보여준 3학장과 4악장 역시 그에 적합한 연주로 관객의 탄성을 자아냈으며 세 대의 악기가 보여주는 일체감을 만끽할 수 있는 무대였다. 그들이 마음속에 담았을 '아버지'가 표면으로도 드러나고 있었으며, 바라보는 청중까지도 엄숙하게 하는 깊은 애정과 슬픔이 그곳에 있었다.

위에서 언급했지만 연주 순서가 바뀌는 바람에 객원 연주자가 합류한 슈만의 〈피아노 오중주 F플랫장조〉가 2부 마지막을 장식하게 되었다. 비올리스트 김상진과 바이올리니스트 임지은이 함께 호흡을 맞췄는데, 마치 조 트리오의 영역이 자연스럽게 확장된 것 같이 위화감이 없는 훌륭한 연주였다.

조 트리오가 보여준 이날의 '현재'는 아버지가 꿈꿔온 '미래'였을 것이다. 그 소망 같은 무대에서 조 트리오는 우리 실내악의 미래를 보여주었다. 그들이 지나온 시간들이 일말의 부침浮沈도 없이 고스란히 객석을 공명시키고 있었으며 이 아름다운 파장은 오래도록 많은 이들에 의해 기억될 것이다.

부 록

1983년 영창과 워싱턴심포니와 협연, 지휘는 로스트로비치

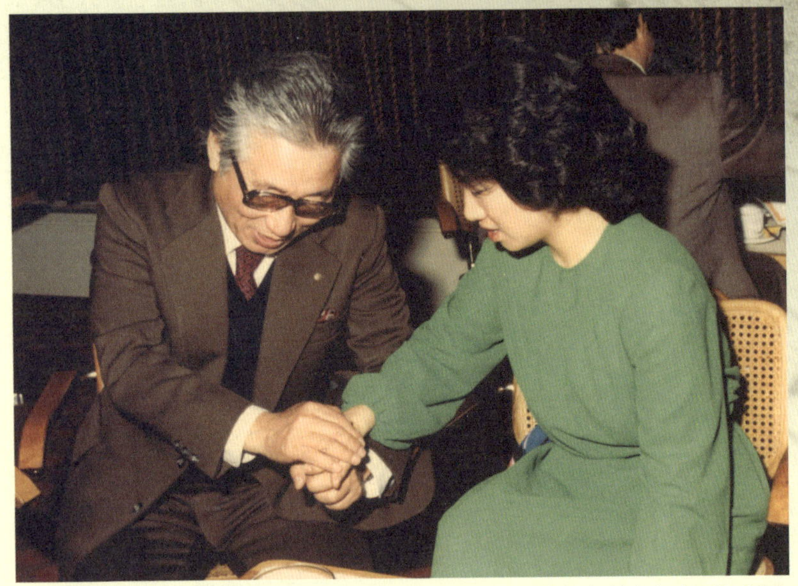

영방이 협연 전, 영방과 기도하는 남편.

1988년 영창의 독주회(영방 반주).

나와 큰딸 조영방, 그리고 손녀 딸 송민주, 혜주, 경주,
3대가 함께.

나의 부모님

조영방

"엄마는 가끔 할머니랑 말투가 똑같을 때가 있어요."

나의 세 딸들한테서 자주 듣는 말이다.

부모는 자식의 거울이라고 했는데, 내가 어머니처럼 늙어가고 있구나, 하는 생각을 하게 된다.

우리 부모님은 우리들에게 만행萬行의 근본을 보이셨다.

두 분은 다 평생토록 열심히 사셨다. 어머니는 제일 일찍 일어나셨는데 항상 어디 외출할 사람처럼 얼굴과 옷매무시를 단정히 매만지고 아침준비를 하셨고 아버지도 언제나 단정한 모습으로 식탁에 앉으셨다.

아버지가 출근하시던 모습을 보면 당시 여느 가정하고는 좀 달랐던 것 같다.

"여보, 잘 다녀오세요."

"고맙소. 순옥이 당신도 즐거운 하루 보내시구려."

어머니가 꼬박꼬박 소리 내어 출근 인사말을 하는 것도 그렇고 아버지가 어머니를 지칭할 때 이름을 부르셨던 것도 그렇지만 서양 사람들처럼 포옹하고 입맞춤을 하는 것은 우리집만의 아침 풍경이었다.

두 분께서는 날이 좋던 궂던 개의치 않고 산책과 등산을 하셨는데 항상 다정하게 손을 잡고 다니셨다. 떨어져 계실 땐 편지로 정을 나누고 안부를 챙기며 일평생 한눈 파는 일없이 어머니는 아버지만을, 아버지는 어머니만을 사랑하신 걸로 안다.

살면서 크고 작은 어려움이 많았지만 두 분은 사랑으로 그 난관을 극복하셨다. 사랑이 많으신 두 분의 품에서 우리 삼남매도 사랑할 줄 아는 사람으로 성장했다.

아버지는 누구보다도 열정과 신명을 다 받쳐 음악활동에 임하셨는데 나는 그런 아버지를 닮고 싶었다. 그 꿈을 이루려면 다시 말해, 음악을 제대로 하려면 훌륭한 스승이 계시는 미국에 가서 공부해야 한다는 사실을 알게 되었다. 마침내 그 길이 열렸는데, 그때 내 나이는 겨우 열네 살이었다. 어린 나는 멋도 모르고 혼자서 유학길에 올랐다.

1967년, 미국행 직항노선이 없던, 호랑이 담배 피던 시절의 이야기이다. 휴대폰과 인터넷이 발명되지 않아 내가 접할 수 있는 통신수단은 오로지 편지뿐이었다. 2년간 서로 편지만 주고받다가 어느 날 전화 통화가 되던 날을 지금도 잊을 수가 없다. 너무도 오랜만에 부모님의 목소리를 듣자 나는 울음이 북받쳐서 아무 말도 하지 못한 채 엄마, 엄마만 부르다가 정신을 차리고 보니 전화는 이미 끊어진 후였다. 목소리를 듣고 나니 부모님이 더욱 그

하늘이 주신 감동의 앙상블 조 트리오 이야기

리워졌다.

　나는 아직 여물지 않은 연약한 어린애에 지나지 않았는데 우리 부모님은 무조건 나를 믿었다. 우리 큰딸은 잘될 거라고 반드시 음악가가 될 거라고 용기를 복돋아 주었다.

　내가 유학생활에서 그 숱한 그리움과 고독을 견뎌낼 수 있었던 바탕에는 바로 부모님의 하해와 같은 지지와 믿음이 있었다.

　어머니는 남편과 자식들을 위해 철저하게 당신을 낮추고 봉사하셨다.

　우리 가족에게 지극 정성인 것은 말할 것도 없고 아버지의 손님들을 우리 집으로 직접 초대하여 식사대접을 했다. 그 손님들은 교수나 교회의 찬양대원일 때도 있고 세계적으로 유명한 음악가나 국빈일 때도 있었다. 여러 층위의 사람들의 입맛에 맞게 음식을 대접할 때 어머니는 더없이 아름다웠다.

　우리집이 '즐거운 나의 집' 이 될 수 있었던 것은 바로 어머니의 헌신적인 봉사와 사랑 덕분임을 알기에 나는 그 흉내라도 내보고 싶었다.

　결혼하고 얼마 되지 않았을 때의 일이다. 내가 구두약을 발라가며 공들여 남편 구두를 닦고 있는데 어머니가 다니러 오셨다가 그걸 보게 되었다.

　어머니가 기절초풍할 듯이 놀라며 따져 물으셨다.

　"아니, 네가 왜 구두를 직접 닦고 있는 거니?"

　"엄마도 아버지 구두 닦아드리시잖아요?"

　나는 너무도 당연하다는 듯이 대꾸했다.

　어머니는 내 손을 잡고 작은 목소리로 타이르셨다.

　"나는 그냥 가정주부이고, 너는 피아니스트 아니니. 이 손은 쓰임이 다르다는 걸 알아야지."

어머니는 내가 생활인으로서 삶에 묻혀버릴 때마다 내가 무얼 하는 사람
이며 무엇이 중요한 일인지를 환기시켜 주셨다. 바로 이런 점이 나를 음악
하는 사람으로 기르지 않았나 싶다.

이 책은 저자가 어머니이다 보니 아무래도 아버지에 대해 이런 저런 이
야기가 조금은 묻혀버린 듯해서 아쉬운 감이 없지 않다. 이 지면을 빌어 음
악가인 아버지의 이야기를 좀 더하고 싶다.
셋째 딸애가 다섯 살이 되던 해 나는 독주회를 열기로 계획되어 있었다.
독주회 날 아침, 아버지는 나에게 편지 한 장을 건네주셨다.

'오랜만에 갖는 너의 독주회를 진심으로 축하한다.
이제 아이들도 어느 정도 컸으니 다시 너의 음악을 위해 좀 더 시간
을 투자하면 좋겠다.'

그 편지를 받고 사실 나는 아버지에게 섭섭한 마음이 들었다. 내 사정을
빤히 아시면서 어떻게 그렇게 말씀하실 수 있을까 하고 말이다. 그러나 이
제와 돌이켜보면 그런 자극과 독려가 없었다면 오늘의 나는 없었을 것이다.
나는 17세 때부터 아버지의 독창회 반주를 해 드렸다.
그런 의미에서 조상현 성악가는 나의 아버지이면서 선배 음악가요 음악
적 파트너이셨다. 음악가 조상현 선생은 낭만적이고 자상하며 사랑이 많은
휴머니스트이시다. 나는 그분에게서 음악가로서의 자세를 배웠다. 그러니
그분은 누가 뭐래도 이 세상에서 가장 위대한 나의 스승이며 멘토이시다.
고도근시이기 때문에 항상 악보와 가사를 5배 정도 크게 복사해서 갖고

하늘이 주신 감동의 앙상블 조 트리오 이야기

다니셨던 분. 독일어 발음이 내가 더 좋다며 틀리는 곳이 있으면 지적해 달라고 겸손하게 부탁하던 분. 계획을 세우면 그것을 철저하게 실행에 옮기시는 분. 독창회가 끝나면 곧바로 다음 독창회의 레퍼토리를 정하고 곧바로 연습에 들어가셨던 분. 일생동안 음악을 사랑하고 존중했던 분. 영원히 내 곁에서 함께 호흡할 줄 알았던 바로 그분, 내 아버지.

2003년 5월, 아버지는 경동교회에서 독창회를 계획하고 계셨다.

"영방아, 이번이 아빠의 마지막 독창회니까 아주 잘해야 하니 좀 도와다오. 우리 언제부터 반주 맞출까?"

"아버지, 전 지금 막 개강해서 정신없이 바빠요. 4월 들어가서부터 같이 연습하기로 해요."

나는 뒷날을 기약하며 거절했다. 그런데 그 며칠 후, 연습을 하던 도중에 아버지가 뇌출혈로 쓰러지셨다.

아버지가 마지막이라고 간청하던 걸 왜 귀담아 듣지 못했는지, 잘 보이지도 않는 눈으로 반주자 없이 혼자 연습하셨을 걸 생각하고 나는 가슴을 쳤다.

아버지는 그후 7년 반 동안 의식이 없으신 상태로 계시다가 2010년 10월에 하늘나라로 가셨다.

이 글을 쓰고 있는 이 순간, "영방아!"하고 부르시던 아버지의 다정한 목소리가 너무나도 그립다!

아버지가 쓰러져 계시는 7년 반 동안 어머니는 정말 최선을 다해 간병을 해드렸다.

아침저녁으로 목욕을 시켜드린 건 말할 것도 없고 하루에 한 번씩 휠체어에 태워 공원을 한 바퀴씩 돌았고, 이해를 하든 못하든 여일하게 사랑한다고 말하며 입맞춤을 해드렸고, 당신이 내 곁에 있어줘서 나는 행복합니다, 라고 말씀하셨다.

나는 아직까지 남편을 그렇게 사랑하고 그렇게 지극정성으로 극진히 섬기는 부인을 보지 못했다. 어머니의 이런 모습은 가정생활을 하는 우리 삼남매에게 본이 되었다.

어머니는 이제 연로하셔서 건강이 예전만 못하시다.

그런데도 어머니는 아직도 동대문시장으로 장을 보러 다니신다. 나와 동생, 영미의 연주복을 새로 할 때에도 대부분 어머니가 항상 동대문시장에 가서 옷감을 끊어다 함께 디자인을 정했다. 근면 검소하며 알뜰한 당신, 그분이 바로 나의 어머니 김순옥 여사이시다.

나는 여자로서 나의 어머니를 또한 닮고 싶다.

여기까지 쓰다 보니 집안 자랑이 되어버려서 약간 민망한 감이 없지 않다. 그러나 딸을 셋이나 키우는 어미로서 훗날 인생이 끝나가는 즈음에, 나도 내 딸들에게,

'나는 여자로서 나의 어머니를 또한 닮고 싶다' 라는 말을 듣는 사람이고 싶은 걸 보면 내가 기술한 이야기들이 모두 사실임엔 틀림없다.

나의 부모님은 내 모든 것의 시작이고, 내 모든 것의 현재이고, 나의 미래 일 것이다.

아버지, 어머니 사랑합니다!

하늘이 주신 감동의 앙상블 조 트리오 이야기

조영방

1953년 서울에서 출생하였다. 5세부터 피아노를 시작해 초등학교 4학년 때 수도 피아노 주최 전국 콩쿨에서 초,중,고, 대학부 전체 특상을 차지했고 이후 서울시향과 협연했다. 이화여중 1학년 때 첫 독주회를 가졌고, 1964년 내한 연주를 가졌던 피아노 연주의 세계적 거장 루스 슬렌친스카 여사의 초청으로 1967년 이화여중 2학년 때 미국 유학길에 올랐다.

전액 장학생으로 피바디 음대 예비학교와 세인트폴 고등학교를 졸업한 후 독일의 국가 장학생(DAAD)으로 쾰른국립음대에서 Alfons Kontersky 교수를 사사, Reifeprüfung 과 최고 연주자 과정(Konzert Examen)을 최우수 성적으로 마쳤다.

미국 유학 시절 일리노이 주 콩쿨, 텍사스 주 전국 청소년 콩쿨, 전미 음악 교수 협회 주최 콩쿨, 볼티모어 오케스트라 콩쿨 등에서 모두 1위를 차지했다. 독일에서 동생인 바이올리니스트 조영미, 첼리스트 조영창과 피아노 트리오를 결성해 뮌헨 국제 콩쿨, 제네바 국제 콩쿨에서 입상했고, 세계 각국에서 트리오 연주를 통해 현지 언론의 극찬을 받았다.

2006년 3월 조 트리오 결성 30주년 기념 음악회를 예술의전당 콘서트홀에서 가졌고, 같은 해 9월 세종 체임버홀 개관 음악회에 초청되었으며 10월에는 서울시향과 베토벤 삼중 협주곡을 협연했다.

솔리스트로 이야기가 있는 독주회, 이원문화센터의 독주회 시리즈, 대한민국국제음악제, 광복 30주년과 50주년 기념 음악회, 호암아트홀 개관 음악제, 영산아트홀 개관 기념 음악제, KBS홀 개관 음악제 등 많은 음악회에 초청되어 독주회와 실내악 연주를 했다. KBS 교향악단, 서울시향, 부천시향, 부산시향, 인천시향, 독일 본교향악단, 볼티모어 교향악단, 포트랜드 교향악단, 오데사 미드랜드 교향악단, 브레멘 교향악단 등과 협연했다. 조 트리오의 이름으로 독일에서 2장의 CD를, 일본에서 첼리스트 조영창과 1장의 CD를 출반했다.

1983년 귀국 후 서울대, 연세대, 경희대에 출강했고, 1989년 이후 단국대학교 음악대학 교수로 재직하고 있다.

1980년 둘째 딸 영미와 우리 부부.

독주회 후에 연세대 제자들과 동료들.

아버지와 함께
둘째 딸, 영미

나의 유학기

조영미

어린 시절부터 동경해 마지 않던 미국, 바이올린을 하려면 가야하는 곳이라고 인식하고 있던 나에게 기회가 왔다. 피바디 음대의 세노프스키Berl Senofsky 선생님께서 나를 초청해주신 거였다.

1969년 가을에 미국으로 건너가, 볼티모어에 있는 세인트폴 여학교St. Paul's School for Girls에 입학하였다. 최상위권 학생들이 입학하는 중등학교인데 교복을 입었으며 규율이 엄격한 가운데에서도 자유분방함과 인간적인 분위기는 아주 독특해서 나는 적응하는데 애를 먹었다.

피바디대학의 학장께서 주선해 주셔서 나는 세인트 폴 여학교의 의사 선생님인 제인 메이슨Jane Mason 댁에서 생활할 수 있게 되었다. 그러자 이미 2년 전에 미국에 유학하고 있던 언니도 우리 학교로 전학을 하여 나와 같은 집에서 살게 되었다. 영어를 잘하는 언니에게 의지하고 싶었는데, 빨리 영어를 배우라며 도와주지 않았다. 여리고 내성적이며 수줍음이 많은 나는 1

년 동안 거의 입을 닫고 지내다시피 했다. 그 시절의 나에게는 의사소통이 가장 큰 장벽이었다. 언니가 곁에 있긴 했지만 고국과 부모님이 그리웠다. 부모님에게서는 편지가 자주 왔고 언니와 빠짐없이 답장을 썼다. 우리들의 편지를 받으면 부모님이 기뻐하시겠지, 하는 생각으로 꼬박꼬박 답장을 썼다.

음악과 관계된 대부분의 것을 피바디 콘서바토리Peabody Conservatory의 세노프스키 선생님으로부터 배웠다. 레슨 시간에 들어오시면 선생님은 항상 칭찬을 해주셨고 나의 미래에 대한 계획을 말씀해 주셨다. 여름이면 캘리포니아에 있는 산타 바바라 음악 페스티발Santa Barbara Music Festival에 가곤 했는데, 마스터 클래스master class에서 간간히 들려주던 선생님의 바이올린 소리를 들으며 아, 바이올린은 저렇게 하는 거구나! 하고 내 음악의 눈이 뜨여 갔다.

음악은 강제하거나 주입하는 것이 아니라 본인이 터득해 가는 것. 아름다운 소리를 감각적으로 이해하고 그것을 자기 자신에게 가르쳐 영적으로 교류하는 것.

세노프스키 선생께서 강조하신 말씀이다.

세노프스키 선생은 14살인 나를 피바디에 데려가서 미국생활에 익숙해지고 안정되기까지 3년간 모든 것을 해결해주신 내 평생의 은인이시다.

나는 아직도 세노프스키 선생님의 아름다운 바이올린 소리를 기억하고 있다!

1972년, 과르네리 콰르텟Guarneri Quartet의 제1바이올린 주자인 스타인하르트Arnold Steinhardt 선생님에게 배우기 위하여 커티스Curtis 음악학교에

하늘이 주신 감동의 앙상블 조 트리오 이야기

입학하였다. 연주여행을 많이 가기 때문에 아주 극소수의 학생만 가르치셨는데 나는 운이 좋았다. 스타인하르트의 연주는, 당신의 스승인 지게티Joseph Szigeti 선생의 영향을 많이 받아 톤이 너무나도 로맨틱하고 달콤했고 매우 낭만적이었다. 스타인하르트는 커티스 학생들 모두의 선망의 대상이었다. 실내악을 많이 하는 관계로 나는 음악 만드는 프레이즈phrase에 대해 많은 가르침을 받았다.

입학하면서부터 커티스에 다니는 다른 바이올리니스트와 같이 아파트에 살기 시작하였다.

이즈음, 나는 미국 생활에 익숙해져서 모든 면에서 자유로웠다.

주말마다 친구들과 모여 실내악을 읽은 일은 지금도 생생하다.

해질녘이면 우리들은 악보를 잔뜩 들고 비교적 크고, 허름한 아파트에 사는 친구 집에 모였다. 주로 현악으로 이루어진 실내악들, 2중주, 3중주 … 8중주까지 바이올린, 비올라, 첼로, 더블베이스 등 몇 명씩 모여 돌아가면서 현악 레퍼토리를 초견初見으로 읽고 같이 음악을 만들며 연주하고 웃고 떠들며 밤을 새웠다. 커티스에 다니던 6년간 나는 온 열정을 음악에 바치며 젊음을 불태웠다. 참으로 순수하고 아름다운 시절이었다.

나는 또한 갈리미어Felix Galimir 선생님에게서 많은 영감을 받았다.

선생님의 실내악 수업에서 나는 소나타를 연주했는데, 말보로 페스티발Marlboro Festival에 오지 않겠느냐고 제안하셨다. 말보로 페스티발은 실내악만 하는, 저명한 선생님들과 학생들이 같이 연습하고 연주하는 페스티발이어서 나는 당연히 가겠다고 했다. 내가 같이 하게 된 그룹은 당시 커티스의 학장이셨던 피아노의 거장 루돌프 제르킨Rudolf Serkin과 그의 딸 첼리스트와 하이든 트리오였다. 나는 그때, 피아노의 무언가에, 아주 크고 거대한 틀에 완전히 매료되었으며, 내가 얼마나 작은 음악가인지, 앞으로 내가 가야 할 음악의 길이 멀고도 어렵겠구나, 하는 것 등을 깨달았다.

러시아에서 레오니드 코간Leonid Kogan이 커티스에 마스터 클래스를 하러 온 일이 있었다. 전설적인 대가가 오니까 모든 학생들이 연습에 정신이 없었다. 그러나 첫 레슨을 받는 학생한테 스케일scale을 시켰다. 다른 곡을 열심히 연습했던 그 학생으로서는 당황할 수밖에. 러시아에서는 기본을 충실히 하기 위해 하루에 적어도 몇 시간씩 스케일 연습을 시킨다는 걸 알았다.

지금은 그렇지 않지만, 그 당시(1960~1970년대) 미국 교육은 체계적이지 못했던 것 같다. 바이올린을 어떻게 하는 것인지, 연습해도 안 되고 무언가 문제가 분명히 있는데도 선생님들은 너는 잘하고 있고, 보기도 좋고, 소리도 좋다고만 하셨다.

나는 커티스 마지막 학기에 필라델피아 오케스트라 오디션에 합격하여 베토벤 바이올린 협주곡을 연주하는 영광을 얻었다. 이 소식을 들은 스타인하르트 선생님께서 너무나 기뻐하시면서 "거봐, 네가 나를 떠나서 공부할 때가 진짜 많은 것을 배우는 때라고 하지 않았니?" 하셨다.

나는 그때, '나의 문제를 해결할 사람은 바로 나 자신이다!' 라는 사실을 깊이 깨달았다.

1976년에 커티스를 졸업하고 1년 동안 더 학교에 머물면서 자격증Certificate을 받았다.

바이올린 연주자들의 우상이며 살아 있는 마지막 거장 중의 한 사람인

하늘이 주신 감동의 앙상블 조 트리오 이야기

셤스키Oscar Shumsky 선생님께 개인 레슨을 받고 싶었다. 역시나 선생님의 제자로 들어가기는 하늘의 별따기였다. 나는 필라델피아 오케스트라와 협연한 베토벤 협주곡 카세트테잎를 보내드렸고 선생님께서 선뜻 받아주셨다. 첫 레슨에서 선생님은 내게 어깨받침을 빼고 연주하라 하셨다. 자세한 설명은 생략한 채, 모든 대가들은 다 그렇게 한다고만 하셨다. 불편함을 무릅쓰고 선생님의 지시에 따랐다. 아쉽게도 셤스키 선생님과는 1년 밖에 공부하지 못했지만 많은 도움을 받았다.

겨우 어깨받침을 빼고 편해지려고 하는 때에 나는 독일에서 공부하고 있는 언니에게 놀러갔다가, 우연히 로스탈Max Rostal 교수를 만나게 된다.

언니가 다니고 있던 쾰른 음대에 같이 연습하러 갔는데, 엘리베이터 안에서 정말 우연히 로스탈 교수를 만났다. 언니 소개로 인사를 드리게 되었고 미국 커티스에서 공부를 마치고 독일로 놀러왔다고 하니까 "Play for me!" 하는 게 아닌가. 레슨실로 끌려가 언니와 연주를 했더니 선생께선 당신과 공부하자고 제안하셨다. 바로 그날이 학교 입학시험 보는 날인데, 심사위원들이 점심식사 마치고 다시 입학시험장으로 가다가 일어난 일이었다.

이로써 나는 세 번째의 음악학교도 오디션 없이 입학하게 되었다. 참으로 우연스럽게 맺어진 행운이었다.

로스탈 선생은 그 유명한 칼 플레쉬Carl Flesch의 수제자로 플레쉬의 방법과 계보를 이어가려는 분이다.

'악보에 모든 것이 적혀 있다. 악보에 적힌 모든 지시사항marking을 충실하게 읽고 정확하게 이해하면 잘 연주할 수 있다.'

로스탈 선생은 이렇게 강조하셨다. 맞는 말씀이라고 생각한다.

그런데 첫 번째 레슨에서, 더 높은 울프wolf라는 어깨받침을 해야만 자기 클래스에 들어올 수 있다는 것이 아닌가……. 어깨받침을 빼고 연주하는 데에 이제 좀 익숙해져 있던 터라서 많이 힘들었지만 어쩌겠는가, 하라면 해야지. 로스탈 본인은 어깨받침을 안하면서 모든 학생들한테는 강요하시는 것이 아직도 미스터리로 남아 있다.

미국에서 10년, 독일에서 4년, 14년간의 유학생활에서 나는 이렇게 여러 스승들께 많은 가르침을 받았다.

이에 더하여, 실내악 코치를 받으며 음악의 정교함을 이해하면서 내 감성이 눈이 떠졌으며, 무대 위에서 심혈을 기울여 영혼의 연주를 보여주셨던 분들, 오케스트라를 열정으로 이끌어가는 지휘자 분들에게서도 많은 영향을 받았다.

그 당시에는 몰랐던 가르침을 몇 년 후에는 아! 그게 그 말씀이었구나! 하고 깨달으며 나는 오늘에 이르렀다.

나는 현재 대학에서 음악을 지도하고 있다.

나의 스승들이 그러했듯이 때론 어떤 규칙을 엄격하게 지키라고 주문하고 고집을 부리기도 하는 나 자신을 느낄 때가 있다.

음악을 배우는 과정에서 아무리 좋은 말을 들어도 타이밍timing이 안 맞으면 이해 못할 수도 있다. 결국은 스스로를 가르치고 터득해가면서 끊임없이 연마하는 것이 음악인이 나아갈 길이 아닐까 싶다.

시대가 많이 변했다. 이제는 초등학교 때부터 영어를 배우고 미디어 매체의 발달로 외국생활의 간접경험을 하는 세상이 되었다. 유학생활도 예전보

하늘이 주신 감동의 앙상블 조 트리오 이야기

다 훨씬 쉬워졌다.

그러나 유학을 간다고 다 훌륭한 음악가가 되는 것은 아니다. 이젠 우리나라의 대학에도 훌륭한 연주가들이 많이 계시기 때문에 국내에서도 얼마든지 공부할 수 있는 여건이 마련되었다고 본다.

훌륭한 음악가가 되기 위해서는 어디서 누구에게 배우느냐도 중요하지만, 타고난 개인의 재능과 꾸준한 노력, 그리고 정신적, 신체적 건강도 무시할 수 없다. 다른 예술장르와 마찬가지로 음악의 길은 멀고도 험하다. 자신과의 싸움을 극복해가면서 끊임없이 연마하여 인생의 깊이를 표현해 내는 연주만이 진정 값지고 아름답다.

아름다운 음악은, 연주자에게 '열정과 인내' 를 요구한다.

조영미

1955년 서울에서 출생하였다. 5세 때부터 피아노를 시작하였고 8세 때 바이올린으로 바꾸었다. 초등학교 때 경향신문·이화 콩쿨에서 1등을 하였고, 동아일보 콩쿨, 5·16민족상 콩쿨에서도 입상하였다. 이화여중 3학년 때인 1969년 미국으로 유학을 떠났다. 전액 장학생으로 피바디 음대에서 세노프스키(Berl Senofsky)와 공부하였고, 1972년에는 커티스(Curtis)음악학교에서 스타인하르트(Arnold Steinhardt)와 공부하였으며 1978년 졸업하였다. 1979년에는 독일 쾰른 음대로 옮겨 막스 로스탈(Max Rostal)의 지도하에 1983년에 최고연주자 (Konzert Examen)과정을 최우수 성적으로 졸업하였다.
미국 유학 시에는 볼티모어 오케스트라 콩쿨과 필라델피아 오케스트라 콩쿨에서 1위를 하였다. 볼티모어 오케스트라, 필라델피아 오케스트라, 산타바바라 페스티발 오케스트라, 모스크바 챔버 오케스트라, 런던 모차르트 플레이어 챔버 오케스트라, 야나첵크 필하모닉, 슬로바키아 신포니에타 등과 협연무대를 가졌다. 국내에서는 서울시향, KBS교향악단과 협연하였다.
한국예술종합학교 교수를 역임하였고, 현재는 연세대학교 음악대학 교수로 재직하고 있다.

영창의 독주회 후, 미국 유학을 소개해 준 웨이드, 전봉초 스승과 함께한 우리 부부

영창이 연주가 끝난 후 아버지와 함께 이야기를
나누고 있다

막내 아들 영창의 협연사진

음악의 길 위에서

조영창

아무것도 모르고 떼어놓은 음악이라는 첫 발자국!

어머니 무릎에서 내려와 내 인생의 첫발자국을 떼어놓으며 아빠, 엄마, 누나라는 호칭을 배우고 사물의 이름을 인식할 때부터 나는 피아노 소리를 들었던 것 같다.

그러니까 내가 음악을 접한 계기는 모태신앙과도 같이 근원이 깊다.

성악가인 아버지의 노랫소리가 들렸고 나보다 다섯 살, 세 살 터울인 누나들은 피아노를 치며 놀았다. 내가 처음 접한 세상의 풍경이고 물결이었다.

나도 피아노를 치며 그 물결에 합류했다. 악기를 배운다, 라기보다 그냥 식구들이 하니까 덩달아 한 거지 특별히 관심이 있었던 건 아니다.

어린 시절의 나는 악기 연습보다는 밖에서 친구들과 하는 놀이가 더 재미있었다. 구슬치기, 딱지치기, 팽이치기 등등 재미있는 놀이가 너무 많아 하루해가 짧다고 느낄 지경인데 악기 연습을 하라고 하니 집중을 못하고

"왜 이렇게 할 게 많지?" 라고 속으로 투덜거린 적이 많았다.

어느 날 나에게 첼로가 생겼다.

첼로를 처음 익히는 과정은 흔히 생각하는 음악가의 낭만하고는 거리가 멀다. 워낙 줄이 팽팽하고 강하기 때문에 익히는 과정에서 왼손가락에 굳은 살이 박히고 오른손 엄지손가락은 활을 쥐어 잡느라 쥐가 나도록 아프다. 그렇지만 집안 분위기상 포기할 수는 없어서 꾸준히 했다.

시간이 지나면서 차츰 음악 환경에 내 몸이 익숙해졌다. 눈뜨면 언제나 들리는 아버지의 노랫소리와 누나들의 피아노와 바이올린 소리. 이 소리를 들으면 마음이 편안해지고 달콤해서 잠이 잘 왔다.

집에는 식구들의 음악하는 소리 외에도 음반이 틀어져 있었는데 가끔 어떤 음악은 내 가슴을 뭉클하게 울릴 때가 있었고 또 어떤 곡은 나를 슬픔의 나락으로 끌고 들어가기도 했다. 음악이 점점 좋아졌다.

첼로를 시작한 후 처음으로 드보르작의 협주곡을 들었을 때 나는 어렸고 음악에 대해 무지했지만 굉장한 느낌과 감동을 받았다.

'나도 저 곡을 멋지게 한번 연주해보고 싶다!'

나는 그때의 그 감흥과 희망을 분명히 기억한다.

전봉초 선생님께 사사 받으며 점점 첼로가 좋아졌다.

음악을 전공으로

예원학교에 입학하여 첼로를 전공하다가 중2 때 미국으로 유학을 떠났다. 이때까지도 첼로나 음악에 대하여 뭐가 뭔지도 모른 채, 부모 형제들과 떨어져 힘들게 유학을 하는데 열심히 해야지, 언젠가는 전봉초 선생님의 말씀대로 금의환향하여 부모님께 효도를 해야지 하는 그 일념으로 공부했다.

하늘이 주신 감동의 앙상블 조 트리오 이야기

만 열일곱 되던 해에 아버지께서 느닷없이 나에게 물으셨다.

"음악이 좋으냐? 계속하고 싶으냐?"

"……?"

나는 좀 당황했다. 그냥 자연스러운 기류를 타고 떠밀려 왔는데 느닷없이 기습을 당한 감이 없지 않아서 그냥 잠자코 있었다.

"너희들이 음악을 좋아해서, 너희 삼형제에게 음악을 시켰다. 하지만 넌 남자이지 않니. 다시 한 번 생각해 보아라."

첼로를 처음 접할 때, 유학길에 오를 때도 아버지는 내 의사를 물으셨다. 그러나 그땐 내가 너무 어렸으므로 어디까지나 취미의 범주에서 생각했지 책임이나 의무 그리고 내 인생의 장래에 대하여는 깊지 못했다. 그것을 익히 아는 아버지는 아마도 기다리셨을 것이다, 내 사고가 여물어 인생을 이해하는 때를.

나는 처음으로 진지하게 내 인생의 진로에 대하여 생각해 보았다.

'나는 과연 음악의 길을 가는 게 옳을까? 역사나 과학 같은 다른 공부도 재미있고 운동은 더 재미있는데, 이런 쪽도 열심히 한다면 잘 할 수 있을 것 같긴 한데…….'

축구와 수영을 좋아하는 나는 그 즈음엔 특히 권총사격에 빠져 있었다. 집중력을 높여 주는 사격은 정말 재미있었다. 운동은 체력단련은 물론이며 음악하는데 있어 박자감과 리듬감을 살려 주는데 많은 도움이 되었다.

그러나 운동은 취미로 한 것이고 가지 않은 길에 대한 호기심 정도지 내가 일생토록 함께 하고 싶은 것은 역시 첼로라는 결론을 얻었다.

나는 지금 가고 있는 이 음악의 길을 열심히 가겠다고 나의 각오를 아버지께 말씀드렸다.

부록_음악의 길 위에서

그리고 나 자신에게 위로와 용기를 주며 다짐했다.

'도전하라!'

그런 시간이 지난 후부터 음악 공부에 대하여 집중하게 되었다.

첼로를 연습할 때 섬세하게 표현하려고 노력했고 음악을 들을 때에도 세심하게 귀 기울여 들었다. 어떻게 하면 아름답게 넓게 깊게 느낄 수 있는 음악을 연주할 수 있을까를 고민하게 되었다. 소리에 대하여, 활 쓰는 법에 대하여 연구하는 시간이 많아졌다.

하면 할수록 더 힘이 들고 끝이 보이지 않았다. 좌절의 연속이었다.

깨달음

각오는 했지만 음악의 길은 길고도 멀어서 앞이 보이지 않을 때가 많았다. 주저 않고 싶을 때면 나는 음악을 들었다. 주야장장 들을 때도 많았다. 듣다보니 음악이 나에게 찾아와서 우린 친해졌고 뗄레야 뗄 수 없는 소중한 친구가 되었다.

봄볕처럼 따사롭고 비온 뒤의 무지개처럼 환희롭고 신비롭고 비애의 나락으로 끌고 가기도 하고 고독의 경지에 이르게도 하고 행복의 나래를 펼치며 나를 위무해 주는 그 것!

음악(첼로) 외에 또 무엇이 있을까!

베토벤 바흐 모차르트 슈만 브람스 등등의 위대한 작곡가들이 작곡한 그 기막힌 명곡들을 연주할 때에 나는 내가 가진 모든 정성을 다 바쳐 표현하려고 애쓴다.

이때 내 안에서 울리는, 내가 세워놓은 지침 소리를 듣는다.

"허황된 욕심을 버려라. 필요 없는 치장은 금물이다. 테크닉은 기가 막힌

하늘이 주신 감동의 앙상블 조 트리오 이야기

음악을 만들어 내기에 반드시 갖춰야할 기본이며 음악을 자유롭게 표현하기 위한 제일 중요한 요소이다.”

의미를 부여하며 반복적으로 되뇌다 보면 자신이 정한 지침이 결국엔 주술적인 힘이 발휘되는 느낌을 받을 때가 있다. 하늘은 스스로 돕는 자를 돕는다, 라는 말은 역시 금언임에 틀림없다.

지금 이 시점에서 내가 나에게 거는 주술은, ‘음악은 진실되고 솔직한 것, 음악은 영원한 것이야.’ 이다.

음악을 추구하는 벗들에게

음악은 그 성과가 표면에 드러나지 않을 뿐더러 짧은 시간에 터득되지도 않는다.

의심하지 말고 미련하다 싶을 정도로 인내하면서 꾸준히 노력해야 한다. 설령 재능을 타고났다손 치더라도 노력을 게을리 하면 정상에 도달할 수가 없다. 그러나 노력만이 능사는 아니다. 자기 자신의 성격과 신체적 조건 등을 파악하고 고려하여 악기를 다루어야 한다. 또한 음악은 진실되어야 한다. 꾸밈이 많으면 사람들에게 감명을 줄 수 없다. 여기에 하나 더, 위대한 작곡가들의 곡을 대할 때 자기 마음대로 하면 안 된다. 그들을 이해하고 존중하고 그리고 절제가 필요하다.

인내, 노력, 현명, 진실, 절제 이 다섯 가지는 연주자에게 요구되는 덕목임을 명심하라.

1987년에 교수가 되었으니 내가 강단에 선 지도 어언 25년이 흘렀다.

학생들이 늘 묻는다. 연주할 때의 마음가짐은 어떻게 해야 하는지, 악기를 어떻게 하면 잘할 수 있는지, 음악을 어떻게 해석해야 하는지 등을 묻곤

한다.

나는 내가 느끼고 깨달은 모든 것을 가르쳐 주며 그들의 요구를 들어주려고 애쓴다. 그러나 학생들이 나에게 얻으려는 답을, 솔직히 나도 모를 때가 가끔은 있다. 모르는 건 모른다고 말해주고는 돌아서서 나는 연구하고 고민한다, 깨달을 때까지!

이것이 선생된 자의 의무이자 책임감이다.

이 책임감이 나를 성실한 사람으로 살도록 인도해 주며 깨어 있으라 명령한다. 나는 사랑하는 형제나 친구들을 존중하고 아끼듯이 진정으로 음악을 사랑하고 존중한다. 46년째 첼로를 했고 앞으로도 외길로 죽 걸어갈 것이다.

음악의 길이 곧 내 인생의 길이다.

조영창

1958년 서울에서 출생하여 초등학교 3학년 때 첼로를 시작하였고 김광자, 전봉초 선생님께 사사 받았다. 예원중학교 2학년 때 미국 유학길에 올라 피바디 음대, 커티스 음악원을 졸업하고, 보스톤 뉴잉글랜드 음대에서 로렌스 레서, 데이빗 쏘어 선생님들과 공부했다(1980). 독일로 건너가 지그후리드 팔름 교수와 므스티슬라브 로스트로포비치 선생님께 사사받았다. 그후, 로스트로포비치, 카잘스, 뮌헨, 나움버그 등 국제 첼로 콩쿨에 입상하였다.

독일 쾰른 방송 오케스트라에서 수석 첼리스트로 활동하였으며 뮌헨 방송국(독일), 카잘스(독일), 로스트로포비치(프랑스), 야니그로(크로아티아), 차이코프스키(소련), 아담(뉴질랜드), 마르크트노이키르켄(독일) 등 국제 음악 콩쿨에서 심사위원으로 위촉받았다.

세계 주요 국제무대의 마스터 클래스 초청 교수로, 초청 연주자로, 오케스트라의 초청 솔리스트로 활동하고 있다. 베토벤 첼로 소나타 및 전곡, 하이든 콘체르토, 국제 음악 페스티발에서의 연주실황 녹음 등, 많은 음반 출반하였다.

1987부터 독일 폴크방 국립음대 교수로 재직하고 있으며, 2007년부터 연세대학교 교수로도 재직하고 있다.

하늘이 주신 감동의 앙상블 조 트리오 이야기